饌

白泽先生志怪谭

人间修罗案

平山君 著

中国友谊出版公司

图书在版编目（CIP）数据

白泽先生志怪谭. 人间修罗案 / 平山君著. -- 北京：中国友谊出版公司，2021.1

ISBN 978-7-5057-5089-0

Ⅰ. ①白… Ⅱ. ①平… Ⅲ. ①长篇小说-中国-当代

Ⅳ. ①I247.5

中国版本图书馆CIP数据核字(2021)第014601号

书名	**白泽先生志怪谭：人间修罗案**
作者	平山君
出版	中国友谊出版公司
发行	中国友谊出版公司
经销	新华书店
印刷	唐山富达印务有限公司
规格	880×1230毫米　32开
	10.25印张　205千字
版次	2021年4月第1版
印次	2021年4月第1次印刷
书号	ISBN 978-7-5057-5089-0
定价	42.00元
地址	北京市朝阳区西坝河南里17号楼
邮编	100028
电话	(010) 64678009

版权所有，翻版必究

如发现印装质量问题，可联系调换

电话　(010) 59799930-601

本刊自民国元年草创，深蒙读者厚爱。绵绵十余载，经本刊全员勠力，已成功推出诸多带有本土特色的优秀故事，《三国》《水浒》《西游》新名著系列更是独具匠心，令人爱不忍释。本刊与京、沪几所大学的教授有鸿雁之谊，联络数月，深感民国新风未达之处，愚昧朽烂不堪。故，今日新开"民俗文化悬疑"一栏，向全国读者讲述怪异诡谲之真实事件，并揭露事件背后的骇人真相、禁忌、陋俗，以破愚昧、正视听、树良俗。

　　本刊有幸与白泽先生、陶方璧先生合作，为专栏写下第一篇"志怪案件"。白泽先生就职于北京大学，对民俗、历史颇有研究。陶方璧先生是学成归国的医学人士，亲自为本刊执笔。在第一案中，经他们默契的配合，白泽先生顺利破解了横跨五十年，早已被人淡忘的"修罗鬼案"。

　　此外，本刊亦诚邀读者提供各地独有的民俗、怪谈、传说。若身边还有什么诡谲怪诞的事件，亦可联系本刊，视情况邀请白泽先生一探究竟。

紫焰月刊

人物表

主要人物

白　泽，字清石

陶方璧，字子廷，白泽的好友

陶方玉，字子麟，陶方璧的胞弟

《修罗鬼志》主要人物

志怪一　夜行人

志怪二　赶路母子

志怪三　老僧、樵夫

志怪四　老僧、两位年轻僧人

志怪五　智信：苦厄寺方丈

　　　　普明：大弟子

　　　　普弘：二弟子

　　　　普仁：三弟子

　　　　普圆：四弟子

　　　　普玄：五弟子

　　　　普正：六弟子

　　　　徐少章：香客

　　　　牛宝：徐少章的仆从

《修罗鬼志》之外涉及案情的人物

刘福安：制像工匠

刘　轩：刘福安之子

许有年：仵作

李五丁：苦厄寺帮工

李　部：李五丁之子

张世博：富绅

常万年：富绅

目录

前　言

　　两个月前，听白泽串联所有的细节、线索，并还原整个案件的来龙去脉，我就下定决心要将其汇聚成文字，予以发表。这些铅字不仅仅是"故事"两个字那般简单、轻松，其背后所隐藏的是特殊的文化糟粕、民俗畸变，以及人心的毒辣、邪恶。民国虽然开启了一个新的时代，但是历史沉淀下来的积弊、痼疾则不是一朝一夕可以祛除的。我现在能做的，也唯有将这些"故事"大白于天下。

　　在进入正题之前，我认为有必要先简单介绍一下主人公白泽。白泽，字清石，一个对华夏历史、社会民俗、乡野志怪、山川地理等方面中毒极深的怪人。白泽幼年时就读于家乡的私塾，在舞象之年考取了庚子赔款①的官费生，留学海外。他与同是庚子赔款官费生的胡适先生算得上半个同窗。白泽为人低调，长年游走于山川与乡野之间，其喜好的学术方向又较为特殊，不属于时下流行的"实科"，因此名气远不如其身边的几位好友。其实，白泽与胡适先生、赵元任先生、顾诵坤先生、徐志摩先生等都是往来频繁的好友。

以白泽的家境，完全不需要去考什么官费生。只不过其父有意磨炼白泽，不希望他日后成为一无是处的纨绔子弟。可以白泽现在的情形而论，似乎这种磨炼有点过了头。白泽完全没有了子承父业的念头，反倒一门心思扎到了乡野志怪、坊间传闻的研究里。只要他觉得调研的时机成熟，便连个招呼都不打，直接消失。等他数个月后再次出现在众人面前时，往往是一副蓬头垢面、衣衫褴褛的叫花子形象。

要知道，中国人南腔北调，长久以来仍有很多地方未能普及官话，诸如湖北、湖南、东南沿海等地都有十里不同音、百里不同俗的情况。白泽能够游走在各地做他的研究，必然也有其过人之处。在我认识的诸多好友中，他也算得上出类拔萃的一位。需要特别指出的是，我不敢贸然说白泽在语言学上能与赵元任先生比肩，也不敢说在历史学上能与顾诵坤先生相提并论，毕竟术业有专攻。不过，我举一个实例，各位读者就可对白泽有了更清晰的了解。民国九年，伯特兰·罗素②先生访问中国并讲学，赵元任先生做了全程的陪同翻译。其实，白泽当时也是全程陪同的。一行人在去湖南长沙途中，赵元任先生与白泽在渡轮上，跟着湖南赞助人学了一点湖南方言，凭借着语言学上的研究功底，他们很快就掌握了大致的发音技巧与组词规律。就是经过这么一次简短的学习，他们二人后来居然被误以为是湖南人。③

回到我们的案件上，我在谜底揭示后，再次读了一遍曾令我辗转反侧的《修罗鬼志》——众目睽睽之下，年久失修的断桥、不期而至的暴雨、与世隔绝的山巅古刹、不请自来的陌生香客、惨绝人寰的屠戮、遁入劫界的修罗鬼……说实话，五十年前的"修罗鬼无人生还"案确实错综复杂，仅梳理繁多的案件线索、逻辑脉络就需要耗费极大的精力与体力。对于我这个执笔人而言，落笔的过程中既享受着破解悬念的无穷乐趣，又承受着凝结成句时的极端煎熬。所幸，如今已全部完成了。

一个月后，我将本书的初稿交给了上海《紫焰月刊》的老师。对方对书中讲述的故事内容也表现出了浓厚的兴趣。经过双方多次沟通，我对故事的表现形式做了修改，于篇幅上亦做了增补。如此这番，无意中使本作的行文更加紧凑、明快。全篇高度还原了白泽、我，以及我的胞弟陶方玉穿梭于南京城，搜寻、查证、推理案件的全部过程，故而更加侧重于案情介绍、线索呈现、社会风情、历史文化及白泽对案件的逻辑推理。

可以说，这是一本异常干净的志怪推理故事。读者完全可以将自己置于白泽所处的位置。因为全部线索无一疏漏地呈献在诸位面前，确保了读者参与案件推理的绝对公平性。

对于那本《修罗鬼志》，我还要做一个补充说明。原《修罗鬼志》的记述形式非常传统，相当于中国的文言古书。其文字没有加注任何标点符号，密密麻麻的程度着实令人晕眩。而且，原书中存在不少用字、文法方面的错误以及删改的情况。为了便于读者的阅读，在不影响原书的意思以及案件推理的前提下，我个人对《修罗鬼志》中出现的语言做了适当改写，错误予以修正，并且加注了标点符号。关于标点符号的问题，读者们尽可以放心。所有的标点符号都是基于教育部颁布的 53 号训令——《通令采用新式标点符号文》④，以及后续的补充修改方案，绝非我个人胡乱添加。

关于本书的情况我就简单介绍至此。有些话虽然不适合在此处提及，但我仍想多说两句。《白泽先生志怪谭：人间修罗案》是白泽所经历的诸多诡谲谜案中，第一本落笔成书的故事。然而，发生在山东及川边的案件同样令我不能释怀。那些谜案不仅仅是恐怖、离奇，而且丧失人伦到了令人窒息的程度。早前便极度渴望将山东、川边的案件落笔成书，其间却碍于种种原因而未能成行。等到处理完手头一些紧迫的事情之后，我一定悉数呈现给诸君。

言尽于此。

陶方璧

民国十一年十月

① 庚子年，即公元1900年。这一年义和团运动高涨，八国联军占领北京。次年，清政府与各国签订《辛丑条约》。该条约中的赔款史称"庚子赔款"。

② 伯特兰·阿瑟·威廉·罗素（1872-1970），英国哲学家、数学家、逻辑学家、历史学家、文学家，分析哲学的主要创始人。1920年，访问俄国和中国。在其访问中国的过程中，赵元任先生做了全程的陪同翻译。

③ 此处为赵元任先生的经历，白泽则是杜撰。

④ 1920年2月2日，北洋政府教育部发布了第53号训令《通令采用新式标点符号文》。我国第一套法定的新式标点符号从此诞生。

快看，山臊，好大的一只山臊。
在哪儿？在哪儿？算了……

快看，果真就只有一足。
不看了，好麻烦。

好羡慕它无所束缚。
有什么可羡慕的，它也有烦恼。

它能有什么烦恼？
遭人嫌恶，为鸟兽餐食。

可我还是希望能像它一般。
如今也不见得有什么区别。

希望来世不再投胎为人。
你我本就是傍生。

第一章

修罗鬼志

淫雨霏霏。相比一个小时前，又闷热了些许。

白泽简单洗了把脸，便在我的书房里转悠了起来。

"你这白墙灰瓦的宅子也够别致的。不像是徽派，也不似苏式。难不成是按照你自己的意思修改过？"

"这都被你看出来了。宅子原是本地士绅的，因为生意上有些不济，便盘了出来。这里最初的布置很不讨喜，上上下下全是贵贱分明的物件与陈设。我是看着离医院近，也方便弟弟上学，才收了过来。之后，就按照自己的喜好重新收拾了一下。"

虽然我没多说，但这里面有多不讨喜，以白泽的见识，绝对可以理解透彻。这些商人即便剪了辫子在民国做实业，依然剪不断陈旧的陋习。只不过是一处安身的宅子，为了"生财"两个字，硬要以风水布局。门槛要有高低，误差不过毫厘；天井要有大小，一院、二院、三院各有各的布局；山石须得造型、立意，还要采自黄山；其他一草一木也尽皆有所承载之运。滑稽的是，费了天大的功夫，看似讲究得有理有据，到最后还是落得倾家荡产。

我将一盘糕团小点放在茶案中央，并招呼白泽入座。

"这是南京的传统小吃。你长途跋涉的，先垫垫肚子。稍后，我领你去南京最有名的金陵大饭店。"

白泽是我的故交，与我在一起都是直来直去，异常自在。

"早就听说过南京的糕团小点，好吃，好吃。"白泽的吃相异常狼狈。嘴里的还未吞咽干净，他又伸手去拿第二块。

我刚想问他为什么突然南下，陶方玉便端着泥炉走了进来。

"哥。"

"来，我介绍一下。清石，这是我弟弟陶方玉，你叫他子麟就好了。子麟，这位就是我经常提起的白泽，白清石。"

话刚出口，脑神经似乎就被一小股电流击中。看着眼前的白泽，我平静已久的内心又隐隐泛起了波澜。说实话，原本就不是什么了不得的事情。只不过，那本带着怪诞气息的《修罗鬼志》始终令我放心不下。其中记述的内容看似天马行空、荒诞不经，但又与现实中发生的案件高度吻合。也许，今天就是个机会。

毕竟，白泽向来喜欢研究历史、传说、民俗，或许从他的角度会对五十年前的"乡野奇谭"有一些新的发现。

陶方玉将泥炉小心地放置在茶案一角。腾出手后，连忙向白泽鞠了一躬，问候道："清石哥，您好。"

白泽的年纪与我相仿，见到胞弟问候倒也没什么。可能是陶方玉的举动有些意外，白泽本能地从椅子上弹起，连连摆手。嘴里的甜点也差点喷出来："过了，过了，这个要不得。"

陶方玉小我十多岁，尚在南京高等师范读书。不过，毛寸的头发，一袭黑色校服，加上稚气未脱的笑容，总给人一种小孩子的感觉。

白泽刚才的反应过于急促，甫一说完，就被一口糕点卡住了喉咙。急急忙忙灌下两杯水，咳了半晌，才缓过一口气。

他仰着脖子，瘫软在木椅上，喃喃说道："终于舒坦了。"

不大会儿工夫，胞弟便把一应茶具都摆到了茶案上。茶案置于书房的正中央，足够四五个人闲坐。我和白泽相向而坐，陶方玉则在我身边侍茶。

"南京总是这般要闷死个人的天气吗？"白泽正了正身姿。

"今天还算好的，只能把人闷个半死而已。"我半开玩笑。

我的书房坐落在后院，紧挨着小花园，环境倒也足够幽雅。细雨霏霏，我索性将南北的门窗悉数打开，透得个敞亮、痛快。

"清石，我看你这身行装不像是有备而来的。又或者，你该不会在路上被人打劫了吧？"

白泽是在一个小时前突然出现在我面前的，随之而来的便是他身上一股浓浓的汗臭。衣服也似乎有日子没洗过，皱巴巴，脏兮兮的。不知情者完全无法将他与北京大学的讲师一职画上等号。他此行不要说电话，就连一个电报、一个口信，我都未尝收到过。

"我是逃难。"白泽说完，便兀自开怀大笑。

"逃什么难？逃难居然还这么开心。"我思忖了片刻，心里顿时一凉，问道，"你该不会招惹了北洋政府的那帮老爷吧？"

"才没有，是因为适之。"

"适之？老胡？"

"除了他还能有谁！"白泽依然自顾自笑着，完全没有逃难的样子。

适之指的便是胡适。其实，胡适这个名字也是个笔名。在一旁侍茶的陶方玉一脸茫然，完全不明白我们在说谁。

"你清石哥说的是胡适，胡先生。他前年离开《新青年》来南京讲学。我记得你也提起过，你听过他的课。"

"嗯，胡先生，想起来了。"陶方玉思索了片刻，连连点头。

其实，那年夏天胡适还来寒舍坐过。不巧的是，陶方玉那日刚好外出。

"适之怎么你了？"我再次把话头接过去。

"他呀，烦人得很。自打去年给宣仲与杨博士做了证婚人，就一发不可收拾。也不知道他哪根筋不对头，整天就寻思着给身边的朋友说媒。樨森倒是不亦乐乎，通伯则是工作繁忙而无暇他顾。"

白泽刚刚提到的三个人其实都是民国颇有名气的人物。只不过白泽与这些人熟稔，所以点的都是人家的字。像陶方玉这样的不知者，必然会有一种如坠云里雾里的感觉。

宣仲指的是赵元任，赵先生。他在去年六月与杨步伟女士喜结连理。胡适便是二者的证婚人。

樨森指的是徐志摩，徐先生。他和林徽因女士的恋爱实属个人感情范畴，我不便置喙。

通伯指的则是陈源，其笔名为陈西滢。

"我还以为你捅了什么天大的娄子。适之不过是想为你寻个好人家。"

"扑哧"一声，陶方玉禁不住笑了起来。

白泽也不是见外的人，直接调侃道："又不是给你介绍姑娘，你开哪门子的心呦。"

"那你也不至于跑到南京吧？"我问道。

"我知道他是出于好意，加之又是他介绍我去北大做讲师的，当下不好驳了人家的面子。那天我不过是想去学校图书馆转转，不巧被他逮着了，他非要给我说两个姑娘。于是我就撒谎，我要出远门，来你这里。适之偏不信，说我诓他。于是就硬生生陪着我到了车站，看着我买了来南京的票，登上火车。我真的是噙着泪水依依惜别。"白泽拿起一块糕点塞进嘴里，含糊地说道，"于是，我就这么稀里糊涂地来了。"

原来如此。可像白泽这般没有换洗的行囊，没有乡野调研用的工具，胡适居然还相信了？

反正，我确信白泽这一路是讨着饭才活到南京的。一个可以算是民国未来大师级的人物，居然还会做出这种奇葩的事情。不过细想想也不算什么，胡适曾经不也是个"五毒俱全"的儿郎嘛。

"我还以为清石哥是来南京查案子的。"从话语中，我能体会到陶方玉有点失望。他从我这里听了不少关于白泽在直隶、山东，还有三晋之地撕下千年鬼魅画皮的怪诞谜案，所以总想着有朝一日可以一睹尊容，并幻想着能与其闯荡天南地北。不过，我每次都只是简要地叙述，从未把过于阴暗、恐怖的内容描绘给他。

"查案？我又不是警察。"

"我时常跟他提起你，也听过你的那些故事。所以啊，他对你佩服得五体投地。"

"可不能这么说。之前的事情都是我和你大哥一同经历的，也是我们两个人携手解决的。"说完，白泽转而面向我，"论语言、音乐，我不及宣仲；论历史、民俗，我不比铭坚；论医学、药理，更不敢在你面前班门弄斧啊！"

铭坚是顾诵坤先生的字。顾先生又号颉刚，在历史、民俗、地理方面有异常深入的研究。

之前的一些谜案是我与白泽共同经历的没错，但是于推理、破解而言，他才是真正的主角。至于后面说的那几句，白泽明显是过谦了。他完全就是赵先生与顾先生的结合体。

基于我的了解，白泽可以熟练使用英、日、德、法等多国语言，还有中国各地的十余种方言，且对于新一种语言的学习能力相当之强。不过，他并不致力于研究语言学，而是将其作为一种工具来探究华夏大地上的历史与传说、民俗。此外，白泽在物理学、哲学、逻辑学等诸多学科上均有涉猎。

上述提到的仅仅是他的学识，白泽在社会生活中也有令绝大多数人望其项背的能力。一个是与人的交流能力。人与人交流的最高境界，便是与任何人都谈得来。这绝不是肤浅的"见人说人话，见鬼说鬼话"。一个学者为了考证各种民俗而游走在田间乡野，要时常与各种职业、年龄、文化层次的人交谈。这里不仅仅是说话，而是需要让对方充分相信自己，说出足够多的有效信息。如果没有充足的交流能力，一切都是枉然。

另一个可以道之为异人的能力，便是白泽能"耳闻则诵，过目不忘"。

因此看他那客气的样子，我不禁回应道："你这可就谦虚过头了。"

"谦虚过头就有点假了，对吧？"白泽搔了搔头，思忖了片刻，又带着一种熟人间才有的嬉皮劲儿说道，"我确实有一点是比适之强的。"

"什么？"

"打麻将。"

说完，我和白泽两个人不禁捧腹。胡适的另一个爱好便是打麻将，但水平当真不敢恭维。

"清石哥，你是不是有什么特殊的能力，总能碰上诡谲怪诞的事情？"陶方玉好奇地问道。

"你问得……好像我这个人浑身的晦气啊！"

"没有，没有，我不是那个意思。"陶方玉连连摆手解释。

"我开个玩笑而已，谈不上我总能碰到怪事。其实你也能遇到，只不过你没有留意。"

"不明白。"

"比方说，《二十四史》未必全是真的，野史也未必都是假的。一本史料里很多逻辑不通的细节，但是你不用心读，不揣摩，自然就成不了谜案。"

"你处理过的谜案里有没有特别特别恐怖的？"陶方玉的孩子气又上来了。

"当然有！"白泽探出身子，用右手手指做出蠕动的样子，故意带着诡邪的笑容，幽声问道，"抓章鱼，你知道是什么吗？"

果然！哪壶不开提哪壶！

我整个身躯不由自主地打了个寒战，已然感觉到双臂上暴满了鸡皮疙瘩。

这种恐惧不能等同于小说家闭门造车时的凭空臆想，而是源于之前与白泽在山东的一段切身经历。

章鱼不过是稀松平常的东西，可我恐惧的是其背后所蕴含的邪恶，也是绝大多数人至死都未必能触及的阴暗。

"打住！打住！"只用语言是不够的，我直接探身过去想要堵上白泽的嘴巴。

"可刺激了，那可是真有五大三粗的成年人被活活吓死的。"

"他可没我们经历得多，铁定会吓出屎尿的。"我如果不及时制止，白泽必然会把所有内容一股脑倾泻出来。

陶方玉是陡然来了兴致。还好我这个做大哥的平日有些威信，关键时刻还可以镇住他。而且，话题已经延展到这里，是时候和白泽聊一聊那本《修罗鬼志》了。

"清石，我偶得了一本志怪集子，说不定会合你的口味。"

"好啊！是什么样的珍本？"

一听到"志怪"两个字，他整个人都亢奋了起来。对待白泽这种人，只能投其所好，对症下药。

陶方玉也瞬间领悟，连忙插话道："这本志怪集子，清石哥一定会喜欢的。"

我起身去书桌的抽屉里取出一本泛黄的线装书，然后小心地放到白泽眼前。这本书已经令我辗转反侧了三个月之久。

"修罗鬼志！"白泽低声念出封面上四个并不工整的楷体小字，"这个名字挺新鲜，之前都没有听说过。"

白泽拾起书，细细地打量起来，还凑到鼻下嗅了嗅。

这本线装书不知经历了多少岁月，不仅通体泛黄，封页上也布满了褶皱，书角略略残破，并且卷翘着。书线看着较新，不过扎线的走势却明显混乱。

从壶里传来水的沸腾声，我才意识到茶叶还没拿出来。

"水快开了，准备沏茶。"我提醒胞弟。

"拿个杯子泡上就好，何必这么讲究。"白泽指的是案子上的全套茶具。

"稍等片刻。"说完，我便起身去橱柜里拿出自己珍藏了许久的小陶罐。

陶罐里面的东西我可是消费不起的，能得到它完全就是一个偶然。数个月前，有位古稀的老者在南京的中央大街上晕倒，刚好被我这个过路的医生救助，及时挽回了生命。老者及其家人感激不尽，便不断地送钱、送礼。不过是举手之劳，奈何推却不得对方的谢意，我便随手挑了这个不起眼的小陶罐，其他的一概退回。

我把米黄色的小陶罐放在茶案上，说道："你猜猜看。"

"你当我是三岁的小娃吗？"

"不开玩笑。"我逐一点出案子上的物什，"木炭、红泥茶炉、铸铁茶壶。而这茶壶中烧的，可是我和子麟在今早五点，从栖霞山上汲来的山泉水。还有这些茶具，全是紫砂的。"

白泽似乎对我大费周章的行为有所领悟，盯着眼前的小陶罐思索着。

"九龙窠，峭壁原生，只此一两，货真价实。"我小心地打开封口，递给白泽。

在看到茶叶的一瞬间，白泽果真是做到了目瞪口呆。想不到他也会有这般没见过世面的表情。白泽嗅了嗅茶香，一脸的陶醉。

我把陶罐递给陶方玉，由他来负责侍茶。陶方玉虽然年纪不大，但这茶道上的功夫已经是游刃有余了。

白泽一时没了对《修罗鬼志》的兴趣，目不转睛地盯着每一道工序："子麟弟弟，我觉得洗茶是穷酸文人才有的恶习，我们还是不要学了。千万不可以暴殄天物啊！"

虽然我也会提醒陶方玉可舍去洗茶的环节，但是听白泽这么一说，我还是觉着有些好笑。这些搞学问的人在世人面前无论有多少光环，但终究还是个凡夫俗子。

白泽端起茶杯，想品，太烫，又舍不得放下。看看茶水的色泽，闻闻飘散的醇香，还不忘嘀咕着："饱满的橘红，清澈明亮。这一盏少说也得一百块啊！"

等他喝了半盏，似乎也心满意足了。

"子廷，你真是太豪爽了。"

"你逃婚至此……"

"呸！逃难！逃难！"白泽立时用手指敲了两下茶案，予以更正措辞。

"对，对，对，逃难。你只要来到我这里，我就奉为上宾。"这句话我是发自肺腑的。毕竟，我和他是一起留过洋的同窗，更可贵的是无数次在苦难与危险中相互扶持。

白泽一旦回到正题上，就立刻变得一本正经。

他重新拾起茶案上的《修罗鬼志》："表面上看，这不过就是一本烂俗的志怪小说。"

白泽说得没错。

这本志怪集子的封面、扉页都没有作者的署名，也没有作序，更没有任何的说明、感悟，或者汇编体会等等。里面的内容全部是用小楷写就的。单从笔迹而言，写字的人一笔一画，很是认真，但字迹并不工整，好似小孩子的临摹字帖。个别地方还有明显的错别字与涂抹，绝不是市面上统一印刷出版的读物。书的后半部分与前面的状况类似。其纸张的泛黄程度，还有字迹的工整程度，毫无二致。只是中间部分的颜色稍稍浅了一点。

"破损到这个程度，应该是有不少年头了。这里面究竟记述了什么内容？"白泽抬起头看着我们。

"我也不知道应该怎么对你讲。这里面写的内容始终让我有一种毛骨悚然的感觉。说得再夸张一些，书中每个字都散发着无法形容的邪气。"由于紧张，我的双手不由自主地摩挲起手中的茶杯。

稍作停顿，我指着白泽手中的志怪手记说道，"有几次，我都梦见手记里的文字化作缕缕黑烟，在空中幽幽地聚集成硕大的鬼魅，张牙舞爪地向我扑杀过来……"

我知道这种描述可能遭到耻笑，毕竟我是学西医的。但只要是人，就会做梦，还会做噩梦。况且，这是幼年时在内心埋下的阴影。

我相信，绝大多数人在幼年时也有过类似的经历。小孩子偶尔调皮捣蛋，不好好吃饭，不认真读书，日落西山还逗留在外面嬉戏疯闹，夜里不早些睡觉，胡搅蛮缠，面对诸如此类的种种，大人们总会一本正经地吓唬说，会有青面獠牙的饿鬼，血盆大口的猛兽把不听话的孩子通通抓走吃掉。而且，大人们总是绘声绘色地描述着，什么揪掉小耳朵，抠出眼珠子，把吐出来的骨头挂到树上，等等；并言之凿凿地叙说邻村某某家，或者宗族里哪个亲戚家的孩子就是如此惨死的。我小时候也有这样的经历，那时虽然年幼，但已经开始记事了。大人们拿来吓唬我的不是饿鬼，也不是猛兽，而是……修罗鬼。

"这修罗鬼究竟是什么？我脑子里没有丝毫的印象。你们也不可能单凭一本手写的册子就胡思乱想吧？还是说，这里面真有怪诞不羁、恐怖诡异的情节？"

"你可以说它是志怪小说，但事实并不完全如此。因为……"我抿了口茶，顿了顿，双目紧盯着白泽，"因为这里面记述的内容十之八九是真的。"

"确有其事？"

"是的。正因为如此，我才始终耿耿于怀。"

陶方玉也看过这本《修罗鬼志》。他小时候的经历与我一样，同样被周围的大人吓唬过。但他听到修罗鬼传说时才五六岁，所知的内容远不及我多。而且，故事几经修改与润色，早已没了我第一次听到时的样子。也正因此，他坐在一边基本就搭不上话。

"既然是你知道的真人真事，那就更没什么可担忧的了。明显是有人写出来的怪异故事。"说罢，白泽起身走到北门，活动起筋骨，我似乎还未能提起他足够多的兴趣。

我平日就没喝过什么珍贵的香茗，当下聊得深入，也忘了自己喝的是九龙窠的大红袍，举起散了些热气的茶杯，一饮而尽。

"修罗鬼的故事我至今都记忆犹新。它不仅仅是我一个人在孩提时的噩梦，就连一同玩耍的小伙伴也都知道修罗鬼会抓走不听话的孩子。"

"可你已经不再是当年那个少不更事的娃娃了。"

"清石哥，这里面写的都是真实发生的案件。只不过一直都没有破解，距离现在也差不多五十年了。"陶方玉连忙补充道。

"五十年都没有解开的谜？"

"是的，五十年。"

"等等，你们刚才都说了，册子里记录的是真实案件，现在又告诉我这是历时五十年都没有解开的谜。"应该是我和胞弟没有表述清楚，令白泽有些疑惑。

"手记里的凶手是修罗鬼，但是从未透露出丝毫与其身份相关的信息。"我示意陶方玉继续侍茶，润了口喉咙，便继续解释，"现实案件中有人被活生生吸食了魂魄，只剩下一具形同枯槁的尸体。"

"真有这么怪诞？"

白泽三步并作两步，瞬间移动到我对面。他若是安安静静地坐着还好，这一来一往搅动着书房内的空气。我隐约嗅到一股汗臭。

"我所说的，都是与族里的老人核实过的内容。还有更匪夷所思的。在南京南郊的崇山峻岭之间，有一座叫苦厄寺的寺院。五十年前的一个深夜，这座寺院里的七位僧人全部惨遭屠戮，并殃及两位无辜的香客。遇害者共九人，无一幸免！"我故意在最后四个字上加重了语气。

"无一幸免？"白泽开始提起了兴趣，索性双臂撑着茶案，探身到我眼前。

我把身子向后缩了缩，微微侧开脸庞，道："是的。无一幸免。"

"凶手呢？"

"没有凶手。"

"没有凶手？怎么可能！这么大的案子，官府不会草草收尾了吧？"

说完这句话，白泽终于抽回了身体。谢天谢地，我的肺终于得以解脱。

起初，南京官府不敢掉以轻心。毕竟在诸多的遇害者中，有两个人的身份较为特殊。有一位是一个解甲归田的清军将领，与时任两江总督的马新贻①关系深厚。据说，死者追随着马新贻南征北战，出生入死，已然有同袍的情谊。另一位遇害的香客，则是前者的仆从。

"当时在南京坐镇的两江总督就是马新贻，同时又有南京知府全力督办，参与调查这个案子的官员当然不敢随便应付了事。起先，他们调查了大概两个月的时间，推断出'凶手系流窜中的长毛军残寇余匪'。"

"太平天国作的案？"白泽在脑海中细细咀嚼。

"是的。你觉得这个结论可信吗？"我反问道。

"根据那个年代的特殊背景，这个结论勉勉强强。案子发生的具体时间是哪一年？"

"同治八年，西历 1869 年。"

"我记得没错的话，曾国藩的湘军杀进南京城，是在 1864 年。"

"再确切一点是 1864 年 7 月。"坐在一旁的陶方玉适时补充道。

其实，谈及历史的话，白泽绝对比我驾轻就熟。案件背景上我只需要给他几个关键词，他就能描绘出这段历史背后的所有细节，无论是相关还是不相关。

修罗鬼的一系列案件，发生在太平天国运动结束后不久。按清朝的纪年算，是同治皇帝在位的时期。单说南京，过了五年，加之早先的多次屠城、屠杀，周边地区早就被清廷收复。更何况，在收复后的最初几年里，长江及长江以南驻扎着三十万湘军。不仅仅是南京地区，整个江苏，还有安徽都在不断清剿太平天国及捻军的残余武装。

再有，天京城破前，洪秀全就已经归西。继位的幼天王也在同年十月被凌迟。太平军尚有战斗力的部队基本都辗转于陕西、江西、福建、贵州，也有一部分并入了捻军。余下的残兵也都易服逃亡，甚至远走海外。即便是有余党要给清廷治下的南京找些麻烦，尽可以在南京城里，选几个繁华的闹市大开杀戒，可凶手偏偏选择了南郊的一处寺院。

"苦厄寺的案件是最后一桩修罗鬼案。在这个案子之后，修罗鬼似乎就此销声匿迹了。"我瞥了一眼白泽手中的《修罗鬼志》，咽了口唾沫，"此外，据我们族里的老人回忆，当年在案发现场就没有发现任何与太平天国运动相关的物证。"

"这么说来，主办人是蓄意捏造出了凶手？"白泽猜测着当年的断案结果。

其实，此类案子是最棘手的。"修罗鬼案"与当时的"杨乃武与小白菜"案一样，粗看是一宗普通的民间凶案，充其量就是多死了几个人的大案，但实质上却非常敏感。背后各种政治势力错综复杂，涉及的人和利益集团并不是一两句就可以梳理清楚的。

听族里健在的老人说，当年南京知府也是亲力亲为，无奈查了很久却一无所获。久拖不决就令一些搞党争者有了可乘之机。马新贻不是湘军一系，也不是淮军一脉，但他成了大清朝最富庶的两江地区的最高长官。而两江地区原本是湘军的地盘，前任两江总督便是曾国藩。同时，李鸿章的淮军也有染指。太平天国被平定后，湘军和淮军都留在了马新贻的辖区。其中的利益矛盾日益尖锐。再后来，有人私下暗示南京知府，将案子的矛头指向湘军，迎合慈禧打压曾国藩的想法。可这种不计后果的豪赌，南京知府死也没胆量。

两江总督坐镇，案子主办人迫于压力，与同僚编了个结论。但由于人证、物证的缺失，被马新贻直接否掉了。然而，同治九年七月，恰巧发生了"刺马案"。"刺马案"涉及了从地方到北京的诸多势力，斗争内容包括裁撤湘淮两军、天国圣库、势力划分等等。一时间明争暗斗，异常激烈。主办人见时机难得，就趁乱结了案。

"所以，时至今日，这个案子反倒成了无头谜案。"白泽没想到一个寺院的血案，居然还能与"刺马案"扯上千丝万缕的联系。

"也算不得无头案。毕竟，官方结论是太平军的余党行凶，而坊间认定的凶手是修罗鬼。"

"官方的结论是蓄意构陷，坊间的结论是以讹传讹。"白泽在茶案的另一端踱着步，慢悠悠地纠正道，"也可能……喂，别咬了，我说你别咬了。"

他说了一半，突然甩出两句莫名其妙的话。

"这是你们养的看门狗？"

白泽一说看门狗，我和陶方玉才反应过来。

"它叫哮天，是我从路边捡来的。你看它胖嘟嘟的，挺可爱的吧。"陶方玉解释道。

哮天是一条幼犬，土黄色的皮毛，看起来不过是本地很普通的品种。它刚被捡来的时候瘦得就剩皮包骨了，经过一番悉心照料，小家伙很快就健壮起来。陶方玉形容它胖嘟嘟，极不准确。胖嘟嘟是它半个月前的量级，现在根本就是个滴溜儿圆，圆到它趴在地上，连四条腿都快看不到了。我还一度怀疑陶方玉捡回来的是只猪崽。至于这小家伙是什么时候溜进来的，我也完全没有注意到。

陶方玉起身过去要抱哮天出去，奈何它死死咬住了白泽的裤脚。

"哮天？哮天犬？"白泽求证似的问道。

"是的。"

下一秒，白泽便低头看向脚边的哮天，带着戏谑的口吻说道："就你，还想上天？"

哮天松开了口，同时也从陶方玉手中挣脱了出来，仰头朝着白泽叫了一声。它似乎还有些不服气。

白泽抬脚看了两眼，教训道："你看，你看，你把裤脚咬破了洞。"

"汪！"

"哟嗬！你居然还敢凶我！信不信我现在就把你炖了？"

小家伙似乎能听得懂白泽说的话，立时趴在地上，耷拉着耳朵，呜呜地叫了起来。白泽一伸手，教训说："去，到那边面壁十分钟。你自己掐时间。"

令我和陶方玉感到匪夷所思的是，这只腿短加胖成球的哮天犬，居然就真的耷拉着脑袋朝着白泽指的方向一蹦一跳。它腿短，吃得又肥，移动的时候，肚皮都快贴着地面了，还不住地左右摇晃。小家伙到了墙根，一声不吭地面壁蹲好。

我心里暗暗琢磨，难道白泽新添了什么不为人知的技能？

"好了，我刚才说到哪儿了？"居然是白泽把我和陶方玉拉回了正题，"哦，对了。也可能仅仅是个巧合。或许是某个喜欢志怪的人基于当年的真实案件，天马行空地演绎出一系列的情节，写成了这本《修罗鬼志》。其目的可能是自娱自乐。即便不是自娱自乐，这市面上大把大把的二三流作家，他们写出的小说也未必都能付梓。"

我清楚白泽这番话的含意。即，是什么关键的信息或内容促使我确信这本《修罗鬼志》有问题，并触发了有必要进行调查的想法。童年的噩梦仅仅是加深了我对修罗鬼的记忆，但不可能是决定性的因素。不过，我承认自己的好奇心更大程度上支配了我的大脑。这种好奇心绝对不是盲目的，因为我已经挖掘到了一条关键线索，它足以开启并支撑后续的全部调查。

为了不让白泽有先入为主的看法，我不打算现在就直接告诉他。

"我已经找到了可以连接现实案件与这本《修罗鬼志》的重要一环。否则，我也不会贸贸然地与你提什么五十年前的谜案了。你觉得，我是那种凭着难以磨灭的童年噩梦大做文章的人吗？"

白泽与我是故交，熟知我的品性。他思索了片刻，便欣然答应一同开展对修罗鬼案的调查。原本我是想带着陶方玉一同访查，现在有了白泽的入伙，注定事半功倍。

"除了这本《修罗鬼志》，你还有其他可以提供的线索吗？"

"当然有。我在正式调查前也是做了一点准备工作的，等你看完了这本手记，我带着你去见见当年案件的相关人，也顺便一览南京的乡土与山水。"

在白泽未登门之前，我已经做了充足的"功课"。即便没有他参与，我也一定会与陶方玉调查下去。

"再有，你是从什么渠道得到这本手记的？该不会是从旧书店里翻出来的吧？"

说到这本《修罗鬼志》的来历，还确实是一种巧合。几个月前，我和陶方玉去乡下省亲。归途中天气本是风和日丽，可雨说下就下。这一下还是瓢泼的雷雨，足足下了两个多小时。我们只好躲进一间破旧的城隍庙暂避。那天，小小的庙里满满挤了十多号人。雨霁人散后，庙里的人都陆陆续续地离开了，我和陶方玉走在最后，出门前偶然在墙根处瞥见了这本手记。起初，我看到这本手记是手写的，想着主人肯定是耗费了不少的时间和精力，对其来说应该是很重要的东西。想必遗失者会折返回来寻找。也怪我多事，苦等一个多小时，日落西山了都没有失主的踪影。于是，就这么稀里糊涂地被我带了回来。

白泽听完，哑然无语。

再喝了两盏茶，那"只此一两"的大红袍便彻底消费完毕。

"快六点了。"白泽看了一眼腕表，又揉着咕噜噜叫的肚子说道，"我饿了，我要吃饭。"

"没问题，我们去吃金陵大饭店。"

"淡而旨，肥而不浓。"白泽笑嘻嘻地看着我，要求道，"我要吃盐水鸭。"

"金陵大饭店有，管够。"

"不行，我要吃韩复兴的盐水鸭。"韩复兴的字号倒是响彻民国的，但以这位兄台的挑剔劲儿，我感觉他不像是"逃难"来的。

"没问题。韩复兴的盐水鸭要吃，金陵大饭店的盐水鸭也要吃。

我保证把你喂得白白胖胖。"听完我这番话，白泽才心满意足。我心里也偷偷盘算了一下，非得把你喂得白胖白胖的再交给胡适。

"等等，在吃饭前还有一件重要的事要做。"

"什么事？"

"我要去洗个澡。你拿几件换洗的衣服给我。"白泽低头闻了闻自己身上的味道，撇着嘴说，"你刚才一直在嫌弃我。"

---

① 马新贻（1821—1870），字谷山，号燕门，回族，山东菏泽人。27岁中举，被外放知县，后不断以军功升迁。同治七年八月（1868年9月）任两江总督。同治九年七月二十六日（1870年8月22日）遇刺，次日身亡。

《修罗鬼志》

志怪一

夜幕笼垂。

穹顶，悬挂着一轮模糊的残月。

俯瞰山林，一点细微的亮光正沿着河道的走势缓缓蠕动。

沿河崎岖的小路，只是一条樵夫及猎户才会走的山野小径。夜行人独自提着行灯，踉踉跄跄地缓步前行。他敞着衣襟，袒胸露腹，一身燥热难耐的模样。嘴里不住地哼唱着估计只有自己才心悦的曲调。偶尔一个饱嗝，将肚子里浓烈的酒肉臭气吐入夜色。之后，又心满意足地傻笑一气。

在野外，白天的山风是清爽宜人的。可一旦入夜，这种清爽宜人也会逐渐夹杂着刺骨的寒意。并且随着夜色愈浓，冰冷感就越发强烈。

阿嚏——阿嚏——

夜行人接连打了两个喷嚏。刹那，山间也开始回荡起一连串带着酒臭的回音。由此及彼，由大变小。之后，又缓缓消失，无所踪影。

好冷……

夜行人一只手提着行灯，另一只手不住地摩挲手臂。又走了几步，兴许是酒意被山风吹散，又或许是胸腹着了凉，夜行人驻足片刻，开始整理起衣襟。

他举起行灯，向四周照了一遭。心中陡然惊醒，沧桑纵横的脸颊布满了懊悔。紧接着，甩起手死命抽了自己两巴掌。可能是用力过猛，山林间恰到好处地回响起清脆的拍打声。

啪——啪——

夜行人此刻才意识到自己都做了些什么。夜半三更，独自游走在杳无人迹的山野林径，而非正常的官道。

他再次将行灯探向周遭，不断四下张望，踟蹰不前。在灯火的映照下，依稀可以看到，夜行人的衣襟已经被山林中的湿气及自己的汗水浸透大半。

夜行人微微弓着身形，边走边不住地颤抖，时不时又向四周张望。

关于这一带的传闻早已传遍了城里的大街小巷。据说，每每入夜，云山深处就有长毛与清军厮杀的声音回荡。更怪诞的是，有人还说，曾亲眼见过整队的长毛从自己身边行进。一个个面色死灰，身体泛着半透明的青色火焰，虚虚实实。

可这些都只是传闻，谁也不知道经过了多少人的添油加醋。由于过分夸张，城里的多数人都视此为茶余饭后的谈资，或者吓唬孩子的良方。

对于夜行人而言，毒蛇、虎豹之类才是真正值得忌惮的。当年，清军杀伐长毛，将成千上万具尸体扔进云水河，或者随意丢弃在云山的密林中。就此，这方圆百里的飞禽猛兽不再为果腹而奔命。飞禽喜欢吃腐肉，猛兽则专挑气息尚存者。人肉吃得多了，一只只、一头头膘肥体壮。而且，等到长毛都被吃光了，这些畜生为了吃人肉，居然开始在官道上出没，还有十余次袭击郊外村户的情况。

夜行人警惕着周围的夜色，惊惧与寒冷渗入了身体的每一寸肌肤。他看看手中的行灯，矛盾、纠结始终悬于心头。亮光使自己成为异常显眼的目标，可自己又只能依靠它前行。

山风又稍稍烈了些许，在枝条与灌木的缝隙间来回穿梭，各种窸窣摩擦声越发清晰起来。同时，河流的湍急声也透过黑暗强行灌入夜行人的耳朵。

夜行人心急如焚，不断加快步伐。只可惜，借助微弱的亮光想在崎岖不平的山路上奔跑，反倒适得其反。还没有前进多远，他便一个趔趄摔倒在地。他的左脚因为踏入了泥坑，崴伤了脚踝。此外，身体突然间的失衡，左臂为了稳住身体，在撑地的一刹那剐蹭到了腐朽的断木残枝。手掌顿时血流如注。左手腕上的佛珠也尽数散落进了草丛。

"啊……他娘的！"夜行人怒不可遏，但又不敢放声吼叫，生怕惊醒了熟睡中的猛兽。

庆幸的是，行灯完好无损。

夜行人顾不得伤痛，慌忙举起行灯环顾四周。除了风声、流水声、树叶与草丛的窸窣声，没有其他多余的杂音，也没有诡异的东西出没。

夜行人趁机大口喘息，并从衣襟上撕扯布料来包扎伤口。

仅仅休息了片刻，他便起身继续赶路。左脚的伤痛明显延缓了行进的速度。他左摇右晃，一跛一瘸，勉强挪动着自己的身体。

阿嚏——阿嚏——

夜行人谨小慎微，刚一张口，就立刻用小臂掩住了嘴巴，生怕弄出半点动静。

不知从何时起，夜幕中开始飘落毛毛细雨。

如果雨势突然变大，那盏灯火绝对会被打湿。茫茫的山林夜幕中，一旦失去了照明，随时都可能被黑暗撕裂。手中的灯火是夜行人所有的希望。

此刻，薄薄的衣衫已经彻底湿透。

夜行人继续行进，正当他观察四周时，冷不丁踩到什么又粗又长的东西，心中一凛，瞬时炸跳开来。数步开外，惊惧中扭头一看，才意识到自己踩中了一截枯枝。

呼——

原以为踩到了盘踞在草丛中的毒蛇。他长长地出了一口气，缓了缓紧绷的心神，用袖口擦拭着脸上的汗水、雨水。

呜嘿嘿嘿——呜嘿嘿嘿——呜嘿嘿嘿——

突然，一阵鬼魅般的尖锐笑声在山林中响彻、激荡、弥漫。夜行人如同惊弓之鸟，浑身一个激灵。心神刚刚得以缓解，惊恐又瞬间弥漫全身。

呜嘿嘿嘿——呜嘿嘿嘿——呜嘿嘿嘿——

又一轮诡异莫测的怪笑声在耳边回荡、重复。这声音的出处似乎……似乎近在咫尺。昏黄的灯火，能照亮的也不过是自己眼前的方寸空间。他小心翼翼地环顾四周，想要查找笑声的来源。猛地，夜行人倒吸了一口凉气。在两丈开外的半空中，有一双闪着光亮的眼睛正瞪视着自己。

呜嘿嘿嘿——呜嘿嘿嘿——呜嘿嘿嘿——

又是一轮同样的笑声，声音出处就是那双眼睛的方向。夜行人仰面望去，片刻之后，他似乎有所醒悟。在地上摸索了一会儿，将一枚石子狠狠撇向了那双眼睛所在的方位。

扑棱棱——一阵扇动翅膀的声音顺势传来。

那双眼睛猛地从树梢跃入夜空，之后又缓缓隐没在了夜色中。月光虽然残破，但也能将那怪物的身形照出个大致轮廓。

"该死的夜猫子。"夜行人恨得咬牙切齿。

其实，他恐惧的不是黑暗，而是黑暗中的未知。自己的行为惊动了夜猫子，可夜猫子的啼叫是否已经惊醒了其他野兽？

后半夜的山风果然冰冷刺骨，即使裹紧了衣襟，也不禁瑟瑟发抖。雨滴被风卷起，又沾在肌肤上，竟然有些许的刺痛。夜行人在心中默默祈祷着，小心翼翼地前行，似乎并没有惊动野兽。时间一久，夜行人的焦虑与紧张似乎有所缓解，步伐相较于早前也稳重了不少。不知不觉中，夜路已经过了大半。

呜啊呜啊——呜啊呜啊——

怪异的叫声再次漫山遍野地响起，搅动着黑暗。不过，夜行人并没有早前的一惊一乍。"他娘的畜生！改日一定要回来弄死你们，弄死你们。"夜行人嘴里不住地咒骂，却丝毫没有减慢自己的步伐。

呜啊呜啊——呜啊呜啊——

诡谲的声音穿透夜色，也穿透了其他种种嘈杂，如洪水般一遍又一遍灌进双耳。其出处似乎不在两三丈的范围里。

稍一分辨，就能察觉出与先前夜猫子的啼笑声并不相同。之前是夜猫子特有的啼叫声，有点近似于人的怪笑。现在回荡在山林中的声响，好像……好像是死人的呻吟……

夜行人稍微放缓了步伐，环顾四周，查找着有没有飞禽挂在树梢。周遭漆黑一片，丝毫不见什么鸟兽。

那毛骨悚然的呻吟声究竟是从何处传来的？

灯火因为夜行人脚部的伤痛，随着步伐一上一下不住地跳动。光线所及之处，各种景物也似乎有生命般迅速闪避。

持续行进，也没有停止寻找。细细分辨着声音的来源，扭头望向了河对岸。

呃——

夜行人猝然驻足瞠目，一口气死死地卡在了咽喉。

月光虽然残破不堪，但河面上依然可以看见粼粼的波光。然而，比起这层寒意，更令人危惧的是对岸的树林中出现了无数只闪耀着白光的圆点。密密麻麻，成百上千，分明就是一双双人眼正在凝视着自己。

不是飞禽的啼鸣，也不是走兽的吼叫。夜行人下意识想起了城中的传闻。长毛，一定是那些被砍掉了脑袋的长毛。当年数场血战过后，长毛的尸身与头颅都被成堆地胡乱丢弃。据江湖术士说，碎尸如果拼凑不齐，黑白无常也是不收的，只能流落在黄泉之外做孤魂野鬼，永世不得轮回。于是，长毛们的头颅就这样日复一日、年复一年地飘荡在深山野岭，苦苦寻找着自己的尸身。

夜行人呆望了半晌，用力扭动僵硬的脖子，强迫自己面向野径延伸的方向。他挣扎着移动双脚。一步，两步，徐徐加速。如果不是左脚的伤痛，估计都能飞踏在高草灌木之上。

他弓着身形，抻长脖颈，脑袋还要极力地探出去。比这些更急迫的，是那双眸子扭曲着朝脸颊外凸出。这僵硬的姿态，宛若一只受了惊吓的鸭子，而且是一只硕大的鸭子。

"阿弥陀佛，阿弥陀佛，阿弥陀佛……"夜行人嘴里轻声嗫嚅着。

夜雨不断甩下，犹如银针刺向额头、臂膀、脊背。他竭力奔命，身后紧紧飘浮相随的，是无数只鬼魅编织成的一张巨网。一双双泛着寒光的眼睛，一张张暗青色的人脸。

"阿弥陀佛，阿弥陀佛，阿弥陀佛……"夜行人不住地持诵，希望借此来驱散黑暗中的邪祟。

一路上持咒数百遍，不知不觉中，夜空中的残月也被他驱逐得杳无踪迹。因为口干舌燥，他的吐字愈发混乱起来。

夜行人几度微微倾斜脑袋想要窥探，却又立时收了回去。

那股死人的呻吟声呢？

夜行人没有停下脚步，但压低了持咒声，周遭似乎安静了不少。他转而在心中默念，耳际果然只剩下凌乱的摩挲声、湍流声。

他试探着缓缓扭动脖颈，微微斜视对岸，进一步确认身后是否有亡魂如影随形。

飘浮的人头不见了！

夜行人壮大了胆子，转向身后，没有任何异常。

"阿弥陀佛，阿弥陀佛，佛祖保佑，菩萨保佑，罗汉保佑，天尊保佑，王母娘娘保佑，关公保佑，土地公保佑……"一口气全倒了出来。

来得快，去得也快？

持咒显灵？

虚惊一场？

夜行人瞬间瘫坐在地上，一边擦拭着额上的汗水，一边收拢着快要出窍的魂魄。此刻，他疲态尽显，欲哭无泪。

差不多快要走出了吧？

夜行人休息够了，提起行灯，继续行进。

风声、水声、草木摩挲声，都在不知不觉中停歇，山林进入一片死寂。夜色中的万物已准备就绪，似乎有什么东西即将粉墨登场。

簌簌——

似乎是平常的草木摩挲声，夜行人并未在意。

簌簌——

只不过两丈的脚程，夜行人猛地一个激灵。

"谁？出来！"说话声剧烈地颤抖。

林中的猛兽吗？不是，绝对不是。手中的光线虽然暗淡，可分明在昏暗中看到了一个人形的东西伫立在不远处，白色。

一回头，又于瞬间消失。

难道是因为先前的惊吓而产生了幻象？

夜行人将行灯伸向声音传来的方向，屏息静气。他在原地僵持了半晌，却没有察觉到任何异常动静。小路两旁长满了齐腰深的蒿草与灌木，非常容易俯身隐藏。

夜行人试着轻轻退了一步。

簌簌——

令人恐惧的声音再次响起，的确有东西藏在草丛中。

夜行人手里的行灯在不住地摇摆着。他又轻轻退了一步。

簌簌——

此时，夜行人已如同惊弓之鸟，拔腿飞奔。说是飞奔，其实也只是拖着脚伤，蹦蹦跳跳而已。

"阿弥陀佛，阿弥陀佛……"嘴里还不停地喃喃，但早已上气不接下气。

簌簌——簌簌——簌簌——

随着夜行人步伐的加快，那声音也陡然猛烈了起来。

"谁？"夜行人蓦地扭头望向声音的出处，其颤抖的声音中带着些许哭腔。

我——

一个近似人声的回答灌入夜行人的耳朵。那声音沉闷、沙哑。随之响起一种怪异的叫声，又好像是在笑。

咯——咯——咯——

人声？似人非人，似畜非畜，好似一根鸡骨卡在了咽喉。

声音异常真切，而且就在数丈之内。夜行人立时血脉偾张，五脏六腑全部绞在一起。静默片刻，他随即扭头蹿了出去。

短短的几个时辰，夜行人在惊恐中疲于奔命。天公似乎也在有意捉弄他，突然间，一道电光从天而降，整片山林恍如白昼，眨眼间又被黑暗一口吞噬。

轰隆隆——

雷声炸响。再次刺激到夜行人的神经，原本恢复了些许血色的脸上又死灰一片。他兀自张大着嘴巴，拼命地喘息着。人一旦进入了恐惧的状态，即便有人在脸颊轻轻吹口气，都可以送掉他半条命。

伴随着一声炸雷，一道电光将整片山林照得透亮。片刻，又归于漆黑的死寂。

无暇顾及眼前蜿蜒的小路，一不小心脚下再次踏空，夜行人整个向前跌了出去。比身体的伤痛更加无法承受的，是行灯脱手而出。

火，熄了。

眼前黑漆一团。

他顾不得疼痛，趴在地上四处摸索，寻找着熄火的行灯。

夜行人找到了灯笼，死死握住灯柄，并用受了伤的左手在怀中寻找火石。可是上上下下寻了个遍，却始终没有摸到。

"阿弥陀佛，阿弥陀佛……"

簌簌——簌簌——

熟悉的声音已经近在咫尺，却一直没有显露真身。夜行人慌乱不堪，像条狗般四肢着地，竭力奔命。

"哎呀！"没有照明，他被一根横亘在路上的粗木绊倒。

一个闪电，一声炸雷，再次撕裂了这片夜色。

凭借着短暂的电光，夜行人目击到，草丛在不自然地摆动。有什么未知的东西正朝自己游移而来，越来越近。

此刻，每一声惊雷，都足以将他的五脏六腑震出皮囊。

轰隆隆——

响彻山林的霹雳，点燃了整个夜空。

"啊……"夜行人一口气如鲠在喉，无法吐出。

眼前，一只披头散发、面目狰狞的修罗鬼赫然伏在距离自己不足两丈的地方。

咯——咯——咯——

又是一连串毛骨悚然的笑声，如鸡叫般令人头皮炸裂。

它伏在不远处，歪着脑袋打量着夜行人。缓缓地，抬起一条前肢，向前探出。随后，后肢也跟上一步。

天公为了让夜行人看得真切，又接连送上几轮霹雳。

那脑袋上披散着一尺多长的白发。在蓬松的毛发中央，一张血红的恐怖面孔格外扎眼。虽然嵌着大得出奇的眼眶，却空见眼窝，不见眼珠。撕裂到耳际的血盆大口几乎占了整张脸的一半，数颗獠牙歪歪斜斜地向皮外延伸。鼻子似乎是因为被削去的原因，只留下一个作呕的黑孔。

将二者隔离开来的，只有刚才那根绊倒夜行人的粗木。

夜行人心神尽失，毫无反抗的姿态，不要说逃跑、求救，就连持咒的想法都荡然无存。他已遍体鳞伤，即便任他奔命，以他的脚力，一时半刻也逃不出岸边野径。

片刻的通明之后，山林与夜行人的内心同时堕入无限的黑暗。

"呃……呃……"喉咙干涩，舌头也已然石化。

啪嗒啪嗒——啪嗒啪嗒——啪嗒啪嗒——

脚步声？匍匐的摩擦声？

爬过来了，爬过来了。

再一次电闪雷鸣，夜行人的五官已彻底扭曲。

修罗鬼近在咫尺。它一改伏卧在地的形态，徐徐直立。当身躯舒展，居然高达八尺。修罗鬼歪着狰狞的头颅俯视着夜行人，默默无言。

咯——咯——咯——

沉闷的怪笑，在山林间回荡，渐渐淡化。最终，连同山、河、草、木，以及夜行人，统统堕入无边无际的黑色深渊。

它的面孔带着血腥的腐臭徐徐贴了上来，五寸、四寸、三寸、两寸……

第二章

噬魂铄魄

　　兴许是旅途劳顿，白泽直到日上三竿才从床上磨蹭起来。他与我倒是毫不见外的。再等他伸伸懒腰，发个呆，洗漱一下，差不多已是十一点的样子了。

　　"你家的床太舒服了。其实，你只要给我一块木板就够了。"白泽一边活动着自己的筋骨，一边与我们闲聊，"昨晚你们走后，我就把《修罗鬼志》细细读了一遍，直到后半夜三点才睡下。"

　　"用不着这么拼命，我们有的是时间。"我回应道。

　　"清石哥，你是不是已经有什么重要的发现了？"

　　"没有。"

　　陶方玉听罢，刚刚燃起的兴奋劲儿又瞬间被白泽掐灭。

　　"不过，的确感觉有一些细节令我疑惑，可目前还不好直接说出来。"白泽缓缓说出心中所思，"说不定只是个巧合，也可能是我想得太多，造成了误会。"

　　我虽不及白泽聪明，但还是可以从他的聊天中提取到各种信息点。《修罗鬼志》的行文可以大致反映执笔者的文化修为，其字里行间所透露的也都是个人所及的层次、范围。不过，如果执笔者的文化水平有限，文中一些看似可疑的地方却可能只是词不达意，或者文法有误。

"哥，我们现在就出发吗？"陶方玉问。

"现在就动身吧。我们可以顺路先吃个午饭。"我转向白泽，打趣道，"白老爷，您中午想点什么佳肴？"

"算了，算了，不用太麻烦。来一碗鸭血粉丝汤就好。"

话说，白泽是个会吃的人。鸭血粉丝汤也是南京本地的风味小吃，算起来有一千四百多年的历史。

"如果单单是鸭血粉丝汤，我知道一个地方做得特别好。估计我哥都没去过那间铺子。"陶方玉说道，"等会儿我来开车，今天开始我也跟着你们，打个下手。"

说罢，我就带上准备好的皮包与他们出了门。车子是自家的，一辆黑色的福特。白泽与我坐在后排。他对沿途的街景颇有兴趣，还不住地向我询问。可能是长时间生活于此的缘故，我倒是没觉得有什么稀奇。

民国之后，南京城有一定程度的建设与修缮，但政府的财政捉襟见肘，加上国都北迁，所以始终未有太大的变化。城市依然保留着自太平天国运动被平定，清朝重新修复后的风貌。

车子行驶了十余分钟，拐过两个街口，便到了午餐的目的地。店面不大，不过生意应该不错，就餐的桌椅已经从里面一直摆到了店外。可能我们来的时间比较早，客人还不算多。

"子麟，你经常来这里吗？"我问道。

"谈不上经常。我和几位同学来过几次，相比南京其他地方，这里的鸭血粉丝汤绝对正宗。"陶方玉开始向我和白泽介绍起来，"一碗热乎乎的爽口鲜汤，甘草、当归、沙参、香菜一应俱全。鸭血、鸭心、鸭胗、鸭肠、鸭肝处理得干干净净，没有半点的腥臭。里面的粉丝嫩滑，韧性也恰到好处。"

看来白泽是遇上美食知音了。不过，陶方玉说的有一点确实很重要。鸭子是凉性极强的动物，腥味较重。有些厨师功夫不到家，只需要尝一口汤，就可以彻底倒了食客的胃口。

"还有沙参！这可是个好东西，过油煎炸也相当美味。"白泽回应道，"看来子麟也是个行家，这几天你可要把南京城里的美食一一推荐给我。"

陶方玉连连称是。

"清石，我觉得等你闲下来的时候可以写一本美食的书了。"

"我正有这个想法呢。"

我原本只是开个玩笑，没想到白泽还当真。

"你们知道袁枚吗？"白泽问道。

"你说的该不会是清朝的诗人袁枚吧？"我有些拿捏不准。

"没错，就是他。袁枚不仅仅是诗人、散文家，还是个美食家。袁枚写的《随园食单》可是非常正经的美食谱。"

袁枚写过《子不语》《续子不语》我倒是知道的。可白泽说他还写过美食菜谱，真怀疑他是在一本正经地胡说八道。

闲聊间，听得伙计喊了一嗓子。

"七号桌，三碗鸭血粉丝汤。"

片刻之后，伙计就将三碗热腾腾的鸭血粉丝汤端上桌。白泽早就迫不及待，左手持勺，右手执箸，毫不客气地示意伙计将第一份放在自己跟前，眼神中都散发着积聚了许久的食欲。

白泽凑上鼻子轻轻闻了闻，一副享受的表情。他拿起勺子，舀了一点汤汁，缓缓品尝起来。

"嗯，香，确实香。"说罢，白泽又加了两大勺辣椒红油。

自此，直至吃完，白泽始终沉浸在享受那一碗鸭血粉丝汤的美味中，没再吐半个字。白泽就餐的速度颇快。他吃完粉丝的时候，我和陶方玉仅完成了一半。等我和陶方玉吃完了，白泽就已经连汤都喝了个干净。

白泽不会与我客气，我也不需要多问是否再来一碗。他吃完便一个人倒了杯茶，转悠到后厨去了。

约莫十分钟后，我和胞弟也陆续吃完，付了账，白泽也从后厨转悠回来。

"你去后厨做什么？"我问。

"学习一下，说不定我哪天不干教员了，也在北京推个小车走街串巷，卖鸭血粉丝汤。"说完，他还自顾自地笑了起来。

随后，我们三个人上了停在门口的福特车，尚未启动，白泽便开口步入了正题："等会我们要见谁？"

"我们要见的人叫刘轩，是《修罗鬼志》'志怪一'中遇害者的儿子。"

《修罗鬼志》第一篇志怪故事中的遇害者叫刘福安，是一位制造塑像的店铺掌柜，手艺人。

在我年幼时就听过关于云山地区有妖怪吸食人魂魄的故事，但与修罗鬼无关。几乎所有的大人都是这样吧，为了让调皮的孩子能老实些，总将一些成年人才能适应的恐怖话题讲给孩子们听。好像越是恐怖，才越有制约孩子的"疗效"，以至于一些在年幼时听到的诡异故事，我至今记忆犹新。

我将"志怪一"中的描写做了删减，提取出一些认为有效的信息，然后与族里健在老人做了核实。不仅是关键信息吻合，而且在一些老旧的闲散书籍中找到了相关的乡野怪谈。更为难得的是，我居然还找到了刘福安仍然健在的儿子。

起初，刘轩对于有人询问其父亲的死亡情况非常反感。我也是三顾茅庐，多次说明其父的死涉及了修罗鬼系列案，陈述了利害关系，也有机会为其父亲的死正名，才有了刘轩愿意考虑一下的机会。这个过程中当然没有我现在所讲的这般轻松，刘轩也对我作为医生的职业产生过疑虑。不过，其中来来往往的细节我就不在此赘述了。

其实，我最初也没有对刘轩抱太大的希望，但是在第一次交流的过程中，不知道哪个词触动了他。我注意到了他的眼神、表情流出的异常不自然与不自在。基于此，我确定刘轩隐瞒了其父亲死亡时的真相。可是，作为儿子，又为什么会隐瞒呢？

"这位刘轩知道他父亲临终前的情况？"白泽问道。

"应该是的，不然他也不会答应我做一次专门的访谈。"

"那他现在差不多七十岁了吧。"

我点点头，回答道："具体的年龄我没有问。不过，刘福安的丧事都是刘轩亲自操持的，所以一些细节都可以通过刘轩来做个了解。"

简短的介绍过后，车子便启动驶向第一个目的地。

虽说南京城有二十多万的人口，在中国也算得上是个大城市了，但是对于久居其中的人而言，也不过是个巴掌大的地方。经过二十分钟的路程，我们的车子在一家制造塑像的店铺门口停了下来。

刘轩继承了他父亲的铺子，但是因其父亡故得早，手艺尚未学精。刘家的小产业在他手里也算是勉强维系了下来。进入前院，四五个学徒正忙着将一些完工的塑像包裹、装箱。得知我们是来见当家的，便有人领着去了后院。

刘轩的个子不高，一头的白发。他的发型和不少从清朝过渡到民国的老人差不多，虽然剪了辫子，但是后脑的头发明显比前面的要长不少。可能是出于某种担忧吧。既可以敷衍民国政府剪辫子的政令，又尽可能给自己留一条后路。

相较于他的发式，刘轩的面孔更为瞩目。满脸的沟壑，似乎有道不尽的沧桑。不过，整个人的精神头儿倒是没得说，这一点从他的眼神中就看出来。

刘轩在后院与几个学徒给泥像着彩，见到我们一行人便招呼着进了别院的厅堂。可能这间厅堂就是主人在工作之余休息的地方，里面的布置异常简洁。除了中央醒目的桌、椅、茶壶、茶杯，似乎没什么其他东西。

刘轩让学徒沏好茶便将其打发去了前院。他走到门口向外看了两眼，确定再没其他人，才重新回来招呼我们。

"几位先生，我这里只有大碗的粗茶，还希望几位不要嫌弃。"刘轩的待客礼数还是周全的。

"刘大伯客气了。明明是我们再次叨扰，还要请您见谅。我和我弟弟您是见过了，这位是……"

还没等我说完，白泽便抢过话头："我姓白，名泽，北京派我来调查令尊的案子。"

我和陶方玉听罢便是一愣，双双吃惊地看向他。白泽扯谎真是信手拈来。

"北京派来的？"刘轩也有些纳闷，上下打量起白泽，又看看我，"可陶先生是位郎中……"

每次听到他叫我郎中我就想笑。医生这个词可能不适合生于晚清的人，而且南方与北方的叫法亦不相同。

"我明白您在想什么。我和陶方璧是同学，他是南京地区警察局特聘的法医，也就是仵作。我们工作上常有联络，恰好令尊所涉及的案子也是政府部门挂了号的，所以北京那边就派我过来了。想必您也一定清楚，现在北京政府的高官中，很多都是清朝留下来的旧臣，多少都涉及过去的事情。为了做到万全，所以让陶先生一直守口如瓶。再多了，我也不好向您说什么了，还请老先生谅解。"

白泽这都是现编的吗？我看到陶方玉的双目都快蹦出眼眶了。

刘轩一愣，不知道什么信息刺激到了他的神经，皱着双眉，压低声音问道："难不成要变天？皇上又要回来？"

对刘轩这样经历过大变革的普通百姓而言，有所顾虑与忌惮也是可以理解的。我和白泽好说歹说才安抚住他的情绪。白泽又以官方口吻保证，终于将老爷子唬住。加之早先我也做过不少工作，他还是爽快地答应配合。

"好，好，好。有什么就尽管问吧。这些事情我都憋了差不多五十年了。"

既然开始切入正题，我和陶方玉便拿出笔记本，认真做起书记的工作。两个人的文案工作应该更保险些。

白泽倒是摆出一副北京特派员的派头，提问道："您与令尊是南京本地人？平时有没有结怨的仇家？"

"我们原籍是福建的。当年，长毛被清廷剿了之后，这南京差不多就是个死城，我爹扯着我娘，还有我来这里搞个营生。"刘轩说着便抽出腰间的旱烟，点上火，吧嗒吧嗒地抽了起来，"几位刚才也都瞧见了，我这里是靠手艺吃饭的。当年南京刚打完，到处都是稀烂稀烂的。我爹说，这可能是我们安身的最好机会。他打小学习塑像的营生，从拟稿、制泥，到雕塑、染色，还有贴金的手艺，都极其精湛。后来，我爹自己琢磨，耗了十多年的功夫练就我们刘家独有的手艺。"

"有仇家吗？比如别家也是制作塑像的。"白泽提醒道。

"没有，绝对没有。"刘轩的身子立时一停，连连摆手，正色道，"我们来南京的头几年，这里的人也不多。前前后后就我们一家做这营生的。当时，我们家专为寺院、尼庵、道观，还有土地庙、城隍庙的神佛塑像。没用多少时间，这生意就越来越好，我家也能常常吃上几口肉了。"

"令尊遇害的时间您还记得吗？"我问道。

"我寻思下。"刘轩吧嗒着旱烟，略微思考了一下，回答道，"应该是同治七年的四月。"

这些日子我一直关注着修罗鬼系列案，对时间的转换也略上了点心。所以，很快就在心里算出了刘福安遇害时间的西历：1868 年 5 月。

"出事那天，我爹是去南山镇送一批精雕的佛像。这种脚下活原本都是学徒们去做的，但是生意好，人手不够，他就亲自走了一遭。依着临走前的想法，他送完货就要趁天还亮赶回来。"刘轩老爷子可能陷入了回忆，双目似睁非睁，吐了一口烟，缓缓讲述道，"不知道图的什么，收货的主顾硬是要留他吃顿酒再走。我爹耳根子软，人家说了几句好听的，他就答应了。等他们吃完，时辰差不多已到戌正。当时，那位主顾还是挺上心的，要我爹留宿，等第二天的日头出来了再走。可我爹不听，说什么都要回家。主顾看是留不住了，就给了盏行灯把我爹送走了。接下来发生的事，就……"

刘轩欲言又止，继续吧嗒起他的旱烟。

我们没有立刻提出新的问题，想着刘轩老爷子再次回忆起往事，内心必然有所波澜，还是让他稍稍平复一下。

我低头看了一眼笔记本，又看了看陶方玉所作的记录，心中不免有点好笑。我是斟酌着将重点信息记录下来，而陶方玉没有经验，几乎是把刘轩所说的内容一字不差地记下来，结果是越写越乱。我猜想，等他回去翻看的时候，怕自己都不认得写的什么内容了。

可能是旱烟抽完了，刘轩抬起头看看我们，似乎在等我们继续提问。

"令尊为什么要走山中偏僻的小路呢？"白泽问。

"这个就只能瞎估摸了。其实，早些时候是有一条官道的。够宽，够大，走起来也踏实。半道上还有一家小驿站。哪怕你是赶夜路，偶尔也能碰上几个同道的。可这条官道有个毛病，太长。想着跟山里的路一比，官道要多走上两三个时辰。"刘轩把旱烟杆在椅子腿上敲了敲，用小竹签将烟灰刮净，再次塞满烟丝，点上火，"我后来也找了跟我爹喝酒的主顾问过，还有其他几个伙计、邻居做证。我爹酒量差，最多也就喝上四两。可事发当天，他居然喝了一斤多。离开的时候，舌头都已经捋不直了。我估摸着是酒壮人胆，又寻思着抄近路，结果稀里糊涂地进了山。"

虽然刘轩所说的这种山路现在也很普遍，但是城里人是无法体会的。山路野径往往极不平坦，路面不仅凹凸，上坡下坡也较多。如果赶上下雨天，道路又会变得泥泞。所以，除非是对旅程特别迫切，否则极少有人会选择这种路线。

"您是怎么见到令尊的？"白泽问。

在《修罗鬼志》中，"志怪一"结束得非常突兀，没有说明之后究竟发生了什么事情。是作者不知道，还是故意隐瞒？

"我爹是在第二天一早，大约辰初吧，在官道和那条山路的交叉口被人瞧见的。听那几个人说，我爹是直挺挺躺在地上的。瞧见我爹又把他背回来的，有三个人：一个是跟我们同住一条街的陈叔；另外两个是来南京卖羊的商人。听他们说，在瞧见我爹的时候，他就已经是干巴巴的了，鼻子里的气是有一茬没一茬，身上的衣服也都破烂得像乞丐穿的。回到家里不到半炷香的工夫，我爹就走了。"说完这番话，刘轩又重重地吸了一口旱烟，然后缓缓地吐了出来。

对于刘轩刚才所言的时间，我认为有必要稍微解释一下，毕竟通用西方的二十四小时已经有些年月了。刘福安被发现的时间是辰初，所指为七点。半炷香的时间虽然也要考量香的粗细、长度，不过根据民俗与语言习惯，所指为不到半个小时。

"死因是什么？"白泽问道。

"说是被不干净的东西吃掉了魂魄。"刘轩说这句话的时候明显是带着怒火的。

"这是坊间胡乱谣传的。"我插话道，"没有请大夫来诊治吗？"

"我爹在郎中来之前就走了。虽说郎中来了之后，把了把脉，可张口就让我准备后事。"说完，刘轩又朝着半空吐了一口烟。他抽的本就是旱烟，味浓，劲大，我感觉自己的眼睛有点辣。

"死因呢？大夫就没有查一下死因？"可能是出于职业的本能，我不禁又问了一句。

"没瞧出来个一二三。"

白泽无奈地摇了摇头，继续问道："您能否详细描述一下令尊回来时的样子？"

掌柜的闭目沉思，两口烟的工夫过后，徐徐开腔："回来的时候已经没了人样。从头到脚都白得吓人，好像身上的血都被抽光了，乍一看都是干瘪的。"

"那令尊在弥留之际，是否说过什么呢？"白泽问。

"什么留？"刘轩老爷子应该是没听懂。

"我是说，令尊在过世之前有没有说过什么特别的话？"白泽改口道。

掌柜的依然是紧闭双目，回答说："一开始不管我怎么叫他，我爹都没有反应。他整个人迷迷糊糊的，眼睛也说不清是睁着还是闭着，嘴里呜呜呀呀的，一直到走。"

"您是说令尊还是开过口的，对吗？"白泽迅速追问。

"有倒是有，不过嗓门太小，还不是一股脑说完的，我也搞不明白他到底说什么。"刘轩老爷子睁开眼睛，看了看我们，继续说道，"只有修罗鬼、眼睛、好多眼睛、爬虫、蜈蚣、白毛什么的，其他的就想不起来了。"

白泽立时瞪大了双目，向我投来确认的目光。我微微颔首，示意他核心要素就在这里。我也将捕捉到的关键信息记了下来，同时画上两条下划线以示重点。

白泽将目光重新移到刘轩处，问道："您今天所讲的这些内容，之前还与其他人讲过吗？"

"没有。几位一看就是干大事的，可不比我们这小街小巷子里的混账。说实话，外面住的那些东西一旦听到什么鸡毛蒜皮的小事，臭嘴巴比什么都快。我爹前脚刚走，后脚就是各种恶心人的消息，还传遍了大半个南京城。那些不要脸的混账不单单是传我爹出事，里面还添油加醋，什么和母猴子睡觉之类的都能给编出来。早些年，我还是有些火气的，把一个烂舌头的打折了腿，还差点因为这个被抓进衙门去。可后来说的人越来越多，我一个人又吵不过一条街，索性就闭上嘴再也不提了。再说你们也都瞧见了，我们家是专门给寺院、道观打造塑像的，事情一旦闹大，谁还会找我们做活。刘家的神仙不顶用，刘家是遭了恶鬼的报应什么的。我也没办法，还是老老实实闭上嘴。"

"但是死得蹊跷，总要报官的吧？"我插嘴道。

"来过差人，瞧了两眼就走了。跟我说不是别人杀的，应该是死于某种疾病，让我快点办了白事。"老爷子收起旱烟，深深地叹了口气，缓缓说道，"人不能总那么放着，没多久我也就把白事给办了。"

"那么，当天送令尊回来的几个人，或者其他在场的学徒是否听到了令尊所说的话？"白泽延续刚才的问题。

"没有，绝对没有。那天屋里有三四个人，也只有我这个做儿子的守在我爹跟前。再说了，我爹说的那些话，我也是把耳朵贴在他嘴边才凑合着听清的。我之外，其他人铁定不知道我爹说了什么。当年屋里的几个人还问我来着，可我什么都没应。一眨眼晃了几十年，我也从来都没对别人说过。外面那些臭不要脸的烂屁眼、烂舌头，一个个都他妈的该杀。"

在这一点上，我是非常理解刘轩的。无聊的好事之徒往往喜欢捕风捉影，然后添油加醋一番。刘福安的遭遇还被一些三流文人写成了怪诞故事到处传播。

"您刚才提到，差役说是病故，那是说令尊的身上没有被行凶的痕迹？"白泽似乎对空气中浓烈的二手烟无感。

"没有被人砍啊刺的，也好像没被打过。我爹身体上就是剐的、蹭的小伤挺多。"白泽不需要多问，掌柜的就可以将话匣子彻底打开，"硬是要说细一点，我爹的左手……对，是左手。他的左手倒是有一个血淋淋口子，还缠着从自己上衣扯下来的布条。还有，左手腕上的佛珠手串没了。左脚踝是崴伤的，肿得都快和大腿一样粗了。"

我已经有些呛得胸闷、头晕，想着先让白泽提问，如果有需要补充的，我再发言。与此同时，我察觉到陶方玉也是一副快要窒息的样子。不过，他依然毫无经验地奋笔疾书着。

白泽没有准备问题清单，完全是顺着刘轩老爷子所提供的内容，临场应变："令尊没有佩戴桃木手串，脚踝肿胀这样的细节，会不会有其他人也注意到？"

"不会的。这点事也是在操持白事，给我爹擦身子、换新衣的时候才瞧见的。全是我一个人干的，连个学徒我都没让搭手。而且，我爹走了之后，我差了几个信得过的学徒专门守灵，不让那些烂屁眼、烂舌头的靠近。"

"有没有其他少了的东西，或者又多了什么呢？"白泽继续问。

"多的东西没有。说少了的话就是桃木手串。虽说不值几个钱吧，可我爹就是喜欢。一共九颗珠子，每一颗上都用针雕着《心经》。我爹也是为了求个平安才戴着，当作护身符。再有，钱袋子也没丢，里面装的跟那天主顾给的数目一样。"

"无致命伤，佛珠……"白泽喃喃自语，我只隐约听到这两个词。

我对老爷子刚才一番叙述也有一点想法，但是不知道在思路上是否与白泽一致。趁着短暂的沉默，我瞥了一眼陶方玉。他依然在埋头做着记录，但是字迹已经潦草到只有圈圈和波浪。

白泽又继续问了几个问题，但刘轩的回答已经提供不出任何完整、有效的信息了。

"我想了解的，已经差不多了。你们二位呢？"白泽向我和陶方玉问道。

我摇了摇头，表示也没有什么问题。更何况，我已经忍受不了这屋子里呛人的浓烟了。

轮到陶方玉的时候，他大脑一时混乱，嗯嗯啊啊，舌头都不听使唤了。于是，我们感谢了老爷子一番，起身告辞。

走出门口，一呼吸到新鲜空气，顿时感觉重获新生，脑子也瞬间清爽起来。

刘掌柜将我们三人送到铺子门口，用一番请求的口吻说道："三位先生，说起来我对不住我爹。我爹的死在我心里一直都是块疙瘩。打死我也不信那些恶心人的传言，可毕竟五十年了，我也老了，有时候真的在想是不是得罪了哪路神仙。我还要操持这一大家子，有些事想做却又做不得。如果真的能查得干净，还请劳烦给我捎个信。好歹我也能在死前给我爹正一正名。"

我能做的便是好好安抚老爷子，毕竟调查才刚刚开始，谁也做不了保证。

白泽也是个聪明人，现在是获取信息的阶段，没必要将我们已知的事情透露太多。这当然也包括后续将去见的几个人。

我们与掌柜的互道了珍重，便上车离去。

车子开出了一段距离，我立刻问向身边的白泽："你居然斗胆冒充起什么特派员？"

"既然要查，就要查得像一回事。在他的眼里，你我的身份与其他巷弄里嗑瓜子的烂屁眼、烂舌头没什么两样。万一某个问题或者某处措辞触及他的敏感神经怎么办？"

"你就不怕我事先拜了帖,连你都介绍一番吗?"

白泽仰靠在车座上,笑嘻嘻答道:"我昨天是突然造访,你一直和我在一起。况且,就算你私下联系过,我也可以继续圆下去。"

白泽的此类行为已经不是第一次了,我曾经还开玩笑让他去谋个一官半职,免得浪费这信口雌黄的本事。

"我这里还有两篇相关的志怪文章。"说着,我从包里取出几页稿纸递给白泽。

这两篇文章应该是早先的三流作家所写,语言半文半白。从内容可以看出,作者的文化水平有限,而且关注的重点也略略偏重于性爱。不过,虽比不得《阅微草堂笔记》与《聊斋志异》,但也明显好过无生老母的唱词。

"这都是关于刘福安的传闻?"

"是的。都是较早的版本。"我回应道。

其实,从这两篇就能切身体会到刘掌柜当年缄默不语的苦衷。

坊间志怪一

匠人刘福安,贪杯夜归。其人鬼使神差,移步至荒僻之野。匠人哼唱小曲,优哉游哉。夜色漆黑,山林空寂,一盏灯火幽幽浮移。

行走许久,忽闻身后有女子娇嗔。

"先生,先生。"

匠人陡然一惊,慌忙四下张顾,然了无人影。误以不胜酒力,见幻听。匠人稍安心神,未加理会,继而前行。

数步,复闻有女唤之。

"先生,先生。"其声历历可辨。

匠人猝然心惊,栗栗危惧,酒亦醒去大半。

"先生,先生。"

辨其音,好似夜莺般甜美。其年华或碧玉,或桃李。

"何人?"匠人斗胆循声问之。

"先生,是奴家!"一娇弱女子款款而至,窈窕身姿全然映于灯火之下。

"你是何人?"匠人见睹来者是位面容姣美的女子,心释然。

"先生,小女乃江宁张府的丫鬟。你我左邻右里,平日于市井尚有半面之旧。"

"哦?啊!"匠人含糊不明,"一介小女子,缘何深夜停留于此?"

"前日告假省亲,不料今日归途扭伤。本是择捷径,无奈事与愿违,困于山野。还请先生搭救。"女子一副娇媚,又楚楚可怜。

少顷,匠人爽快应道:"也好,我来扶你。"

"先生背背奴家,小女的金莲已沾不得泥水。"女子娇娇努起红唇。

"好。"言毕,匠人移步至女子近前,转身弓腰。

"先生,劳烦了。"

夏日燥热,匠人身着单衣,女子亦不过两件丝衫。

女子双乳抵于匠人脊背,轻柔、绵软、温热,时而隔着衣衫微微摩挲。阵阵激流酥软筋骨,燥火亦屡屡攻心,撩得肉根气血鼎沸。

"哎呀!先生好体力!"女子贴于匠人耳际呢喃软语。

其气温温软软，缠绕脂粉香一并送入耳蜗，令人心酥筋麻。

匠人不答，然心花怒放。奈何荒山野岭多邪祟，女子朱颜冉冉朽烂，臭蛆恶虫覆盈其面，狰狞之相尽出。

邪祟嗅于颅顶，笑意俨然。少焉，祟拢其唇作吸食状。但见匠人颅顶有白雾幽幽而出，直入祟喉。

匠人负祟前行，浑然不察。行至山间野桑，已汗如雨下。感其所负者渐重，意欲休憩片刻。不料天旋地转，立时仆倒于地。观其状，双眸深凹，唇角抽搐，形同朽木枯槁。三魂七魄俱失矣。

祟饱食餍足，化出原形。此魅无发、无被，肤黝黑，形佝偻，仅一足。复望一眼其害者，已毙。蹦跳间没入夜色，遁形离去。

坊间志怪二

江宁城中有匠者，姓刘，名福安，岭南人士。

一日，匠者返，不复得路，误入穷林。

时值仲夏，林深叶茂，鸟语花香。匠者无以归，复而意兴山水，心神怡然。

曲径延绵，匠者遥见炊烟袅袅。穿林蹚溪，终行抵宅前。唯见重楼复阁，画栋雕檐，分明一处豪华府第。

宅门大开，匠者驻足探望，异之。深山僻野缘何有宅，况这般富丽堂皇。盖达官之世外桃源，或此地毗邻市镇，算不得荒郊，单怪己不知。

恰匠者思忖之时，庭内有二女姗姗而至。前者着红裳绿衫，头戴金簪翠翘，气宇高雅。后者身被素粉布衣，俭朴淡雅。匠者暗忖，此二人必是一主一仆。红裳者主，素粉者婢。

二女行至近前，询问来意。

咫尺之内，脂粉香气扑鼻，匠者顿时心摇神荡。俱以告，并言腹囊空空，求一碗白饭。

二女颇具林下风范，引匠者入厅堂，佳肴待之。奈何匠者停箸之时，夜色早已昏昏。复请借宿一晚，誓言翌日离去。二女不以为碍，予闲屋一间。

匠者入室，忽见锦褥绣榻，鸳枕翠衾，宛然温柔乡装饰。

是夜，二女娇娇步入秀房。红裳绿衫者俯首低眉，言："妾不幸早寡，孑然一身。屡遭恶邻欺侮，故暂避于此。妾非生性放荡，但见先生仪表堂堂，正人君子之相，夜色及此亦未生歹意，望以身相许，作为坚实倚靠。"

匠者闻言，大喜。面露怜爱之色，起誓愿善待之。

言罢，三人宽衣解带，画烛吹羞，共为云雨之欢。

翌日，巡山猎户偶见。匠者倒卧于千年野槐之下，寸丝不挂，颜色死灰，气息已然奄奄，其躯枯瘠不堪。诊其脉，丧魂失魄也。盖山精狐媚所噬。

卧榻数日，卒。

又数日，猎户擒二狐于野槐之侧。红粉各一，尻生数尾，达人语。二狐謩悍，复哀之。言修炼数百载，几近人形。待功德圆满，以万金答谢。

猎户心知肚明，二畜生性狡黠，善诡谋。若放生，非念其恩，日后必复返雪耻。况内丹未成，任之，再荼毒无辜。于是，哨起，数犬辄碎。不多时，腹破肠流，脾肺尽见。

其血腐臭，盈野可闻。

　　然二畜瞑目，其神俱存，疑有回天之术。猎户见状，举刀毙两命。恐生异，拢二畜身，焚之。

　　读罢，白泽略带着无奈地苦笑说道："居然还变成了香艳怪谈！一个是黑不溜秋的独脚妖怪；另一个是吸食阳气的红粉狐狸。现实与故事之间，故事与故事之间相差了十万八千里，而且两篇写得细致入微，都好像是执笔人亲眼见过一样。"

　　白泽说的没错，这两篇故事完全是天马行空的内容，凌驾于现实生活之上，但我之所以将其展示出来，是因为这也是一份有力的佐证。

　　"这两篇故事是我从志怪旧书上誊抄下来的。可查的最早版本，即书册的印刷出版时间为同治七年，公历是 1868 年。之后也能在一些零星的志怪小品上搜得几篇，不过内容都没什么变化，均围绕着各种山精野怪做文章。"

　　这两篇志怪文章当然不是我凭空翻出来的。

　　我最早听到的故事也都是同治八年之后的版本了。不过，族里健在的老人则触及了最原始的版本，与前述两篇基本一致。这位老者告诉我，他听到坊间志怪一，是在某位亲属的婚礼夜宴上。所以时间记得非常清楚，应该是在刘福安过世一个月后。坊间志怪二经过多方核实，最早流传的时间是在刘福安遇害后的三个月之内。后来，一传十，十传百，仍然是刘福安的故事，可刘福安的身份由匠人变成了一个纨绔子弟。陆陆续续，刘福安除了名字没变，身份林林总总。故事内容也是千变万化。那个吸食魂魄的邪祟，在不同的故事中更多是以狐狸精、蜘蛛精、白猿精等妖怪的形象出现。

"那也就是说……"白泽思考了片刻，缓缓说道，"刘轩的确对所有人隐瞒了其父死亡时的相关信息。而他的这个行为，极有可能致使市井间流传的关于刘福安的故事，都与修罗鬼无关。"

虽然尚未触及其他案件及线索，但白泽既然能做出这样的判断，就说明他已经有了明确的认识。刘轩提供的信息可以证明《修罗鬼志》与刘福安之间存在关联，而这两篇怪诞的传闻则是从侧面印证了刘轩的说法。

当然，刘福安的"噬魂案"只是开启修罗鬼系列案件的一把钥匙，后续进展是否顺利仍是个未知数。

看着白泽若有所思的神情，我问道："有什么想法？"

"既然明确了这两篇志怪的内容与时间，它们的作用就到此为止了。"说完，白泽就将几页稿纸递给了我，"要见的下一位是谁？"

白泽这一问，我就知道他已经对修罗鬼案有了十足的兴趣。

我看了一眼手表，回应道："下一位是当年参与查案的仵作，他是唯一健在的办案人。不过，今天时间有点晚了，明天上午我们再去拜访他。在他那里，应该可以系统地了解修罗鬼系列案。"

早些时候，我与这位健在的仵作有过短暂的交流。经他介绍之后，我的疑惑又不断加深。当年记载于案牍的修罗鬼案共计八件，并非《修罗鬼志》所描述的五件。不仅数量不同，连案件内容也有差异。

"今天不虚此行，我们可以好好消化一下收获的信息。"陶方玉边开车边对我和白泽说道。

"没错，没错，是得消化点东西了。差不多到了饭点，晚上咱们就简单点，去夫子庙那边吃牛肉锅贴，喝牛肉汤怎么样？"说完，他就一转刚才严肃的表情，笑嘻嘻地看着我。

"你居然连夫子庙和牛肉锅贴都知道？"

吃货果然与众不同。难道吃吃喝喝有助于思考吗？他只要正事一毕，必然要满足一下口腹之欲。

我从陶方玉身后拍了他一下："子麟，走，去夫子庙。"

第三章
谜案七宗

　　昨天吃完牛肉锅贴，时间尚早，于是我和陶方玉领着白泽在夫子庙及周边一带闲逛了近两个钟头。南京夫子庙可谓金陵小吃的发源地，足有数百年的历史。到了时下，这一地区更加兴盛，路摊、茶坊、饭馆、酒楼，比比皆是。但凡是小吃，不论是南京传统的，还是外地风味的，应有尽有。

　　白泽领略完繁多的小吃，随即表示第二天要在夫子庙吃早点。我和陶方玉倒是没问题，可白泽能不能起得了床就是个问题了。不承想，他居然六点钟就洗漱完毕，早早地候着。不过还好，今天要见的人住在聚宝门①一带，到夫子庙差不多就是绕个小弯。

　　夫子庙一带的人流量似乎从来就没减少过。等了许久，我们三人才在一家叫建康春的饭馆里坐定。白泽看着墙壁上的餐点木牌，一时半会儿也不知道该吃什么好。陶方玉倒是建议点几份南京的传统小吃尝尝，如果哪个好吃，再多点一些。

　　事情似乎比想象的要简单。最先上来的是汤包。白泽尝了一口，便无人再能阻挡。半个小时后，我们数了数，他一个人居然吃了五十个汤包！

好一个饿死鬼投胎。

陶方玉付完账回来，我也打算起身离开，可白泽却坐在椅子上纹丝不动。

"白老爷，您是不是可以移驾了？"我故意逗白泽。

他挺着上半身，微微仰着脑袋，挥挥手，示意我坐下。

"莫急，休息。"白泽惜字如金。

"休息？"我怀疑是不是听错了。

白泽眼皮都不抬，缓缓解释道："吃多了，想吐，走不动。"

见他这副吊儿郎当的样子，我和陶方玉都不免笑出了声。

"清石哥，我去给你倒杯热水吧。"

白泽立刻伸出手打住，然后又指了指自己的肚子，道："全是水，喝不动。"

"那你要不要去吐一下？"我问道。

白泽又轻轻挥了挥手，用一种吝惜的口吻答道："不，烂也要烂在我肚子里。"

没办法，只好先让他缓一缓，消消食。

"子廷，今天见哪位？"白泽慢悠悠地道。

这位兄台还真是吃饱喝足了才有心情谈正事。

"稍后要见的人名叫许有年，曾经是南京衙门里的仵作。为了找到他，颇费了些周折。为了说服他，更是耗费了我不少脑力与体力。"其实，我自己都未曾料到，这位老仵作提供的线索与信息为破解修罗鬼系列案提供了极大的助益。

起初，一提及修罗鬼的案子，老仵作的眼神瞬间由羊变成了狼，直勾勾逼视着我，活像要活剐了我一般，丝毫不像是上了年纪的老人。不过，这也从中看出修罗鬼系列案在他们这些查案人心中的分量，还好我事先做了准备。

我扯谎说自己是受朋友之托，来了解一点过往的事情，而委托我的人正是当年不幸横死在苦厄寺的将军的后人。

他们家族中的长辈对将军之死耿耿于怀。将军下葬前，不少族人认为死者在生前杀戮太多，又是被修罗鬼所害，这种横死并且遭遇了邪祟的尸体，进入祖坟侵扰了先人英灵，影响对后世子孙的庇荫。因此，时至今日，逝者的遗体依旧被安葬在距离祖坟十里外的荒山上。

在中国的宗族大家庭里，无端横死在外的族人是不允许葬入祖坟的。落叶归根，又是国人在死后最重要的慰藉。身后无人供飨，坟冢无人打理，旁人看了都是莫大的悲哀。所以，朋友家族中较为开明的长辈想要明确遇害者的死因，将遗骸迁入祖坟以作告慰。

这一番解释过后，老仵作才算是稍为安心。不过，可能是囿于生计，完全没有心情和时间与一个不相干的人谈陈年旧案。

相隔数日，我从他的左邻右舍了解到他的两个儿子早夭，仅存的小儿子身体孱弱，活脱脱一个药罐子。看到老仵作本人满面沧桑，也应该是经历了不少磨难。他们夫妇这些年只能靠种点薄地，卖点自家的蔬菜勉强度日。我择日重新登门拜访，并趁机给他的儿子诊病。其实，也并非什么大问题，只是多种疾病的并发。如果治疗得当，耗时一个月左右还是可以痊愈的。我把病情据实相告，将老仵作的儿子安排进了自家的医院，并免去一切费用。说实话，以他们的家境确实难以负担。

约莫一旬，老仵作儿子的病情有了明显好转。他在喜出望外的同时，也通过医院的护士给我捎了信息，可以约个时间去他家面谈。于是，就有了今天的行程。

白泽简单了解了来龙去脉，也休息了四十分钟，便动身去往老仵作的住处。老仵作家那儿多是以种菜为生的农民，道路较为逼仄，我们的车子只能停在一百米外的空地上。

尚不及五十米，我就远远地看到了老仵作在院子里忙碌的身影。

"许大伯。"我和陶方玉在院门口问候。

老仵作闻声也立刻走上前迎接。由于儿子的身体日益好转，他本人的气色也较往日有了明显的红润。他将我们带进堂内入座，倒茶、上水果，屡屡感谢我对他们一家的照顾。这反倒令我有些不好意思起来。

我简单介绍了白泽，说他是北京来的，同样也是为了修罗鬼的案件。白泽还是北京特派员的身份，只不过比在刘轩那里说得更明确：他也是受苦厄寺中遇害者后人委托的，通过半官方的形式来南京秘密调查。

陶方玉似乎很快就习惯了我和白泽的套路，没有吃惊，反倒像在看两个行走江湖的骗子耍把戏，瞧得津津有味。

老仵作微微蹙眉，若有不安地低声问道："都民主共和了，还要追究大清朝的事？"

我明白他的担忧。这些年民国的政局不是很稳，当权者之中不乏清朝的旧臣，况且接连闹出袁世凯称帝、张勋复辟的丑剧，老百姓自然担心不知什么时候糊里糊涂被卷进莫名其妙的风暴里。更何况当年是胡乱结的案，若是依照《大清律例》，老仵作等一干人都是要被治罪的。

"您放一百个心。这完全是出于人伦之情，与民国、清朝都没有半点关系。此事与我也没有丝毫瓜葛，完全是出于朋友之谊。"我挺直了身子，继续劝解道，"您看，我也是个地道的南京人，我姓甚名谁，在何处就职您也一清二楚。如果是犯法的事情，我这大好年华的才不会蹚牢狱的浑水。"

老仵作沉默了片晌，看了看在座的三人，痛快地答道："好，就听陶先生的。只要是和修罗鬼案相关的，无论您几位有没有问到，我一定通通都倒出来。"

有了老仵作这番爽快的允诺，我们自然也是十分欢喜。为了尽快完成搜集线索与信息的环节，大家省去了继续客套的环节，直接进入主题。

"许大伯，当年的修罗鬼案一共有多少件？"白泽首先发问。

"七件。"老仵作不假思索地回答。说完，他似乎想起了什么，起身向里屋走去。不多时，老仵作捧着一个青花包袱走了出来。

他又向门外看了看，确认没有其他人之后，边打开包袱，边压低了声音说道："不瞒几位，这里头包着的应该就是你们想知道的全部了。"

我们三人的好奇心瞬间就被点燃了，立刻将桌上的水果、茶杯归拢到一个角落，以便腾出足够的空间。眼前哪是什么平常的青花包袱，明明就是稀世珍宝。包袱扣徐徐解开，露出里面厚厚的案牍记录。纸张已经明显泛黄，边角略略被蠹虫蛀蚀，似乎还有被水浸泡过的痕迹。

"这都是您整理出来的？"陶方玉吃惊地问道。他一定也惊讶于老仵作对修罗鬼系列案的执着。

"拿都拿出来了，我也就没什么可瞒的了。当年衙门档房失火，我偷偷从火里抱出了这些。"老仵作盯着桌子上的档案，内心似乎泛起种种过往，"那是宣统三年，遍地都在闹革命。成天你杀我、我杀你的，闹得可凶了。我一个是害怕革命党真的哪天杀进南京城，像我这种在衙门里做事的会被革命党砍了脑袋，就像长毛们干的那样。再就是我也老了，手脚越来越不利索了，就想着早些了了仵作的活计。可是啊，我这心里有一个疙瘩总也解不开。也赶巧了，档房失火。我趁着救火的当口，偷偷藏起了修罗鬼案的文书记录。"

"这么说来，当年所有的记录全在这里了？"我问道。

"判牍被烧掉。你们都能找到我这儿了，也应该打听过不少了吧。当年的判牍上面都是胡扯的案由和凶手，狗屁用都没有。眼下的这些就是全部留档了。不过，当年查案拖拖拉拉，凶手也没留下什么线索，所以这些东西能有多少用处，就看你们自己的本事了。"

"您对修罗鬼案很感兴趣吗？"白泽就着老仵作的行为发问。

他点点头，缓缓回答："我这辈子天天看死人，天天琢磨死人，从来就没相信过神神鬼鬼的事。可就是单单这个修罗鬼的案子，像块疙瘩，像块石头，没完没了地在我脑子里折腾来折腾去。前几件案子倒也好说，可就是最后一件，凶手怎么就凭空没了呢？里里外外上百号人查啊！自打我了了仵作的差事，一得闲我也反复看，反复想，可就是琢磨不出个子丑寅卯来。再后来我也没办法，家里还有个生了重病的儿子。慢慢地，我也就不琢磨了。"

"之前的同僚是否也与您一样纠结于此案呢？"白泽继续问。

"有倒是有，但都憋在心窝子里。自打结案的事一定下来，上到知府大人、下到衙役班头都给我们这些查案的下了死命令，就是死也要把舌头烂在肚子里。如果哪一个敢抖出去，家里的妻儿老小也绝不留活口。有几个衙役害怕自己酒后失言，干脆就把酒给戒了。你们还不知道吧，当年那些查案的人里面属我最小。包括我师父在内的大多数人都在大清朝的时候过世了，剩下的两个也在民国三年蹬腿走了。"

老仵作居然是当年唯一健在的查案人。更值得庆幸的是，这位垂暮老者精神矍铄，很多事情还是可以详细说明的。此次相遇，似乎就是冥冥中注定的。

"您刚才说修罗鬼的案子一共有七件？"

随着白泽的正式提问，我和陶方玉也开始进入书记员的角色。

"对，七件。"老仵作说着，便熟练地从眼前的文件中抽出一册，翻开，再递给我们。上面用正楷记录着案件、时间及地点。依照案件发生的时间，分别是"旅人夜半遇袭案""扬州客商遇袭案""吕氏兄弟断头案""高淳王氏灭门案""马氏母子断头案""溧水赵氏断头案"和"苦厄寺无人生还案"。

七个案子主要集中在同治六年、七年和八年。单从行凶时间而言，毫无规律可循。同治六年连续三个月作案。同治七年不规则发生三件命案。同治八年仅发生一件且是最后一件"苦厄寺无人生还案"，与前一件相隔了十个月。

为了一目了然，我还是重新整理了一番，时间也换用了公历。

编 号	时 间	案 件	案发地点
案件一	1867 年 10 月	旅人夜半遇袭案	江宁县南部乔家村附近
案件二	1867 年 11 月	扬州客商遇袭案	上元县南郊山林
案件三	1867 年 12 月	吕氏兄弟断头案	上元县南郊高吕庄附近
案件四	1868 年 2 月	高淳王氏灭门案	高淳县西郊

案件五	1868 年 8 月	马氏母子断头案	高淳县西郊官道
案件六	1868 年 10 月	溧水赵氏断头案	溧水县西南赵家村附近
案件七	1869 年 8 月	苦厄寺无人生还案	云山苦厄寺

"只有七件吗？"我与白泽相视一眼，随即故作不知地询问。

"当然。这上面每一件都是花了很多的人手和时间查证过的。"

"会不会有遗漏的案子？比如未遂，或者时间较久，又或者案发于偏壤。"白泽还想确认一次。

老仵作旋即予以异常肯定的答复："绝对没有。当年，坊间的传闻很多，可经过府里的衙役们核实，都是些嚼舌头的事。有不少还是用同一个案子编出来的不同故事，再有就是无聊的穷酸书生瞎编出来的。我们府里可以认定的案子，就是这上面的七件了。"

"两年时间，诸多遇害者，官府真的就寻不到蛛丝马迹？"白泽疑惑道。

"你们瞧瞧，上面的案子发生在四个县的七个地方。起初，四个县衙都是各办各的案子，谁都想不到这是同一个人干的。再有，修罗鬼都是入夜之后行凶，来无影去无踪的。案件的当事人要么遇害，要么就只顾着逃命，提供不出任何有用的线索。"老仵作的大脑异常清醒，叙述起来一板一眼，丝毫不像上了年纪，"这些都是次要的。最憋气的，是四个县衙从一开始就拖拖拉拉。他们拖拖拉拉也不是不想办案，而是之前就常有一些让大家惹不起的先例。大家一开始都以为血案是匪兵犯下的。"

对于时下的不少年轻人而言，有些词语都会感到陌生。这里的匪兵就如同长毛一样，是百姓对特定群体的蔑称。长毛指的是太平军，匪兵则是指湘军。

当年，太平天国被平定后，南京城又多了一个称号，叫湘半城。顾名思义，指南京有一半是湘军说了算。这些湘军当年杀进南京城时烧杀淫掠，无恶不作。明面上是大清的兵，湘军的勇，但其中不少人都是土匪、流氓出身。仗一打完，无所事事，喝完酒就在城里滋事。这些匪兵倚着湘军的旗号为非作歹，根本不把《大清律例》放在眼里。曾经发生过数十起伤人致死的命案，但是等有人来报案，肇事者早就跑得无所踪影。衙役哪敢去湘军的大营里抓人。就算在军营外抓了现行，可没多久就有将官提着刀，领着几十号兵丁来索人，县衙的文官见了这种阵势，一个个都扛不住。

据说，后来也是因为修罗鬼的传闻越闹越凶，街头巷尾、茶楼酒肆无处不传，沸沸扬扬。接着，将几件可疑的案子经过分析，合并一处，才开始真正进入调查程序。可是官府在前期始终是一无所获，弄得人心惶惶。过了半年，官府陆续抓到几个人，查明杀人越货的事实，依律定罪处决了。但都是些冒充者，案子也全是夜半入室的盗案。真正的修罗鬼，始终逍遥法外。

"还真是复杂啊！"陶方玉一边记录，一边感叹道。

"您能否逐个案件为我们做一下介绍？"白泽说。

"好说，好说。"老件作很是爽快，随即带着较为浓重的南京口音娓娓道来，"第一件命案发生在同治六年，这也是我们查证到的最早一起关于修罗鬼的命案。案发地是在江宁县南部的乔家村附近。当夜，有六个人结伴回家。在半路上，他们突然被修罗鬼袭击。逃回去的人说，修罗鬼是长毛的模样，身上的衣服又脏又破，胸口上还有一整片未干的血渍。那东西的长相很恐怖，还让人觉着恶心。它的左脑和左耳都被削掉了，上面还残留着血迹。剩下半边脑袋上散乱长着稀疏的黑毛，一张嘴从右脸歪斜到左下颌。手里提着一把明晃晃的腰刀，嘴里呜呜呀呀的，见到人就一瘸一拐地跑过去。场面特别诡异。虽然当时发现得早，和修罗鬼有一定的距离，可还是有人不幸死在修罗鬼的刀下。他们之中年纪最小的男孩成了刀下鬼。太惨了，身上被砍了三十三刀，脑袋被砍断，左耳也被削掉了。"

说着，老仵作从桌上抽出一册递给我。册子里详细记录着该案的发生时间，验尸结果，遇害者的姓名、性别、年龄、籍贯，还有一些证人证言之类，可谓巨细靡遗。不过，册子里的内容过于庞杂了，不便在这里详读。今天最重要的是听取老仵作的叙述，毕竟他是当事人，而且提炼出了这一系列案子中最核心的信息。对于其他残留的关键线索，就需要我们自己回去挖掘了。

"太残忍了。那五个人中应该有成年男性吧？逃回去的几个人是不是为了自保才撇下小孩子当牺牲品？"白泽听到第一个案件的描述便已然有些愤怒。

老仵作点点头，继续说道："当年衙役们在调查的时候，那几个逃命回去的还不承认自己外出过。最后，衙役们使了些手段才让这些废物老老实实地作答。逃回去的有三个是壮年，还有两个年龄稍微大一些。不过，话说回来，不管拿刀的是什么东西，只要这几个汉子合力搭把手，总该有机会把一个孩子带回去。这五个废物只顾着自己逃命，再也说不出什么有用的线索。"

我小心地翻了几页手中的册子，后面果然有一些记录。

接着，老仵作又将自己与其师父验尸的过程，以及他认为需要重点提及的走访过程也做了比较详尽的描述。虽然我也在认真聆听，但没有提炼出任何重要的信息。

"可恶。有没有考虑仇杀和求财？"白泽问。

"府里一开始就是从仇杀和求财着手查的。那五个废物都是当地很本分的农民，与周围邻里的关系也很好。他们自己供认说，在此之前没有与人结过怨。即使外出去别的地方，也都笑脸对人。

"谋财害命的说法最后也是被府里给否了。要说修罗鬼是第一次下手因而失算的话，还能讲得过去。毕竟当时黑灯瞎火的，瞧不清来人穿什么样，更判定不了身份。可是在后面几起案子里，也都否决了求财杀人的可能。尤其是第二个案子，遭遇袭击的四个都是扬州的商人，此案的死者身上还保留着大把的银票和散碎银两。这些就是第一个案子的全部信息。"

"不报仇，不求财，难道只是为了杀人取乐？"白泽稍稍思索了片刻，说道，"您继续讲下一个吧。"

第二件命案同样发生在同治六年，案发地位于上元县南郊的山林。当时有四位扬州的客商，也是在赶夜路的时候突然遇袭。修罗鬼的装束、外形与第一个案子里的毫无二致。穿着太平军的破衣烂衫，浑身上下血迹斑斑，手里提着一把透着寒光的腰刀，嘴里呜呜呀呀，杀气腾腾地朝客商们冲杀过来。四位客商中有三位拔腿就跑，另一位吓得当场失禁，直接瘫软在地。结果，成了砧板上的鱼肉。死状与案件一中的一致。遇害者身中三十七刀，头颅被砍掉，左耳也被削去。

老仵作抽出记录该案的册子递给我。我大致翻了翻，里面的记录很详尽。

第一件命案发生在江宁县，第二件命案发生在上元县。当知府衙门合并一处的时候，都过了数个月的时间。老仵作将他们查案的同僚也做了些许介绍，并提及了一小部分未记录在册的细节。

"第三件命案发生在上元县南郊高吕庄附近。这起血案的两个死者是一对亲兄弟。他们的死状太惨了，和刚才两个案子里的死状差不到哪儿去。身上都有三十多处刀伤，脑袋被砍去，左耳也被削掉。案子没有目击证人。把它归在修罗鬼的卷宗里，是因为我们后来对类似的案子都做了对比、分析，根据血腥程度，还有特殊的虐杀手段判断的。"

老仵作的习惯是先把提炼出的要点叙述出来，然后再根据情况逐步展开。

"确实有一目了然的特征。"白泽说。

"第四件命案和第三件命案只间隔了两个月，而且还是一次入室杀人的灭门惨案。案发地是在高淳县城西郊。遇害的这户人家和周围的村落有一定的距离。死者包括王氏夫妻，王氏的母亲，以及两个娃娃。这个案子倒是有一个目击证人。证人原本是去要账的，快走到门口就听到屋子里的惨叫。他心里觉得有些不对劲，就小心了些。他悄悄藏在窗外，偷偷地往屋内瞧了一眼，就看见一个缺了半边脑袋、浑身上下都是血的怪物，挥着刀砍杀王氏一家人。目击证人当时就吓坏了，匆匆逃回了家。等到第二天，他才带着衙役去了王氏家，可已经是灭门的惨状。每具尸体的脑袋都被砍断，还削掉了左耳。"老仵作叹着气，有些不忍地摇了摇头。

老仵作也讲了不少追查中的曲折与苦恼。他的同僚们也曾怀疑目击者行凶，但最终发现人家的确清白。也有人想随便找个歹人顶替，可又担心后续再发生同样的惨案会穿帮，就不了了之了。

老仵作喝了口茶，润了润嗓子，继续叙述道："第五件命案的遇害者是一对母子。和之前的那些死者一样。女人身上一共中了二十七刀，孩子身上中了二十三刀。两个人的头被砍掉，左耳也都被削去。和之前案子的不同点就在于凶器不一致。这个判断来自尸体上的伤口。被害母子身上的伤口要比之前几位死者的短，而且没有产生皮瓣。可从凶残程度还有残害手段上瞧，应该是同一系列的案子。还是走霉运，案子发生在半夜，也没有目击证人。府衙上上下下都窝着一股火。"

"坊间是怎么议论这个案子的？"白泽突然转了个方向。

"衙门一直都没能抓到凶手，街头巷尾就开始谣传南京城闹鬼。加上之前的案子中都出现过穿着长毛衣服的怪物，老百姓就认准了这是长毛们死后来报复人间。打这个时侯起，乱七八糟的谣传就越来越多。说什么被湘军杀死的长毛们化作修罗鬼，穿过修罗劫界来杀人报仇。不过，变来变去，最后的说法也都差不到哪儿去。"

"您刚才说，从这件命案之后，坊间就开始有了修罗鬼的传闻？"白泽进一步追问。

"没错。我记得可清楚。"

不用老仵作继续说明，我也清楚地记得后来的各种传闻。在坊间的故事版本中，修罗鬼千变万化，形态至少有三十种，例如有的白须白面，有的赤发獠牙，有的只残存半个脑袋，有的只有上半身等等。它们可以腾云驾雾、隐形、遁地，幻化成各种猛兽、飞禽。有的修罗鬼使用兵刃砍杀夜行的路人，有的用獠牙撕咬，有的将整个人生吞活剥……反正是天马行空的想象。有个别荒诞的故事听着居然还是《西游记》的翻版。

"第六件命案里的死者是溧水县的一个小寡妇——赵氏，被残杀在自己家里。没有目击者。不过，依着之前几个死者的伤口琢磨，案子一、二、三、四，还有刚才说的案子里出现的修罗鬼，应该用了同一件凶器，就是之前提到的腰刀。而且，应该是一把卷了刃的腰刀。因为这么多死者，数十个创口，都有一模一样的皮瓣。皮瓣这个线索，只有衙门里的几个人才知道，而且也绝对没有外传。一是寻思着案子里的细节不能传得太多，不然那些老百姓添油加醋，越扯越离谱。二是作为重要的行凶细节，这是用来指认凶器和真凶的重要线索。"

这些涉及老仵作的本行，而且描述得足够精练，我不自觉地就记录了下来。我又看了一眼陶方玉，这小子已经写了差不多十页。昨天已经提醒过他，可还是页页像天书，大篇幅地画着波浪线。

"身上都中了几十刀，被砍去了头颅，削去了左耳，再有创伤的外观都保持一致。作案的时间、作案的特征，都让人一目了然。"白泽对凶案特征做了简单的总结。

我看了一眼自己的笔记本，只有两页的内容，与白泽所提炼出的基本一致。其实，老仵作还是讲了极多内容的。修罗鬼的七件命案，一个上午就流畅地叙述了六件，这位老人也确实不简单。

"瞧这时辰也不早了，几位千万别嫌弃，就在我这里吃个便饭吧。"老仵作客气道。

"这就太麻烦您了。今天本就是耽误了您的时间，怎么能再劳烦您呢。您和我们一起出去下个馆子吧。"我实在不好意思让一位古稀老人为我们做饭。

可老仵作拉着我的胳膊，诚恳地邀请道："还是在我家吃吧，我都已经把菜和肉收拾好了。下个锅，最多不过一盏茶的工夫。而且，我婆娘今天在医院照顾小儿，就咱们几个。"

我也不好推辞，只好答应了下来。说着也想去厨房搭把手，可还是被他拦了下来。我们三个年轻人坐在客厅里，颇为尴尬。

没有二十分钟，一切就已准备妥当。我觉得，以老仵作的家境，上桌的菜肴已经算颇为丰盛了。

"这些都是自家种的菜，今早刚刚收拾出来的。虽说清淡了点，可绝对新鲜。"老仵作热情地招呼着我们。

我们三个还没有娇贵到餐餐鱼肉，青菜之类也都是来者不拒。所以，动起筷子也绝不会折了老仵作的颜面。尤其是白泽，对南京人炒的南京家常菜颇感兴趣，赞不绝口。他可不是在做戏。因为对他而言，吃也是一种民俗、一种历史、一种人际交流。想当初，他还对凉拌芹菜根上了瘾。一碟芹菜根，再加一壶小酒，也能喝个不亦乐乎。

吃完午饭，老仵作又花了将近两个钟头讲述苦厄寺无人生还案的细节。至此，我们已经触及了修罗鬼系列案的绝大部分内容。

"许大伯，您这些册子能借我们看几天吗？"我询问道。

"您拿去。我留着也用不着了。"

"不，不，不。我们回去仔细读一下，改日一定物归原主。"

"陶医生可千万别这么说，这些东西本就是我从档房里偷出来的，我也算不得主人。"老仵作说着，又爽朗地笑了起来。

陶方玉重新将册子包好，几个人便向老仵作告辞。可还没走出几步，老仵作拎着一大篮子蔬菜追了上来，非要我们收下。我知道他家境困难，也是借此作为报答。为了避免他尴尬，我还是收了下来。虽然我也是带着目的来的，可于心不忍，想着回头给他卧病的儿子添补点营养品。

上了车，心中的一块石头终于稳稳放下。今天的收获实在是太过丰厚了。

我扭头看了一眼白泽，他微微蹙着双眉，若有所思。

"你在想什么呢？"

"梳理老仵作提供的信息，还有就是修罗鬼。"

"是不是清石哥有了特别的发现？"陶方玉迫不及待地问道。

"倒也不是。我只是感觉修罗鬼这个名称有些不伦不类。"

"这个名称是民众创造出来的。诸多的民间传说、神话故事不都是这样的吗？"我不禁疑惑。

"我走南闯北，听了无数的志怪奇谈，也读过大量的书籍，还是头一次听到修罗鬼这种说法。"

"民间的创造有较大的随意性。人们用修罗鬼这个名称，是因为这三个字更能体现血腥与恐怖吧。"我说道。

"我一直都喜欢研究国内的各种民间传说，并深究其中的起源、背景。再把与之相关的其他衍生或者类似的故事一并归纳、整理。虽然还没有充足的证据，但是凭直觉而言，修罗鬼这个名称可能是民俗与宗教的杂糅。"

"如果真的如你所言，那不就更能说明民间创造的随意性吗？。"

白泽默不作声，微微锁紧了眉头，在脑海深处努力搜寻关于修罗鬼的信息。

"子廷，后续还有需要拜访的人吗？"过了半晌，白泽开口问我。

"还有最后一位，就是《修罗鬼志》中'志怪四'涉及的一位目击者。"

"诛杀修罗鬼一事的目击者？"

"是的。"

"刘老爷子那里似乎还要再去一次。"说罢，白泽又陷入了短暂的沉思。

白泽指的是刘轩。下午在老仵作的口中又意外获悉了另一个涉及刘家的细节。

"当年官府只确认七件血案是属于修罗鬼系列案。"他缓缓开口，"刘福安的案件是在我们拜访了刘轩之后，才确认与修罗鬼系列案有着极深的联系。老仵作完全不知道还有刘福安噬魂案，更不知道有一本《修罗鬼志》。"

我连连点头，接话道："如果不是手记中提及，刘福安的暴毙绝对会消失在历史里。"

"刘轩和老仵作不存在直接交叉，他们对各自的秘密又死死保守了几十年。其他查案人又都把秘密带进了坟墓。所以，不需赘述，一旦把已经获得的线索叠加起来，我们可以有一个初步的推断。"

"什么推断？"陶方玉随即减缓了汽车的行驶速度。

"写这本手记的人要么是凶手，要么就是和凶手存在某种密切关系的人。"白泽缓缓说道。

"可是，这本书中又没有出现凶手。"陶方玉听到白泽的推断，索性就把车停了下来。

"这一点很好解释。"白泽顿了顿，继而缓缓说道，"凶手是通过修罗鬼的面目出现，其真身被手记的执笔人故意掩藏了起来。"

"好一个现身无影，遁迹无形。"我慨叹道。

凶手应该是唯一一个能在全部修罗鬼案中找到交叉点的人，除此之外，最接近这个交叉点的应该就是这辆车里的三个人了。

车子再次启动，沿着秦淮河畔行驶。我摇下车窗，享受着凉风的丝丝清爽。

"子廷，这里是不是距离大报恩寺很近？"白泽问道。

"是啊。不过大报恩寺在几十年前就毁了，现在只残存着一点遗迹而已。"

"清石哥，你是想去看看？"开车的陶方玉也插话进来。

"时间还早。即便是残存的，我也想去转转。"

陶方玉心情大好，旋即换了方向，朝着大报恩寺的遗址驶去。

二十多分钟的车程过后，我们三人便站在了一片废墟之上。如果不说这是大报恩寺遗址，任谁也想不到这里曾经矗立着中国最高的建筑。放眼四下，周围的残存屈指可数。那件孤零零的石雕似乎是赑屃，也叫作龟趺吧。谁知道在未来几年，或者未来几十年，会不会再次被人为摧毁。

"鸦片战争时期，英国人入侵南京，从大报恩寺劫掠了大量的琉璃瓷砖和金佛，对这里造成了重创。"我算是自言自语。

"高度的物质文明也无法提升全部受众者的道德水准。况且，英国人自古就是靠劫掠发家的。"白泽冷冷地说道。

"那之后的十余年，大报恩寺就在兵祸中彻底毁了。一种说法是太平军为了防止清军利用大报恩寺居高临下地炮击，就连同寺院以火药炸毁。另一种说法是因为'天京之变'，韦昌辉为了提防石达开，于是下令把巨塔和大报恩寺夷为平地。"

"说来说去，都是那些屠夫、流氓干的。"说着，白泽四下嗅了嗅。

我也学着他的样子，但是什么也没闻到："你闻到什么了？"

白泽撇着嘴，有些失落地答道："血腥味。"

陶方玉也闻了半天，一脸纳闷的表情。

我倒是从他的眼神中看出些端倪，白泽所指的血腥味是这里曾经的杀戮。

1864 年，南京城被攻破后，湘军实施了惨绝人寰的屠杀。无论是褪褓中的婴儿，还是八十岁的老人，是人就杀。南京城哀鸿遍野。后来，坊间有人说曾国藩在自己写的奏本中提到，仅仅几天工夫，他就把南京城里十几万太平军杀得干干净净。十几万这个数字委实夸张，不排除故意夸大战果的可能性。但是，通过屠杀平民百姓来累积军功，是千真万确的。这一点就连曾国藩自己的幕僚赵烈文②都看不过去，在他的《能静居日记》中有翔实的记载。

在那段时间，南京周边突然冒出了很多野狗、野猫、老鼠。它们专啃人类的尸体，一个个膘肥体壮，也不怕生人。有很多老鼠吃得个头都快赶上半只猫的大小。此外，经常可以在空中望见成群飞翔的乌鸦，遮天蔽日。这些乌鸦飞落到什么地方，就说明那里肯定还有没入殓的腐尸。

后来发生修罗鬼案，民间的传闻也结合这段历史，说这十几万像狗一样被宰杀的人在死后被各种畜生啃咬、啄食，致使怨念太深、太重。他们死后化作修罗鬼，跑到人间胡作非为、涂炭生灵，以发泄自身的愤恨。而那些堆积大量尸体的地方，由于亡魂积聚，也成了修罗鬼的修罗劫界。这就是修罗鬼的来历。据说现在还能偶尔于人迹罕至的山谷中发现穿着太平军残衣的骸骨。在夜晚，也能隐约听见各种喊杀声、哀号声。

"六朝古都宛然就是一个血都。"白泽沉沉地说道。

大报恩寺原有的土地已经所剩无几，绝大部分空间都已经被住房与工厂所瓜分。在仅剩的一片荒芜之处，我们三人来来回回，认真辨识着当年宏伟建筑的遗迹。

"希望不再有此类对文明的摧残与亵渎。"临走时，白泽面对及腰的高草抛下令人寻味的一句话。

我们的车子继续沿着秦淮河畔行驶，沿途的风光虽谈不上秀美，但也一扫刚才历史的沉重。

"今天老仵作给的蔬菜太多了。"我换了个轻松点的话题。

"人家的一番心意，再多也必须吃到自己肚子里。"没得说，吃货就是海量。

"今晚回去我就交给吴妈，让她想想怎么办。然后呢，白老爷，您今晚用膳该如何安排呀？"

白泽故作大老爷的姿态，斜着眼看看我，慢悠悠答道："那就夫子庙吧。"

"还去夫子庙？你是想吃牛肉锅贴还是汤包？"

"一样吃一次就足够了。今晚我们吃金陵草。"

白泽都是从哪里知道这些的，莫不是北京大学的同僚中也有南京人？金陵草并不是真的草，指的是蔬菜。既爽口又精致的金陵草还是颇多的，比如芦蒿、杨花菜、马齿苋、茭白、荠菜、菊花脑、马兰头、香椿头、地皮菜、二月兰等等。这些菜也产于其他地区，但关键在其做法。在这里，无论是清炒还是凉拌，都是南京的厨师们依着金陵人传统的饮食习惯做出来的。菜是一样的菜，但味道却天壤之别。虽然中午吃的也是金陵草，但老仵作做的是家常菜，其本人也并非掌勺者出身，自然做不出手艺人的味道。毕竟，厨也解作厨艺两个字。

南京本地厨艺的集中地居于夫子庙一带，都以金陵的传统手艺招揽顾客。民国之后，这里的饭店、酒店无论大小，都喜欢冠以"春"字。这当中较为知名的有民国春、共和春、金陵春、建康春、秦淮春、六朝春。

我们驱车来到夫子庙，选了古韵犹存的金陵春。别人是说到做到，白泽则是说到吃到。三个人点了七份金陵草，一瓶汾酒，聊着昔日留学的时光，还有当下几位"大师"羞人的小料，畅快地餐食了一番。

① 聚宝门即现在的中华门，明城墙的十三座京城城门之一，中国现存规模最大的城门。民国二十年（1931 年）改名为中华门。

② 赵烈文（1832—1894），清朝著名幕僚，字惠甫，号能静居士，江苏常州人。所著《能静居日记》是研究曾国藩和太平天国历史的核心资料之一。

《修罗鬼志》

志怪二

夜黑风高。

树梢上，几双泛着寒光的眼睛注视着官道延伸的方向。鬼鸟似乎预感到什么，早早地守候在树梢，等待着好戏的开场。

草丛深处，一只诡谲的黑影悄无声息地踏过混沌的劫界，沉沉伏于人间的土地上。

它屏息静听，隐约感知到有细细的脚步声由远及近。从声音的凌乱程度上分辨，猎物应该不止一只。

不多时，一盏灰黄色的行灯从官道的远处缓缓移动而来。光线之下，两个模糊的人影随着灯光的晃动也不住地摇曳。人影一大一小，紧紧地融合在一起。

蒿草之下的黑影朝着猎物的方向嗅了嗅，好一股新鲜浓郁的血肉香气。

一个是体态丰腴的妇人；另一个则是约莫十岁的男童。应该是一对母子。妇人满是惊恐的神色，边走边四下张望。她一身青衫灰裤的布衣，右手持着行灯，左臂则挎着深色的包袱。她的左手似乎还攥着什么器物。身边的男童则是一脸的睡意，耷拉着眼皮，不住地打着哈欠。

猛地，树林中有一只鬼鸟扑扇着翅膀，腾空而起。

"啊！"妇人一惊，情不自禁地叫出声来。

身边的男童反倒被妇人的叫声吓得一跳。他撇着小嘴，不满地瞅了瞅妇人，估计是懒得搭话，便又低着脑袋迷糊起来。

树梢上的几只鬼鸟见到这一幕，喜不自禁，学着人的样子怪笑起来。妇人深吸了几口气，缓了缓心神。然后，口中念叨起什么，继续赶路。此时此刻，官道上除了这对母子，再无其他行路者。

命中注定的死劫，逃是逃不掉的。

母子两人继续前行了一段距离，只听见从身边的草丛里传来窸窸窣窣的动静。妇人心中一凛，把手中的行灯瞬时投向声音传来的方向。

"什么人？"

黑影纹丝不动。

无人应答，妇人不敢轻易掉头离开，壮着胆子，再一声大吼："谁？"

"我！"一声沙哑的回答令妇人怔怔呆立。

伴随着似人非人的怪笑，一只黑影探出前肢，拨开面前的蒿草，缓缓爬了出来。身躯与蒿草窸窸窣窣的摩擦声，金石碰撞般刺耳。

正当妇人僵在原地惊恐不安的时候，黑影已经落在行灯前方约莫一丈的位置。眼前的怪物蓬乱着白色的长发，扭动着一张似乎被人撕裂的赤色鬼脸，巨虫般伏在地上。

男童依旧耷拉着脑袋，兀自半睡半醒地迷糊着。他对此时发生的事情没有丝毫的察觉。

双方对峙了片刻，妇人突然伸直了手臂，亮出紧紧握在左手的器物。

修罗鬼猛然一惊，向后闪出。

妇人发觉自己手中的器物具有对抗修罗鬼的法力，胆子陡然壮实了不少。随着一声震天的"杀"字，她又将手中的器物朝着修罗鬼晃了过去。

修罗鬼一声痛苦的惨叫，再一次闪避后退。它瑟瑟发抖，本能地将脑袋埋进前肢，但又担心对方再次施展法术，不得不偷偷窥望妇人。

妇人见怪物远不是自己对手，胆气瞬间涌遍全身。她朝着怪物迈了一步，伸出手臂亮出法宝，厉声大吼："杀！"

原本希望借此制服或吓走眼前的怪物，奈何第三次却未有任何反应。那怪物没有惨叫，更没有闪躲，只是安安静静地伏在原地。

"杀！"妇人第四次高声吼出。

法器失效？

正当妇人奇怪的时候，黑夜中泛起一串毛骨悚人的笑声。

修罗鬼将深埋在前肢中的脑袋缓缓抬起。片刻之后，它收住笑声，用沙哑的声音嘲讽道："是不是以为我真的害怕了！"

妇人这才反应过来，立时感觉天旋地转。送子观音，手里的法器不过就是个黄泥烧成的送子观音。

修罗鬼不让分毫，猛然扑向妇人，将她死死摁倒在地。妇人还没反应过来，就已然重重地跌倒。手中的行灯脱手，掉在地上立刻燃烧了起来。那尊送子观音也从手里滑落，摔得粉碎。

男童迷迷糊糊地睁开双眼，尚未意识到发生了什么。东瞅瞅，西看看。好一会儿才明白过来，随即号啕大哭。

修罗鬼骑在妇人身上，从腰间抽出一把明晃晃的短刀。之后，便不断地重复着简单粗暴的动作。刺入、拔出、刺入、拔出……

男童看到这恐怖的一幕，瞬间大小便失禁。他的双腿已经像石头一般沉重，僵在原地眼睁睁看着妇人口吐鲜血，气绝而亡。

修罗鬼白色的长发已经被鲜血染红，身上也散发着血腥的恶臭。它扭过脑袋，将目光投向站在不远处的男童身上。

此时，燃烧着的灯笼已经彻底熄灭，只剩下微微的星火闪动一两下。片刻之后，这点星星之火也彻底消失。

黑暗中，男童听到长发赤面的怪物一步步逼近自己，再一次无法控制地号啕起来。

仅仅是片刻工夫，这一片官道又恢复了先前的宁静。

枝头的鬼鸟目睹了发生的一切，又发出一阵悚人入骨的怪笑，满足地扇动翅膀，冲向夜空，渐渐隐入黑暗。

第四章
断头血案

陶方玉喝不得酒，我与白泽一人一半。好在我们二人的酒量还都不错，吃饱喝足也耽误不了正事。

回到家不过七点半的样子。我们三个人一边喝着茶，一边细细研究老仵作提供的资料。说实话，虽然每件案子都有记录，但每件又都浮于表面，没有什么可以深入挖掘的线索。

等到我们将这一堆旧档看完，已经是凌晨三点。这也直接影响到了我们起床的时间。不过还好，重点行程都安排在了下午。今天要见两个人，一位是目击过诛杀修罗鬼事件的当事人，另一位则是刘轩。刘老爷子的第二次拜访也是临时安排的，源于昨天老仵作提供的一条信息。他无心的一句话，居然将刘家与修罗鬼案重新联系在了一起。

直到九点，我们三人才陆续起床洗漱。看着时间充裕，索性就去一趟云山——苦厄寺遗址。我和陶方玉虽然是土生土长的南京人，但也并非对这里的一草一木都了如指掌。云山、云水河虽然耳熟能详，但究竟处于什么位置，我也是完全依靠老仵作提供的路线。

由于山路不便于车子行进，我们便将车停在了距离进山不远的一家饭庄。随着深入山林，空气也越发清新怡人。仔细回想一番，其实这附近我是来过的，只不过都是在外围活动，从未深入至此。

"下次爬山……"长时间不做剧烈运动，这一回就让我有些上气不接下气。"一定要换一身行头，还要带上水才好。"

"陶医生，你要多注意身体啊。年纪轻轻，居然是这番软趴趴的。"白泽像是在逗趣，可那猥琐的表情俨然就是在讲荤段子。

"那你倒是把你们白家祖传的药方告诉我。"我也不能白让他开心。

白泽笑过之后，便岔开了话题，说道："你们有没有觉得前两篇志怪有什么问题？"

陶方玉抢先回答："一长一短。"

我喘着粗气，断断续续地说："血腥程度相差十万八千里。"

走在最前面的白泽转过身，接话道："没错。从篇幅上来看，'志怪一'相当长。修罗鬼的行凶过程拖泥带水，且故事又有些虎头蛇尾，完全不明白修罗鬼最终干了什么。反观'志怪二'，在五篇志怪中篇幅最少，修罗鬼几乎一上来就直奔主题，三两下就结果了对方的性命。"

除了前两篇，后面的三篇也各有特点。

"再有就是，为什么《修罗鬼志》中只记录了五篇故事呢？"

"我也一直在考虑这个问题。"说完，白泽继续前行。

"有没有可能是作者懒得写了？"陶方玉对我说。

"你说的这种可能性……"我故作严肃，注视着他的眼睛，认真答道，"百分之九十九是扯淡。"

说完，我加快脚步，直至与白泽并进。

"这几件案子的线索都少得可怜。"白泽微微蹙眉。

"确实如此。这一系列案件都是深更半夜犯下的，极少有目击证人，凶犯每次还要选择不同的地点。老仵作不是还说，当年他们几次蹲点围捕，却都无功而返。"

又约莫行进了四十分钟，我们终于依着老仵作提供的路线找到了云山所在。沿着左侧的岔路一直向前，就可以抵达此行的目的地。

这一段通向山顶的路满是及腰的杂草。如果不身临其中，很难发现这是由石头铺就的石阶。其历史应该可以追溯到苦厄寺刚开始建设的时期吧。

我们小心翼翼地攀到顶峰，数十米开外的悬崖对岸便是苦厄寺的遗址。没有桥，我们也只能在这里眺望彼岸。那里也是一幅杂草横行的画卷，通过残垣断壁可以大致勾勒出苦厄寺的轮廓。

放眼对岸的山势，像极了黄山。侧壁似乎是被斧钺垂直削去的一般，干净、利索，见不到什么植被。谁能料到在这种险峻之处，还曾矗立过一座古刹。不过，从对岸的空间来推断，苦厄寺的规模肯定比不得南京的其他寺院。要知道，别家一座佛塔所占的地基就足够将苦厄寺比下去。

这顶峰距离崖下足有二三百米吧。我半蹲着身躯，偷偷向下瞥了一眼，顿时脑袋"嗡"的一声，心跳加速，双腿也瘫软下来。

陶方玉比我强些，不恐高。白泽倒跟我是半斤八两。他索性趴在地上，一点一点蹭到崖边，然后缓缓扭出半张脸向下探望。差不多了，再一点一点蹭回来，弄得上衣裤子全是泥土、碎草。

既无寺，又无人，没有什么值得了解的东西了。

"你们看，那边是不是有一座亭子？"陶方玉指着远处。

我和白泽顺着他的手势望去，似乎在葱绿的枝叶之间有一个黄色的顶棚。

　　"会不会是'志怪三'中提到的？"陶方玉有点向我们确认的意思。

　　白泽观察了一眼周边的景色，说："有可能。走，我们去看看。"

　　说罢，三个人便顺着原路下山，转而奔向新的目标。

《修罗鬼志》
志怪三

温阳普照，清风习习。

垂暮的僧人穿着一件百衲衣，站在寺门前，仰头望了两眼当空的日头。片刻后，僧人含着笑意，款款步出了寺庙。僧衣虽然是百衲的，但通体整洁、利落，并没有乞丐般褴褛的感觉，反倒突显出着衣者青砖灰瓦、净业苦修的佛门气质。

僧人在行步中也不忘心中默诵经典。他的手中持着一串佛珠，共计一百〇八颗，表征着人世的百八烦恼。每一颗佛珠都经过精细的打磨，并密密麻麻地雕刻着梵文经典。其中的九十九颗连在一起，刚好是一部《大悲咒》。剩下九颗佛珠上则分别以梵文刻着"生、死、色、声、嫉、悔、嗔、怒、妄"九个字。相传这串佛珠是在天竺打磨、雕琢而成的，曾经是伽梵达摩①的法器。后来，伽梵达摩将佛珠转赠给汉地的一位高僧，而这位高僧又一代代地传给衣钵相袭的弟子。

佛珠有一个极具佛门空净气息的名字——九象星月。

僧人踏过独木桥，向山下走去。一路上，偶尔遇见上山拜佛的信众，僧人都不忘合十双掌，念一声阿弥陀佛，并送上亲切的问候。同时，那些香客也自然恭敬地回礼。

僧人走到山脚下，并没有选择入城的路线，转而拐入另一条进入深山野林的小径。

在别人看来，这里不过是个少有人迹的荒郊野外。可是对于身着百衲僧衣的老者而言，这山林、溪水、鸟啼、虫鸣，甚至随意的一片绿叶，都书写着数十年的回忆。

故地重游，不仅仅有归的愉悦，更会在内心深处激荡起阵阵酸楚。

一切，都是如此熟悉，却又倍感陌生。

当年，僧人像条野狗般仓皇逃生。本以为逃至他乡就可以安身保命，无奈大千世界处处都是烽火。无论走到什么地方，都是无休无止的杀戮、劫掠。目睹着众生的苦厄，想着自己不知道什么时候也会倒毙在路边，僧人逐渐放下了生死杂念。结果，这反而令他每每逢凶，都次次得以化吉，安然无恙。

走了许久，一座凉亭赫然出现在不远处。僧人自感双脚有些疲乏，正好在亭子里歇歇脚。

到了近前，看见亭子上写着三个字——清凉亭。

亭子的旁边还竖有一块石碑。上面刻的文字，大体在讲述清凉亭与清凉寺的相关来历。大致是当年乱世，处处兵祸人灾，白骨盈野。清凉寺僧人对未能对阻止生灵涂炭献上绵薄之力，深感愧疚。更意想不到的是，清凉寺作为佛门净地，也惨遭兵燹，未能保全。清凉寺的寺僧一度流离失所，境况悲苦。经历了无数个日月，终于等到了止戈散马的一天。清凉寺的寺僧经过四处劝募，虽然募化了一些钱帛，但是要重建整个寺院仍是杯水车薪。最终，也只在甲寅年修复了寺院的部分建筑，并在山门可及之处修建了此处清凉亭。

僧人感同身受，轻轻地叹了口气，口中诵道："阿弥陀佛。"

稍作休息之后，僧人继续沿着山路行进。刚走了一小段，就看见在延伸出的另一条道路路口，废弃着一堆山门的残垣。僧人两手合拢，向清凉寺所处的方向微微一躬，以示敬意。

沿着山路越往里走，越是杳无人迹。

僧人一路走到了河边。他面前的就是当年一度断流的云水河。

回想起当年，整条河道堆满了人的尸体，凌乱的残肢、腥臭的内脏随处可见。不到两天的时间，这里就被铺天盖地的恶臭所覆盖。腐肉、苍蝇、蛆虫，无不让人想把自己的心肝脾肺都呕出来。不知什么时候开始，这里又开始聚集起大量的野狗、野猫，还有老鼠。它们没日没夜地啃食着尸体。吃在旁边、拉在旁边、睡在旁边。等这些畜生吃饱了、咬烂了，又轮到乌鸦来啄食骨头上的腐肉。

其实，当世为人，都是源于前世积攒了足够的福报。可重新投胎做了人，却为什么又遭受地狱般的磨难。死时尸体都不能保全，肉身还要被一群畜生啃食。如果他们还存有意识，来世还愿意投胎做人吗？

那些畜生之所以成为畜生，也是因为前世造下的业障太多。投胎做了畜生，落得一生只能以腐肉果腹，却又活得自由自在。

人非人，畜非畜。人亦畜，畜亦人。

正当僧人专注于眼前的山水时，有一个身影出现在山路的另一头，并缓缓走向僧人所处的位置。

"老师父。"那个身影站在僧人旁边问候道。

僧人这才意识到身边出现了一个人。他转身看去，来者是一位须髯苍白的老人。老人肤色黝黑，身上的衣着也衲满了补丁。他背负着一大捆树枝木条，俨然一个深山樵夫的模样。

"阿弥陀佛。施主，安好！"僧人向樵夫回礼。

"老师父，您一个人怎么到这里来了？"

"施主，贫僧游历外乡多年，刚刚回来不久。今天恰好有一点闲暇的时间，就来这里追忆下往昔。"僧人始终面带着和善的笑意。

"老师父，您还是快点离开这里吧。这里极不太平，小心被邪祟的东西缠上。"

"邪祟的东西？施主，这话怎么讲？"僧人疑惑着问道。

"当年，这里堆满了长毛匪的尸体，这些长毛匪死后怨念不消，没办法进入轮回，于是亡魂积聚在这里。经年累月的，死掉的长毛匪都变成了修罗鬼，而这里就成了修罗鬼的劫界。修罗鬼经常闯过劫界来为害人间，异常凶残。"

"有这么厉害？"

"当然。被修罗鬼虐杀的人不计其数。南京城里连三岁小孩都知道。看您是对修罗鬼真的不了解，我才好心告诉您。"

"多谢施主了。可是，施主您为什么还要在这里？看您的样子，应该是去到了山林的更深处啊！"僧人不解。

"我也就是为了糊口，不然也不会跑到这种晦气的地方。这里面我顶多就再走上一里，再远点就瘆得慌。而且，我从来都在白天来，还是日头最高的当口。"

"为什么？"

"这个时候阳气最盛，阴气最弱！不过，也难保那些怪物不缠上我。那东西就跟狗一样，鼻子极灵，能闻到人身上才有的味道，不仅吸食人的魂魄，还会连肉带骨头，啃得精光。"说到这里，樵夫的眼神中流露出些许的恐惧。

"有这样的事情？"僧人觉得难以置信，但是片刻之后，再次展露笑颜，宽慰道，"施主，您尽可放宽心。您的额顶印有佛光，世间的魑魅魍魉是无法侵害您的。"

听到这话，樵夫心里一震，将信将疑。一时间不知道该怎么答话。

"施主，您以后就算往这山里再走上十里，也会毫发无伤的。"

"老师父是在拿我这个老头子寻开心吧！"

"阿弥陀佛。施主，出家人不打诳语。"

"老师父，别怪我多嘴，趁现在还是白天，早早折返回去吧。等到你后悔，可就来不及了。"樵夫显然不相信僧人的一番宽慰。

"施主，贫僧不惧怕这些妖魔鬼怪。"说着，僧人就把手中的佛珠展示给樵夫看，"贫僧手里的这串'九象星月'足以震慑所有的邪物。而且，出家人可以持诵经咒，诛灭一切不法。再者，出家人慈悲为怀，我也很想将那些残留的白骨予以收敛，并超度他们早入轮回。"

樵夫觉得自己刚才都是白费唇舌，也就不再搭话，无奈地转身离开。

大概走出了两丈的距离，樵夫扭过沧桑的脸，说："老师父，像您这样说大话又吃了大亏的和尚已经有好几位了。您好自为之！"

"谢谢施主提醒，阿弥陀佛。"僧人向樵夫微微一躬。

看着樵夫渐行渐远，僧人也转而向山林的深处走去。

僧人的行进路线并非是临时决定的。在他心里，其实早就计划了一条较为熟悉的路线，即从寺院出发，一路走到云水河边，再沿着河畔寻找那座屹立了近百年的古桥，经古桥将行程延伸到山林的另一侧，直至要到一片峡谷峭壁——云山的脚下。选择这样一条较为熟悉的路线，也是为了来去自如。虽然僧人熟悉这片山林与交通，可一旦在里面迷了路，要想重新走出来就要花上很大一番功夫。

越往里走，草木就愈发繁茂。僧人触景生情，如果能在这样的幽静深处建一座寺院，每日晨钟暮鼓，清修佛法，将是何等快意？哪怕退而求其次，建造一间草庐陋室，静心修行，也是求之不得的好事。

河水悠悠地向下游流淌。在粼粼的波光下，一座古桥渐渐清晰起来。僧人经桥而过，走进了对岸的山林。

由于是杳无人迹的地方，所以越往深处，脚下的路就越发坎坷。勉强能算作路的，也不过是草木相对稀疏的地方，或者林中走兽踩踏出的兽径。

僧人从路边拾起一根断落的粗树枝，借此探路，并保持身体的平衡。

行进了不多时，一具白骨赫然出现在了密林深处。白骨夹在一棵参天大树与巨石的缝隙之间。经历了无数个日夜的风吹雨淋，白骨身上的衣服已经残破到仅剩下大致的轮廓。

当年，虽然绝大多数的尸骨都被收走，并且找了地方予以掩埋，但那些负责清收的人只是迫于命令才勉强去做的。见到一具具高度腐烂的尸骸，加上又不是自己的故亲，没几个人尽心竭力去收殓。

僧人走到近前，仔细查看眼前的骸骨。这具骸骨的额头上有一个碎裂的孔洞，似乎是生前遭受了当头的重击。胸前的肋骨也有三根断裂。白骨的旁边，遗落着一个长条状黑乎乎的东西。根据大致的轮廓推断，应该是把腰刀。在白骨腰际的位置，还有一块铜牌。虽然遭受了风霜雨露的侵蚀，字迹依然可以辨识。铜牌的正面阴刻着四个字——太平天国，背面则刻着持牌人的身份——天罡队左武参军秦雷。

"阿弥陀佛。"僧人向白骨微微一拜。

由于僧人这次出行并不是专程来收殓遗骸的，所以他只能大致记下白骨所处的位置，等到下次再来收殓。

走了才两丈远，又见到两具白骨。这两具白骨已经差不多和草木化为一体。僧人轻轻地拨开草木，仔细打量了两具遗骸。这两具遗骸上并没有特别明显的碎裂与折断，不像之前那具一般一目了然。他们身上虽没有腰牌，但是身边也散落着锈迹斑斑的兵器。想必和刚才那位左武参军一样，都是太平天国的军人。

"阿弥陀佛。"僧人再次持诵圣号。

僧人在密林的蜿蜒小径上艰难前行。许久之后，眼前才逐渐敞亮起来。

他依托着手中树枝的支撑，小心地向山下走去。所幸山坡并不是很陡，年迈的僧人还可以一步步安全地下到山脚。

坐在岩石上稍作休息时，僧人仰头望上去，悬崖峭壁千尺高。当空的日头灼刺着双目，也看不见最上面的情形，只感觉到一阵阵的眩晕。

正当僧人低头舒缓自己的气息时，在自己斜对面的岩石夹缝中瞥见了半具人骨。僧人起身走过去，细细打量了一番。尸骨的下半身已经全无踪影，上半身也缺少了左手的手骨。身边没有什么可以用来推断其身份的东西。

"阿弥陀佛。"僧人念了声佛号，继续往下走。

山脚下虽然积满了岩石、碎块，但相比山林，在落脚行进上轻松了不少。

此处是僧人早前计划的终点。这里的潺潺溪水、虫鸣鸟啼已经无暇欣赏了。僧人缓步前行，认真地在四处寻觅。

这里也许会有遗留的白骨吧?

不知何时,日头的灼热被山间的清风渐渐吹散。空寂的峡谷中缓缓地透出了一丝丝凉意。

当西边正要泛起模模糊糊的微红时,僧人又在草丛中发现了一具白骨。说是一具,其实已经碎裂成了数个部分:上半身、下半身、左臂,还有右腿。白骨身上没有什么物件可以作为确认身份的凭证。细细打量白骨,头颅上有一块平滑的凹陷,看起来不是被击打形成的。胸前的数根肋骨上都留有明显的被锐器刺伤的痕迹。看来,这位也是被人杀害的。

僧人抬头望了望西天的那抹微红,又垂首瞧了两眼膝下的白骨。口中喃喃道:"来世,投胎做个深山野林的鸟兽,也比在人间做个行尸走肉强上百倍。"

僧人闭目而趺坐于地,掐捻着"九象星月",轻轻地持诵起《往生咒》。

① 《大悲咒》的译者。

第五章
故地见闻

距离似乎比想象的要远些。我们边走边聊，打发着时间。

"'志怪三'里提及的就是我们脚下这段路程吧！"陶方玉开口道。

"应该是。不过，'志怪三'看着非常普通，给我的感觉就是一篇游记而已。"我说。

"是啊，没有血案，没有遇害人。除了樵夫提到了修罗鬼之外，也没有什么特别怪异的情节，不像我们平常所闻的志怪故事。"白泽也附和道，"不过，志怪故事倒也并非一定要有怪诞的情节。蒲松龄的《聊斋志异》，纪昀的《阅微草堂笔记》也都写有普通的故事。再早些的《太平广记》里也不乏山川地理、民俗风情的记载。"

"我习惯上将怪诞、离奇、恐怖的故事称之为志怪。"我缓了一下自己的气息，继续说道，"单单从'志怪三'而言，没有任何线索。可结合'志怪四''志怪五'，就能瞧出一些端倪了。首先，从僧人与樵夫的对话可知，这位僧人是因为战乱逃离了南京，在天下初定之后再次回归。这与智信的经历是吻合的。智信在外面颠沛流离,遭受种种劫难,九死一生。最后等到江南基本安定了,才再次回到南京,重建了苦厄寺。他不忍看到还有尸骨暴露在荒郊野外,就一心收殓遗骸,并超度死者的亡灵。这一点在后文也有提及。当智信重游故地时,从樵夫口中得知了修罗鬼涂炭生灵的事情,于是智信带领一干弟子设计诛杀了修罗鬼,即'志怪四'中所述的内容。"

"这样一分析,五个志怪故事就连贯起来了。"白泽说道。

"还有,'志怪三'中出现的那串名为'九象星月'的佛珠,在后面的两则志怪中也有出现。这也说明事情是连贯的。"陶方玉为我做了补充说明。

我刚才只是简单地脱口而出,可是经陶方玉这一补充,隐隐感觉修罗鬼的案子似乎与苦厄寺有着千丝万缕的联系。

"苦厄寺与修罗鬼?"我不禁联想起坊间的传闻,说道,"智信孤身一人探访修罗鬼的劫界,然后带领弟子诛杀修罗鬼,最后全寺的僧人又被修罗鬼屠杀。"

"说不定智信在深山老林的时候就已经被修罗鬼缠上了。"白泽故意甩出一个奇怪的解释。

随意的闲谈间,我们不知不觉已经走到了亭子处。亭子的外观凸显岁月侵蚀的痕迹,斑斑驳驳。旁边石碑上刻字的朱漆也差不多掉光了。

白泽在亭子周围绕了一圈,然后指着一块石碑说道:"走,进去喝口水。"

走了相当长的一段路,正好进去歇歇脚,再讨一碗清水解解渴。

踏着石阶走上几步路,就进入了寺庙。我们在门口就听见梵音袅袅,说明这里确实供奉着香火。刚才在外面碍于各种景致,无法目睹个大概。现在身处其中，才发觉这里的规模偏小，建筑物于空间上明显紧凑。苦厄寺大概也是这般实景吧？

没多久，就有一位穿着素朴青衣的僧人出来迎接。从相貌上看，也就三十岁左右。

"阿弥陀佛。几位施主安好。"

我们也学着僧人的模样，双掌合在胸前，恭敬地回礼。

"师父，我们路过贵寺，想讨一碗水喝，还请您行个方便。"白泽说道。

"阿弥陀佛。三位施主还请随我来。"说完，僧人便领着我们去了客堂。

客堂里的布置就与整座寺庙的布置一样，简单、素朴。

"师父，您可知道这不远处有一座云山？"白泽问道。

"阿弥陀佛。小僧当然知道。"

"那您可知道那上面曾有一座苦厄寺？"白泽问。

"阿弥陀佛。这小僧就不知了。"

看他这般年轻，怎么会知道五十年前的事情呢。我们想着要不要再让这位师父从其他僧人那里打听打听，可转念一想，还是作罢。问了又能怎样，还有谁能提供比老件作更直接、更有价值的线索呢？

我们三个人喝水、歇脚，前前后后二十多分钟，僧人始终彬彬有礼。

临走前，白泽让僧人引着我们去大殿处上炷香。

"师父，您这里供奉的是西方三圣？"白泽问道。

"阿弥陀佛。施主您说对了，看来您也是礼佛之人。"

我和陶方玉完全不懂他们在说什么，跟着白泽在大殿外上了炷香，便与僧人拜别。

下山的路上，陶方玉可能闲着无聊，开口问道："清石哥，你信佛吗？"

"我不信佛。不过，对于大慈大悲的佛法还是心怀崇敬的。"

"你这话有些前后矛盾吧？"我搭腔道。

"我是说我认同佛教弘扬仁爱、善良这些美德，也崇敬充满哲学思维的佛学。"

我知道他是个无神论者，否则他也不会醉心于民俗、志怪这些偏门的学科。不过，既然今天是来探访苦厄寺，又在清凉寺给佛祖、菩萨上了香，就顺便聊一聊与《修罗鬼志》相关的宗教内容。

"清石，基于我们现在所获得的信息，这修罗鬼会不会与宗教有什么联系？"

"有啊。修罗鬼三个字就是佛教用语与民间习惯拼凑出来的。"白泽肯定地回答。

"这你是怎么知道的？"我问。

"修罗是修罗，鬼是鬼，修罗鬼是修罗鬼。"白泽解释得莫名其妙。

不仅我听不明白，陶方玉也是一头雾水地看过来。

"修罗也叫作阿修罗，生存于修罗道中。而修罗道是六道轮回中的一个世界，里面的众生不是鬼。佛教体系中的鬼与我们民间信仰中的鬼可不是一回事。"

这样的解释倒是令人豁然开朗。

"清石哥，那佛教中的鬼和我们平常说的鬼是怎么回事呢？"

"我做一个浅显的解释，这样你们容易理解些。佛教中的鬼特指六道轮回中饿鬼道中的鬼。这些鬼大多是胎生，与我们人类相似。它们也会生老病死，然后再次投胎。而我们民间所说的鬼，指向非常宽泛，一般是指人死后的亡魂，也可以指各种稀奇古怪、无法说明出处的怪物。你看六朝、唐宋，还有明清的志怪小说，鬼的种类不胜枚举，任何东西都可以纳入到民间鬼的范畴里。"

经白泽这一解释，我和陶方玉顿时豁然开朗。随之，我想问他在佛教中有没有什么神可以制伏修罗鬼。话到嘴边又立刻咽了回去，毕竟刚说明修罗与鬼不是一回事。

我稍稍想了想，重新组织了一个问题，问道："那么，在佛教中，有没有什么神可以制伏你说的阿修罗呢？"

白泽不假思索地答道："佛祖、菩萨都可以，太多了。其实，说准确一点，应该是救度。"

"救度？"陶方玉似乎没听过这个词语。

"就是菩萨救度六道轮回里的众生。"

"送子观音菩萨？"陶方玉突然联想到志怪二。

"我来简单介绍一下吧。"白泽明显不喜欢这样东一句西一句毫无条理地提问，对我们这两个宗教盲细细解释起来，"观音信仰传入中国，并且不断发展、变化的过程已有一千多年了。从一开始的男性，逐渐演变成具有中国特色的女性观音形象。"

"什么？你搞错了吧！观音一直都是女性形象。"我纠正道，"我在庙会看到装扮的观音都是女人的模样，见到的塑像也都是女性的形象。"

陶方玉也在一旁连连点头。

"你说的观音是在中国本土化过程中产生的形象。换句话说，你在民间看到的观音，基本都是女性化的形象，而在传统、正统的宗教寺院，观音都是以男性或者是中性的形象出现。"

我努力回忆刚才大殿中供奉的菩萨形象，完全没有注意。

"男……女……中性……怎么会有这么大的差异？你不是道听途说吧！"我颇为不解。

白泽停下脚步，跳上路边的一块大石，像给学生讲课般认真解释道："观世音菩萨是从印度传入的舶来品。在《悲华经》里，观音是阿弥陀佛的儿子。在《观世音得大势受记经》中，观音是莲花化生。观音在印度产生的初期，是半人半兽的样子。经过一段时期后，观音才以勇猛大丈夫的形象示人。如果你去甘肃敦煌莫高窟欣赏壁画，还有南北朝的雕塑，就能发现观音都是以男子形象出现，嘴唇上还有两撇小胡子。"

"还有胡子？"陶方玉有些匪夷所思。

"不止胡子，在这一时期及隋唐阶段，观音的容貌还具有明显的西域人特征。在唐朝中后期到宋朝的这一时期，观音的形象就开始出现变化，逐渐出现女性的形象。宋朝以后，在民间信仰中，观音基本上就是以非常秀美妩媚的女菩萨形象出现。"

说完，他又像个孩子般从石头上蹦了下来，然后又大步流星地向坡下走去。

"就……就这么变成女性形象了？"我觉得白泽三言两语的回答过于仓促，赶忙跟上去继续问道。

白泽转过身，一边倒退一边讲解："变化当然不是一蹴而就的。其间也有传说故事予以辅助，使得性别转变更加合理。比如宋代的《曲洧旧闻》，宋末元初的《观世音菩萨传略》等等。在汉地，由于受到特有的社会环境、文化背景的影响，正统佛教观音信仰的许多成分被通过各种方式予以不同程度的改造，从而形成了既有别于印度佛教和藏传佛教的观音信仰体系，也有别于正统汉传佛教观音信仰体系的中国民间观音信仰。"

别说这么烦琐的宗教知识，光这书名我听着就有些迷糊。

"清石，这好复杂啊……我曾在一间寺院里见过千手千眼的观音形象，这是正统佛教里有的，还是我们民间自由创造的？"

"千手千眼观音是属于正统佛教里的形象。这一形象早在隋唐时期就已经存在了。当时应该是随着密教的传播，从印度传入中国的。这里的密教是唐密，而不是藏密。"

"唐密？藏密？"我越发糊涂起来。

白泽从路边拾起一根树枝，俨然无所事事的顽童，边走边甩，甩得呼呼作响。害得我和陶方玉只好与他保持着距离。

"显教的观音信仰中，观音形象的说明主要体现在净土宗的《观无量寿经》里。显教的观音形象以庄严宏伟的外相为主，同时也表现出观音可以化现为一般众生的形象。而密教的观音形象则以怪异的姿态为主，在怪异中体现神奇、强大、凶猛、恐怖、丑陋的形象，所以密教的观音总是以多头、多臂、多手、多眼，以及色彩鲜艳等外相出现。"

"清石，你这么一说，倒是简单了很多。我就感觉南京这边的寺院里除了千手千眼观音之外，其他的观音形象都是慈眉善目的，和我们一个头、两只手、两只脚的正常人没有什么不同。"

"没错。汉地民间盛行的是三十三观音。这三十三观音的形象与显教的观音形象比较接近，无论是从外相看，还是从表征的含意看，都非常贴近百姓的生活，因此才流传广泛，且深入人心。除了我们刚才提到的送子观音，还有蛤蜊观音、水月观音、鱼篮观音、持莲观音等。"

"民间信仰中的观音形象也这么多？"陶方玉有些吃惊。

"具有如此多的外相是因为不同地区、不同年龄、不同性别、不同行业、不同阶层的人都有各自的需求。在观音信仰长时间的发展中，各类贴近生活，表征明显的观音形象就接二连三地被创造出来。被普罗大众接受的就一直流传下去，成为民俗文化的一部分，而不被世人认可的则逐渐被淘汰。"

"那密教的观音形象呢？"陶方玉问。

"密教的经典里也存在诸多不同形象的观音，但主要供奉的有六个观音。这是比较系统地归纳了观音的形象，并将这六个观音的形象与佛教中六道轮回的理论相对应，每一个观音形象救度、化导一道的众生。唐密与藏密在六观音的形象上趋于一致，分别是圣观音、千手观音、马头观音、准提观音、如意轮观音、十一面观音。他们都是观音的化身，只是在法相和主要的救度上有所区别。更细致的我就不说了，说了你们也记不住。你们只要知道十一面观音就好了。"

"为什么？"我感觉白泽的讲课快要接近尾声了。

"十一面观音这一形象比较有名，其名字来自《十一面观世音神咒经》。据说，持这一神咒的人可以得到无病、无忧、免饥等功德，还能得到永不堕地狱、命终往生无量寿国的果报。而且，十一面观音主要救度修罗道的众生。"

以往我一直以为佛教很多高深的东西集中于参禅悟道，没想到一个菩萨居然就能涉及如此广泛的内容。

白泽为了让我们能听懂，自始至终都放缓着语速。不知不觉间，我们也差不多要走出这片山林了。

"这么说来，'志怪二'中的妇人拿着送子观音赶夜路，其实也不是没有缘由。"陶方玉再次提到"志怪二"。

"在民间信仰里，很多事物都是可以随着人们的主观意愿而不断变化的。如果流传的时间长了，信仰的人多了，就逐渐约定俗成，最终成为一种普世的认识。"白泽概括道。

即便如此，我也猜不透为什么偏偏拿着送子观音。

"清石，这么多繁杂的细节，果真都装在你脑子里吗？"我觉得眼前的这个人是个怪物，"我光听观音那拗口的名字，就已经快抓狂了。"

"我今天也是大开眼界。"陶方玉的口吻中满是钦佩。

"你们两个人别说没用的，告诉我今天中午吃什么？"

这个吃货，一闲下来就得往肚子里塞东西。

"就在停车的饭庄里。我都问过了，那里有龙池的鲫鱼、河虾、鳖，足够你一饱口福。"

龙池是南京的一处湖泊，盛产各种淡水水货，尤其是鲫鱼。龙池鲫鱼可是一道响当当的菜品，在过去也是皇家贡品。稍后，我们可以点上一份鲜香的酥鲫鱼。相信很多人还不知道，这道苏菜已经有六百多年的历史了。

《修罗鬼志》

志怪四

苍茫的夜色中，徐徐淫风搅动着轻云薄雾，缓缓撩出沉寂已久的戾气。

在一片及腰的蒿草中，两只黑影从远处轻轻地穿游而至。它们撩拨蒿草所发出的窸窣声，与山林间淫风惹草的厮磨音恰到好处地重叠在一起。

两只黑影慢慢地从蒿草中探出脑袋，环顾四周，然后又悄悄地没入了草丛。余下要做的，只是等待。

一个光点，在黑暗中幽幽浮动着。

约莫过了半炷香的时间，那个光点就渐渐进入了两只黑影可以掌控的范围。

直到距离愈来愈近，光点才清晰地显现出一盏灯笼的轮廓。在摇曳的光线下，一个青衣肥脸和尚正匆匆赶着夜路。

两只黑影不紧不慢地在草丛中逼向青衣和尚。

起初，和尚只是一脸疲倦地埋头赶路，并没有察觉身边有任何的异样。可是，随着草丛中传出越来越清晰、越来越急促的窸窣声，和尚的心神瞬间紧张了起来。

"谁？"和尚壮着胆子问向声音的出处。

无人应答。

"说话！"和尚再次用颤抖的声音喝道。

依旧杳无回音。

和尚似乎预感到了什么，扭过头就拔腿飞奔。在草木丛生的山间小路上狂奔，总免不了磕磕绊绊。还没跑出多远，他的速度就立时下降。

在白色迷雾笼罩的山林夜色里，一个肥脸和尚提着灯笼在前面拔腿逃命。而他身旁的草丛中，两只黑影拖出游蛇般的踪迹，紧紧相随。

肥脸和尚跑出了一段距离后，就开始上气不接下气。庆幸的是，他隐约瞅见远处浮现出一抹亮光。心中大喜，铆足了最后一点力气，死命狂奔了起来。

三丈、两丈、一丈……

随着距离越来越近，前方光线内的景象也越发清晰起来。

灯光下，一个同样身着青衣的老和尚站在小路中央，岿然不动。老和尚蓄着一部白须，右手背在身后，左手掐捻着一串名为"九象星月"的佛珠，嘴里还不住地喃喃自语。老和尚的身后则站着一个年纪稍轻的和尚，同样穿着一件青色的僧衣。

之前夺命狂奔的肥脸和尚一直跑到两名和尚的身后，才停下脚步。他一屁股坐到地上，大口大口地喘起了粗气。

"吓……吓死我了……师……师父，以后可别……叫我做这种事情了。"和尚没等气息缓和下来，就迫不及待地抱怨起来，"这回……估计少活二十年。"

"够了，闭嘴。"年轻的和尚沉声喝道。

老和尚依旧神情自若地站在最前面。

仅仅片刻的工夫，两只黑影就已然追到了几个和尚的跟前。在两盏灯笼的映照下，两只黑影的形象逐渐明晰起来。一只半个脑袋的修罗鬼从草丛里纵身一跃，直接跳到老和尚的跟前。它单手撑地，另一只手紧握明晃晃的腰刀。脑袋上的寥寥发丝被山风微微吹拂着，面孔上沾满了尚未干涸的血迹，透着一股令人作呕的血腥气息。在那副令人生畏的面孔上，一张被撕裂开的血盆大口毫不夸张地展示在众人眼前。

呜——呜——

它极力表现出自己的狰狞与恐怖，从喉咙中发出嘶哑的怪叫声，威胁面前的几个和尚。

紧跟在后面跳出来的还有一只赤面白发的修罗鬼。这只修罗鬼的面孔只有冰冷、僵硬两个词可以形容。它像条巨虫般伏在裂口修罗鬼的后面，静静观察着几个和尚的一举一动。

呜——呜——

裂口修罗鬼仍在用凶恶的表情恐吓着和尚，试图借此让对方放弃反抗。

"孽畜，不要再恣意妄为，害人性命。"老和尚的语调铿锵有力，不容讨价还价，"跟着我，让你们早早脱离苦海，步入轮回，抑或送你们往生西方极乐净土。"

呜——呜——

裂口修罗鬼不知道是不领情，还是根本就听不懂，它只是伏在地上，用透着杀气的双眼恶狠狠地瞪着老和尚。它似乎随时都可能一跃而起，向老和尚扑杀过去。

"孽畜，贫僧好言相劝，切莫不识好歹。"老和尚威严的声音穿透黑暗，直接劈向两只修罗鬼。

可是，两只修罗鬼一前一后，毫不畏缩。裂口修罗鬼握着腰刀，突然向前抽动了一下，做出要扑上去的假动作。然后，又兀自发出咯咯的怪声，似乎是在嘲笑对方。

"放下屠刀，立地成佛。"说着，老和尚朝着裂口修罗鬼的方向迈出一步。

修罗鬼被老和尚的举动惹得一惊，瞬间反应过来，从喉咙里发出更加诡异的嘶吼。

"祛涤业障，再入轮回。"老和尚又迈出一步。

修罗鬼有些恼怒，向前微微探了一下，但立刻又缩了回来。

"持经修法，往生净土。"老和尚再迈出一步。

两者之间的距离愈缩愈短。片刻之后，老和尚和修罗鬼之间只相隔两尺。

一人，一鬼，在淫风迷雾中默默地对峙着。

"孽畜！"老和尚突然间厉声恫吓，其余音在山林间久久荡之不去。

在这一声怒斥下，两只修罗鬼突然表现出畏缩的样子。尤其是伏在后面的一只，立时向后退了一丈，拉出了一段安全距离。前面的那只修罗鬼则渐渐收缩起身体，像条狗般发出呜呜的求饶声，落魄之极。

"好……"老和尚刚要说什么，只见一道亮光闪过，他突然大喊一声，"啊——"

原来，那只修罗鬼趁老和尚略微放松了警惕，凶猛地扑到近前，用力甩了一刀。老和尚的左臂立时被鲜血浸染，持在手中的佛珠也掉到了地上。

"师父……"站在后面的两个和尚也被这突如其来的一幕吓得惊魂失色。

"果然是畜生！"说着，老和尚暴跳如雷。一时间，杀气升腾，弥漫了整个夜幕。

老和尚嘴里喃喃持咒，一时间，狂风四起，地动山摇。不消片刻，咒音在山林间幽幽响起，回荡。金色的佛咒从四面八方向老和尚脚下的修罗鬼聚拢而来。愈聚愈多，眨眼之间就在半空凝结成一张金色的法网，死死扣住了修罗鬼。

老和尚突然将背在腰后的右手高高举起，原来他手中正握着一根长约一尺半的降魔金刚杵。眨眼之间，老和尚的降魔金刚杵就朝着眼前的修罗鬼猛力砸了下去，正好击中修罗鬼的额头。

修罗鬼像条野狗一般呜呜地惨叫起来，一脸惊恐之色。顾不得额头上流出的血液，畏畏缩缩地蜷起四肢趴在原地。

老和尚怒目圆睁，再次举起手中的降魔金刚杵。

伴随着"轰——"的一声巨响，黑夜霎时间恍如白昼。几个和尚的眼睛被强光一射，本能地扭过脸去。片刻之后，除了尚未消散的白色烟雾之外，一切又都归于死寂。

老和尚面前的怪物已然化作了一摊血水。而刚刚还远远旁观的赤面白发修罗鬼则已不知去向。

第六章
降妖诛鬼

　　我也有些日子没尝过龙池的水鲜了，可囿于时间，今天的午餐显得有点仓促。毕竟，我们的下一个目的地在城市的另一端。

　　下午要见的人叫张世博，一位曾经目睹过志怪四中"诛杀修罗鬼"的当事人。可能会有人略感疑惑，我是如何知道他的？其实也是在向族里老人了解修罗鬼时，通过闲谈一点点获悉的。当年，"诛杀修罗鬼"是件轰动整个南京城的大事。在场的两位目击者也因为过人的胆量而备受赞誉。起初，我是带着试一试的态度去寻访两位目击者的。一晃五十年，他们健在的可能性不用想都应该清楚。侥幸，一位在十年前离世，而另一位身体依然康健。起初，老人并不愿意接待。费了些周折，托人说是为了编撰南京的《民俗志》，老人才勉强答应。不过，那几天恰好是张世博老人做寿，所以只能与其约定择日再次登门。

　　车子行驶了一个多钟头，终于在一座老式宅子前停下。叩响门环、入堂通报，大户人家的这番流程又是个十多分钟。绕过影壁，穿过前院，从里里外外的大红装饰来看，老爷子做寿时的喜庆气息依然没有消散。

用人奉上茶之后便自行离开了。我们在厅堂里坐了几分钟，老人才缓缓现身。他须发皆白，身着长袍马褂，稳稳坐在厅堂的上座。

上次只是短暂的接触，想着对方年事已高，我还是重新做了一次自我介绍。同时，着重介绍了白泽。

"张老先生，这位就是……"

"你大声点，我老了，听不清。"老爷子突然而至的高嗓门把我吓了一跳。

"这位就是……"我的第二次开口又被他打断。

"大声点。"他再次提高了嗓门。

"这位就是专程从北京大学赶来的白泽，白老师。他就是编纂南京《民俗志》的负责人。听说您愿意畅谈南京的奇闻，连夜从北京赶来的。"我回头看了一眼白泽，想必他已经心领神会。

与此同时，我无意中发觉陶方玉微微撇着嘴怪笑。估计他正在心里嘀咕，我们活像两个大骗子带着一个未出师的小骗子在南京城招摇撞骗。其实，我原本也是个本性纯良的男子，奈何被白泽熏染，偶尔也会走那么一点点的歪门邪道。

"北京大学？"老爷子上了年纪，语速明显比我们慢了不少。

"以前叫京师大学堂。"白泽大声解释。

老爷子竖起大拇指，连连称赞："新式学堂，好，好。"

又简短寒暄了几句，我们便直入主题。

"老先生，当年诛杀修罗鬼时您就在现场，是吗？"我求证道。

"对，对，对。我就在现场。那一晚，太神奇了，永生难忘啊！"老爷子兀自感慨着。

"除了您，当时还有别的人吗？"我问。

"有。智信师父，还有他的四个弟子，普明，普弘，普仁，普圆。还有一个老东西，他叫……这个老东西叫什么来着……"老爷子歪着头想了半晌，忽然想起来，继续说道，"常万年。对，这个老东西就叫常万年。"

"张老先生，您确定是这几个人吗？"

"我耳朵是有点背，可脑子依然好使。我记得清楚着呢。"老爷子被白泽的问题激起了孩子气，不服气地反驳道。

我之前就听说过这两位的一点事迹。他们都是本地的富绅，当年由百姓推选出来，作为代表去邀请智信降魔屠鬼。同时，智信也希望他们两位可以做个见证，一旦智信消灭了修罗鬼，就恳请富绅牵头为苦厄寺捐点善资，修葺下苦厄寺。

"老先生胆量过人，我们这些晚辈都自愧不如。"我稍微吹捧了一下。

话说回来，当年智信邀请一同去诛杀修罗鬼的不止张世博与常万年，只不过数位富绅之中仅有他们二人有胆量前去。

"有什么可怕的，智信师父可是有大能耐的，况且他还专门派了两个弟子保护我们。"说完，老爷子似乎想起了什么，高声大笑起来，"可就是姓常的老东西吓得又尿又拉。"

说完，他就发出一连串的笑声。短暂的开心倒也没什么，可老爷子已经是杖朝之年，加上这种滔天大浪式的笑法，万一一口气卡在喉咙里吐不出，或者咽不下，那我们的麻烦可就大了。这宅子的贴红今天也就可以改成贴白了。

我立刻提出新的问题转移他的注意力，再次提高嗓门说道："老先生，您刚才说有两个人保护您和常老先生？"

老爷子听到了我的提问，缓了半晌，慢慢回答道："我和那老东西就躲在智信师父后面约数丈的草丛里。普弘和普圆就守在我们身边。果然是高僧的弟子，镇定自若，面无惧色。厉害，厉害啊！"

"您为什么会选择苦厄寺的智信师父去做法事呢？"白泽问。

"这么简单的道理，你还要问我。"老爷子明显没有理解正确，他带着一副孩子气的语气说道，"人家智信师父是大德高僧，而且法力无边。"

在此之前，也有过由地方富绅牵头，重金聘请各路高僧、高道，还有驱魔捉鬼的异人、术士的事情。不过，这里面不乏故弄玄虚的江湖神棍，可大家病急乱投医，顾不得太多，况且也没有时间和能力去逐一甄别真伪。最终的事实证明，之前所谓的高僧、高道、高人都没有能力降伏修罗鬼。修罗鬼依然横行无忌。他们这些人一般都在白天开坛作法，也有少数晚上举行捉鬼仪式，不过都不敢深入荒无人烟的远郊山野，只在城边带着二三十个人做法事。

"您是怎么知道智信师父的法力就一定能诛杀修罗鬼的呢？也许他的法力只能针对牛魔王和铁扇公主。"

听了白泽逗趣式的反问，我差点把嘴里的茶水喷出来。

"你到底是不是京师大学堂来的？之前的术士、高人之所以对修罗鬼束手无策，完全是因为不得要领。他们一开始将为非作歹的邪祟错误地认定是长毛阴兵、百年骷髅精、千年狐妖、万年山魅等等。驱魔捉鬼好比治病救人，需要对症下药才能根治。他们连邪祟的名字都没有弄清楚，就胡乱开药方，自然毫无效果。智信师父不一样，他知道邪祟叫修罗鬼。而且，也只有像他这样，在佛门修行了五十年以上的大德高僧，才有能力降伏。"

"可您又是从哪里得知，要找在佛门修行超过五十年的僧人？"

白泽继续问。

"我听说的。"老人家喝口茶,润了润嗓子。

"估计是忘了吧。"白泽轻声自语。

"你才忘了呢。我的记性好得很。"

呦呵!我们三人一愣。

怎么回事?他居然听得见?

老人家不服气,进而说明道:"坊间都是这么传言的。"

"那坊间的消息源头又是哪里?"白泽问。

"不知道。反正我没忘。"他的回答让人既好气又好笑。

我用眼神示意了一下白泽,改由我来继续提问。

"智信师父最初是什么态度?当即就表示愿意为民除害吗?"

"他起初不在寺里。我们也是三顾苦厄寺,才最终见到智信师父。也是经过一番恳请才让他答应出山的。"

这个反应似乎就有点微妙了。

"您能说一说诛杀修罗鬼的过程吗?"我问。

"神奇!"好一个轻描淡写。

神奇?这算是什么评价?

当然,我可没像白泽那样直接说出来。

"您能不能再具体点。"我请求道。

老爷子一边比画,一边答道:"我在草丛里看到智信师父把手里的降魔金刚杵就这么砸向修罗鬼,然后又看见白光一闪,等到我再睁开双眼,修罗鬼就化作了一摊血水。好神奇。虽然只消灭了一只,不过我已经彻底相信智信师父的法力了。"

我心中一惊。只消灭了一只,这似乎话中有话。

"张老先生,我刚才没听清,您刚才说只消灭了一只修罗鬼?"

我着重了"一只"两字的发音。

"是啊。一只死了，一只跑了。"

我扭头看了看白泽与陶方玉，相信他们也发觉到了疑点。

"当时智信师父作法，有没有地动山摇，还有佛咒编织的金色法网？"白泽想起了"志怪四"中的描述。

"你在胡说八道什么，你以为是抓孙悟空呀？"

白泽点点头，心里已经有了明确的答案。

"您刚才还提到，您是在白光一闪的刹那闭上了眼睛，直到再睁开双眼，才看到修罗鬼化作一摊血水。修罗鬼化作一摊血水的具体过程是什么样子？另外，黑夜里相隔那么远的距离，您是怎么看见那一摊血水的？"我将问题细化了一下。

依照之前的说法，张世博与常万年两位富绅都躲在数丈之外的草丛里，蒿草应该挡住了一部分视线，再有智信及两名弟子在前方施法，必然会有一定的盲区。

"究竟是怎么化成血水的我没看到。不过，在诛灭修罗鬼之后，我和那个老东西在普弘和普圆的搀扶下，走到智信师父旁边亲眼看到了一摊新鲜的血水。"

我把他的回答精简地记录到笔记本上。

"为什么修罗鬼连根骨头都没剩呢？"白泽开口问道。

"说你傻，你还真的傻。修罗鬼可是修罗界的怪物，它们的身体是虚体，与人不同。而且，智信师父的降魔金刚杵与咒语的法力极强，就算是施于普通人身上，也能将人打成一摊脓血。"

我笑了笑，继续问道："这是智信师父告诉您的吗？"

老爷子点点头。

"除了一摊血水，您还看到什么特别的东西了吗？"我问。

老爷子想了想，答："没看到。不过，隐约闻到有股刺鼻的气味。"

"什么样的气味？"

"说不清。反正不好闻就对了。"

"这次诛杀修罗鬼之后，坊间是不是变得非常热闹？"

"那当然。百姓们奔走相告，到处都在传诵智信师父，还有苦厄寺的功德。最开始的一段日子，也有一部分人将信将疑。毕竟之前有太多的高僧、高道、术士、异人出面作法，但最终都无功而返。之后的一个月风平浪静，两个月后百姓都安然无恙，再到第三个月就天下太平了。直到这时，百姓们才对苦厄寺的能力深信不疑，纷纷到苦厄寺烧香拜佛。"

这是必然的结果了，而且是趋之若鹜嘛。

整个过程比我想象的要快很多。既然在这里得不到更多有价值的信息，我们也只好拜别张老先生，抓紧赶往刘轩的作坊。

今天的行程非常紧凑。上午去南京郊外，中午过后进城并赶往城市的另一端，又是一个小时的漫长旅途。

刘轩老爷子是开门做生意的，所以没有什么麻烦的通报程序。况且，我们这已经是第二次造访了，简单的寒暄过后便可以谈正事。

我们的会面依然在上一次见面的地方。起初，刘轩老爷子还以为我们已经查清了其父遇害的真相，在得知是要了解苦厄寺的情况后，原本激动的情绪才逐渐平静下来。

"几位怎么突然找我问苦厄寺的差事？"刘轩老爷子一头雾水。

我将案件涉及苦厄寺无人生还案，还有刘家制造塑像的事情简单一提。其实上次拜访时，刘轩老爷子就提到他们作坊为周边很多寺庙、道观提供塑像，但是我们三人谁也没有考虑到与苦厄寺还能有更多的交叉。

"我们家的确给苦厄寺供过不少的佛像、菩萨像，这是我们家的活计。要是加上副业兼营，就是供桌、香案、香炉、檀香、膏烛、灯油、木炭、金漆、佛前灯什么的了。"刘轩老爷子一如上次，点燃他的旱烟，吧嗒吧嗒抽了起来。

"日常使用的佛教用品也由您这里提供？"白泽问。

"寺里方便，我们也能多赚一点，所以很多差事就都给应下来了。"

"您还记得当年苦厄寺里有多少僧人吗？"

刘轩老爷子闭上双眼，细细回忆起来。半晌，他微微睁开眼，答道："七个吧。"

"您确定？"

"没的差，是七个和尚。我去过几次，见过方丈和他的六个徒弟。而且，当年他们七个在一夜之间全都给杀了。这事可闹得天大。"

"在他们遇害之前，这些僧人有没有什么奇怪的地方？"

"时间太久，记不得了。"老爷子抽了口烟，重复道，"是真的记不得了。我每次去都是因为活计，其他的我也从不多嘴。"

"令尊呢？令尊在世时有没有提到过什么？"

老爷子再次回忆了片晌，肯定地回答："没有。我爹就一门心思赚钱养家，其他的事情他从不掺和。我们一家就是这脾气。"

几个问题都没得到什么有价值的信息，再问估计也问不出更多。

这次过来也是抱着试试看的态度，没想到刘轩老爷子能提供的线索也不比张世博老爷子的多，基本就是白跑了一趟。不过，也不好就这样拍拍屁股走人。

"当年苦厄寺定制了多少尊塑像？"白泽似乎也是同样的想法，提了一个毫不相关的问题。

"这个倒是挺多，到底有多少我可没记住。"

"您这里有记录吗？"白泽问。

"有。你们等等，我去踅摸看看。"说着，老爷子便起身出了屋。

我们三人面面相觑，都没有吭声。过了十多分钟，老爷子拿着一本泛黄的册子回来。

"就是这个了。"老爷子凭着记忆一页一页地翻看，不久，他指着一处缓缓说道，"第一次总共要了七十一尊塑像。"

"这么多？"陶方玉微微吃惊。

"也不多。你们瞧，这里写了，规格有大有小。"老爷子细细解释说，"比如，半跏趺坐的阿弥陀佛定制了二十一尊，这里面只有一尊是七尺高的。这么大的佛像，肯定是要供奉于大雄宝殿。其他二十尊都低于一尺的高度，那就是用来开光后供香客请回家的。"

我最初登门时，曾在柜台上见过他父亲遗留的作品。那手艺绝对堪称巧夺天工。一尊佛像包含莲花台、佛身、背光三个组成部分，即使是半个巴掌大小的佛像，其莲花雕饰、佛像仪容、背光花纹都异常细致入微。想着，这样的佛像一旦开光，其价格是会翻数倍的吧。

"如果我的猜想没错，除了阿弥陀佛，还应该有两尊略小于阿弥陀佛的塑像，一尊是大势至菩萨，一尊是观世音菩萨。"白泽说道。

"呦，白先生是位居士？"老爷子抬头看了一眼白泽，然后看着记录答道，"没错。这两尊也是半跏趺坐的姿态，相比阿弥陀佛的尺寸略小一些，只有六尺半的样子。剩下的十尊大势至菩萨，还有二十尊观世音菩萨也都是小件了。尺寸上比刚才提到的不到一尺高的阿弥陀佛像还要再小些。"

"这么算来，还剩下十八尊。难不成是十八罗汉？"白泽接话道。

"没错，没错。而且，这十八尊阿罗汉分成两列，供奉在大雄宝殿的两侧。我当年还去上过一次金漆。"

这是第二次有人认为白泽礼佛。后来，他私下告诉，这些都是他推测的。而推测的线索有四点：一是佛教在中国的发展现状；二是目前处于主流的宗派；三是江浙地区的世俗化现象；四是佛教不同宗派所供奉佛像的特点。

"您知道苦厄寺送佛需要付多少香火？"白泽并没有直接说出钱帛之类的字样。

"我听说开了光之后，一尊大约需要一户农家一年的收成。"说着，老爷子自己都觉得这是天价。

"和璧隋珠……"白泽微微惊叹，又继续问道，"您刚才提到说是第一次，难道还有第二次？"

老爷子翻了几页，答道："对，这第二次是三百零三尊。"

"三百零三尊？"我们三人都愕然于数字背后的惊天利润。

"这里面有三百尊是供奉于家中的。"

"还剩下的三尊呢？"白泽追问。

"另外三尊是大尺寸的塑像。"

"为什么又要定大尺寸的？"白泽有些疑惑。

"这个我就记得比较清楚了。同治七年春分的前一天，那天是我娘的生日。当天一早，我去给苦厄寺送一箱膏烛，等我到了山上，就看到门口立着牌子，说是要暂时闭寺半个月。可我前几天去的时候，只说春分这一天闭寺。我一打听才知道，寺里有个僧人，名字我不记得，但肯定是年纪最小的那个。这个小僧在前一天下午打扫大雄宝殿的时候，在佛台上脚一滑撞到了佛像和菩萨像，从佛台上摔了下来，还扯坏了塑像。不得已，苦厄寺才决定闭寺半个月。"

"原来如此。大殿里的主要神像坏了自然要重新定制。"

刘轩又指着册子上勾掉的一处说道："你们看，当时还忙中出错，连图样和费用都弄岔了。起初说的是阿弥陀佛像、大势至菩萨像和观世音菩萨像。其中，不到一尺高的塑像各两百尊，七尺高左右的各一尊。可第二天下午，苦厄寺又给了订单和图样。说什么阿弥陀佛像改成无上尊多罗菩萨像，大势至菩萨与观世音菩萨没有变。三种菩萨的数量减少到小尺寸的各一百尊，然后大尺寸的改为六尺高，各一尊。"

"数量砍掉了一半？"

"是啊，白高兴了一场。他们说寺里的库房装不下那么多。可后来，又点了十箱檀香，十箱膏烛，两箱金漆，一车木炭。"

这些佛像、数量什么的，我听着就头大，到最后什么都没记住。陶方玉倒是一字不落地全部记录了下来。可问题是，他画的海浪到底能不能看懂？

追加的问题勉强保住了三个人的颜面。我们找了个借口，便驱车离开了。

为了完成最后两次拜访，这一天紧赶慢赶，可不承想收获的线索却寥寥无几。我看了一眼手表，四点都没到。时间基本都耗在了路上。

我扭头看到白泽一脸失落地瘫软在车座上，安慰道："别泄气。虽然我们手里掌握的线索有限，但也未必没有突破。"

"泄气？泄什么气？"白泽反问道。

"你难道不是对今天的行程感到失望吗？"

"对啊。中午太仓促了，还没品出个子丑寅卯呢。"白泽咂了咂嘴，一副贪婪的口吻答道，"龙池的鲫鱼和王八太绝了。"

枉我还好心安慰他，他居然满脑子都是吃的东西。

"你除了吃，就没想点别的？比如今天了解到的信息。"

"这个稍后再说。现在跟你讲一件正事。"白泽严肃道。

我即刻挺直了身子面向他："什么正事？"

"晚上重新吃一顿金陵鲜吧。"

果然，对白泽而言，吃就是一件天大的事。

"你也不怕自己胖死。"我揶揄他。

白泽一听，哈哈大笑起来："我更担心一不留神撑死。"

这一句我信，因为他吃起来确实只顾嘴，不顾胃。

"行，白大老爷说吃什么就吃什么。"

白泽所说的金陵鲜与金陵鸭、金陵草一样，也是金陵菜的一部分。这里的鲜主要是水里的鲜货，如青鱼、鲫鱼、鲟鱼、斑鱼、鲥鱼、河虾等等。

"对了，差点儿就忘了。炖生敲也必须上一份。"

炖生敲是菜名，也是制法。这道菜的主料是鳝鱼，差不多三四百年的历史了。

"我又不是厨子，你要吃也得和厨子说去。再有，你都是从哪儿知道这么多南京菜的？"

白泽笑嘻嘻地答道："不用别人说，我也什么都知道。"

好一个"知如其名"的神秘感。

似乎除了白泽的吃，今天已经没有什么事了。车子一改之前的迫切，缓缓地在南京的土路上前行。

"那里是什么？"白泽指着远处人头攒动的地方。

"本地的城隍庙。"陶方玉答道。

"反正时间还早，我们过去看两眼。"

这座城隍庙我有几次路过，但是从未进到里面一览。看着人来人往的样子，想必是比较灵验，在百姓心目中有一定的威信。

我们将车子停在庙门口，走进院子才发现这座城隍庙的匪夷所思之处。庙里供奉的不只是城隍爷，居然还有玉皇大帝、太上老君、观音菩萨、财神爷、关羽、孙悟空……孙悟空也就罢了，居然还多出来个耶稣！没错，就是耶稣，钉在十字架上的形象。而且，这些神祇是一字排开，供人膜拜的。

"出趟门把各路诸侯都拜了一遍，省时省力。"白泽似乎是在嘲讽。

我也不禁觉得荒诞。

"就跟赶集一样，太夸张了。"陶方玉说。

"一点也不夸张。"白泽回应道，"大多数人出门拜神，都会没头没脑地乱拜。路上碰到了城隍庙会拜一下，道边有土地公会拜一下。遇见有人发丧，会对着棺材拜一下，希望对方不要纠缠自己。在野外不小心踩到一张冥纸，再闭上双眼对着空气拜一下。遇到狐仙的石碑更要拜一下。回到家里对着财神爷、关公、灶神什么的仍要拜一拜。反正礼多神不怪，这个神仙不顶用，多拜几个总有顶用的。"

城隍庙内一览无余，完全没什么值得驻足的理由。我们边聊边退了出去。

"当年的苦厄寺也差不多是这里的样子。从门可罗雀到后来一下子门庭若市。"我说道。

"说白了还是愚昧、迷信。乾隆年间的叫魂案①，本来只是一个小小的谣言，后来却被无限放大，成了席卷大半个中国，并由乾隆帝亲自过问的国家级大案。再说近一点的，清末发生的天津教案、扬州教案、山西教案、广东教案等等，都是利用迷信色彩的恐怖谣言挑唆了民众的排外运动。更近一些，义和团也是如此，胡说什么淋了狗血可以刀枪不入的鬼话。成百上千的男子涂上狗血就冲向敌营，结果可想而知。"白泽随口讲出几个例子。

"清石哥，你说的这些都是真事吗？"

"当然。"

"那苦厄寺你怎么看？我是说佛教。"

"佛教是文化、艺术的瑰宝。而且，我更愿意称之为佛学，其中蕴含的哲学思辨也不是我一两句能概括的。"白泽回答。

"我听说，佛教也是分宗派的，你知道都是什么吗？"陶方玉追问。

"佛教的宗，是共同遵守同一知见的修行团体。不同的宗系，各自拥有依据自己的根本知见而建立起来的修行体系。到了唐朝，中国佛教已经出现了诸多宗派，主要有天台宗、地论宗、摄论宗、成实宗、涅槃宗、三论宗、法相宗、俱舍宗、净土宗、禅宗、律宗、华严宗、密宗，等等；隋唐以降，佛教各宗各派传承发展，如大树枝繁叶茂，大德圣哲辈出，灿若天河群星。"

白泽的回答让我瞠目结舌，他是怎么记住这些词的？

我对宗教所知极少，仅在读小说时对佛教的历史略微有过接触。

"佛教在两晋南北朝时期获得了极大的发展空间。抛开大量的佛教典籍不谈，云冈石窟、龙门石窟体现的佛教文化及艺术就从侧面印证了当时佛教的鼎盛状态。"

我们坐上车，但没有着急离开。陶方玉从驾驶座侧着身子，问道："这都过去了几百年，是不是佛教的宗派更多了？"

"恰恰相反。从北朝起至后来的唐朝，佛教经历了三武一宗的四次灭佛。自此，佛教便一蹶不振，只有禅宗和净土宗因其修行方法的简便易行而流传下来，其他各宗都处于颓势或者已经衰落了。元朝时期，喇嘛教是主流。其原因是元朝政府在主导这一宗教信仰。该时期，汉地佛教不可避免地处于遭受抑制的状态。进入明清两朝，可以说佛门已经是净土一家的天下了。不过，明清以来中国佛教的颓势已经无法挽回。"

"我好像在书上还读到过，以往各朝管理佛教似乎还要考试。"我不确定我的记忆是否准确。

"当然要考试。通过考试才能选拔出真正有才能的大德、大智僧人出任名寺古刹的方丈，并担任一定的行政职务。可后来清政府取消了这种选拔机制与督促机制，造成了很多僧众团体徒有其表，并不认真研习佛法。到了清末，因为战祸频繁，可以称之为'佛门'的寺院越来越少。很多寺院都彻底变成了香火道场，再有一部分也因素质下降，品流芜杂，几乎成了游民的托身之所。"

"为什么净土宗的规模越来越大呢？"陶方玉问。

"因为不需要繁多的仪式，也不需要参读大量的佛学经典，非常适合普通人修行。"

"不需要参禅悟道吗？"陶方玉对佛教也是一窍不通。

"净土宗正是因为其修行的简单易行才从诸多佛教宗系中流传下来。参禅悟道的修行方式，修净土法门的人也可以采用。所谓净土宗，是指宣扬阿弥陀佛，称念其名号以求死后可以往生西方极乐净土的佛教宗系。在中国佛教各宗里，净土宗的哲理最少，只需要念一句'南无阿弥陀佛'或'阿弥陀佛'便是修行的内容，最简便易行。因此，到了明清两个朝代，佛门已经是净土宗一家的天下，净土宗的思想完全深入于民间。"

既然白泽提及西方极乐，我便顺势问道："'志怪三'和'志怪四'

里提到的往生极乐世界、极乐净土，这是什么意思？佛教中的极乐世界，和西方基督教里的极乐世界是一样的吗？"

"他们的愿望都是一致的。只是由于东西方人思维方式上的差异，对极乐世界的描绘存在各自的视角。佛教中的极乐净土世界也在净土宗的发展过程中经过了多次变化，历经了阿閦佛净土、弥勒净土、文殊菩萨净土、药师佛净土、弥陀净土等阶段。在这么多的净土思想中，弥陀净土是最具吸引力的。这一净土思想也是在其他净土思想的基础上，吸收了儒家、道家，还有佛教其他宗派的思想，不断修改、完善而成的。现在净土宗讲的就是弥陀净土。"

陶方玉似懂非懂地问："这么说来，弥陀净土一定是有很大的优势吧？"

"其实，这几种净土都是富足、光明、安宁、快乐的理想国，只是在具体的内容上存在差异。佛教把有情众生居住的世界分为欲界、色界和无色界，并称为三界。人在往生后就可以跳出三界，不再进入六道中轮回。昙鸾大师②认为弥陀净土是阿弥陀佛无漏善业所得之无漏果报，必然在三界之上。"

"不再生死轮回！那不就等于永生了吗？"

"是这个意思。"

"这吸引人的程度可不是一星半点啊。"我惊讶于佛教思想的深邃，以及白泽涉猎的广泛。

"这么说来，苦厄寺确实属于净土宗一门了？"

"应该是的。《修罗鬼志》里的僧人也多次提及相关的话题。"

白泽没有继续，可能是担心再深入下去我们就听不懂吧。

我的脑子确实已如糨糊一般，只隐约感觉，苦厄寺里牵扯的事情异常庞杂。

① 参见［美］孔飞力，《叫魂》，陈兼、刘昶译，生活·读书·新知三联书店，2012 年 4 月第 1 版。

② 昙鸾（476—542），今山西代县人，净土宗高僧。他一生弘扬净土思想，奠定了净土宗立宗的理论基础。

《修罗鬼志》
志怪五

不速之客

空中乌云滚滚，将日头包裹了整整一天。往日山明水秀的风光
被昏暗的光线一扫而空，崇山峻岭与青松翠柏也尽是灰蒙蒙令人嫌
恶的色调。

成群的乌鸦好像令人生厌的蛆虫，黑压压地聚拢在寺院上空，
盘旋了许久都不肯离去。这些畜生啼声聒噪，着实令人心烦意乱。

它们性食腐肉，一旦出现，总不会有什么好事。

大黄倒是好心情，懒洋洋地倚靠着墙壁，两眼茫然无神，呆呆
地盯着斧头一起一落，听着劈里啪啦剁木块的声音，偶尔还百无聊
赖地打个哈欠。

好半天，那群乌鸦终于朝着另一处山峦的方向飞去，在昏暗的
光线下，就像是一条黑色蛆虫在天空缓缓地蠕动。

扑棱棱——

一只落单的黑鸦扑闪着羽翼落在斋堂前的墙头，眨着圆溜溜的眸子盯着大黄。

噼——啪——

嘎——嘎——

真是聒噪。

噼——啪——

嘎——嘎——

噼——啪——

嘎——嘎——

大黄可能是在寺院里住久了，领悟了佛性，心倒是宽了不少。它对这聒噪的啼叫声无动于衷，最多也就是歪下脖子瞥上两眼，然后又自顾自地倚在墙边悠悠然然地发呆。

嘎——嘎——

"吵死人了。"说着，普圆从地上拾起一颗石子，朝着乌鸦扔了过去。

扑棱棱——

普圆的石子并没有击中，却成功惊吓走了乌鸦。它扑扇着漆黑的双翼顺势腾空而起，扯着自己破锣般的嗓子不住地朝着普圆啼叫，一副恶毒咒骂的样子。

普圆想再拾起一颗石子丢过去，刚一弯腰，那乌鸦见势不妙，立刻闪身飞出数丈。它朝着普圆又咒骂了几声，然后无趣地朝着鸦群飞去。

"隔三岔五地来捣乱，一点清净都不给。"普圆兀自发着牢骚，转身返回了斋堂。

普圆在苦厄寺是负责斋堂的僧人。他在剃度之前就在一家酒楼做后厨，烧饭做菜是他的看家本事。不过，安逸日子没过多久，就因为战火流离失所，虽然数度死里逃生，但最终成了流民。再后来，他阴差阳错地进了佛门，成了智信的第四位弟子。

就在普圆折回斋堂不久，普仁自院外提着个小桶进入了斋堂。

"普圆，给师兄倒盆水，我要洗洗手。"普仁扯着粗犷的嗓门嚷道。

"师兄，你这是干什么去了？瞧你这脸上、手上、衣服上抹得一道道的。"普圆是智信门下六个弟子中最圆滑的一个。他一边拿出木盆倒水，一边嬉笑着询问普仁。

普仁是智信的第三位弟子，个头不高，但身形肥硕。可能是屠户出身的缘故，其外貌总让人觉得他浑身上下透着油滋滋的气息，而且脾气相当暴躁。在苦厄寺，除了智信，他不把任何人放在眼里，包括普明与普弘两位师兄。所以，其他僧人凡事都有意让着他，不愿意与他计较。虽然大家算不上有什么深仇大恨，但心存芥蒂是毋庸置疑的。

"师父吩咐我去给几位菩萨和罗汉们补一补金漆。"普仁哗啦哗啦地洗手洗脸。

"怎么？菩萨和罗汉又出毛病了？这刘家不是说自己手艺精湛么，怎么还制出劣质的塑像了。还要劳烦咱们师兄亲自上阵，干这种补漆的脏活累活。"

"就是。刘家明摆着胡说八道的。看看，现在露馅儿了吧。"普仁接过话茬儿，开始抱怨起来，"师父也不会使唤人，非要让我一个粗人去干这种细心思的活儿。可折磨死我了。我得跟他说道说道，换你和普玄去。刚才在大殿里涂漆，差点一口气没上来，呛死在里面。还好只是大雄宝殿里的，要是让我去给门口的四大天王补漆，我立马就跳崖。那花花绿绿的，我不如死了省心。"

"别、别、别。师兄，我可干不了这个，斋堂里还有一堆堆的破事。就拿今天来说，我从早忙到现在，和面、揉面、擀面、拉面条，还要洗菜、摘菜、切菜、炒菜，可忙死我了。现在还有好多活没做呢。再说了，师兄说的那个我都没干过，搞不好就成添乱了。"

"就你贫。我干过么？"普仁瞬间扯起大嗓门，嚷道，"我以前就是个杀猪的。"

"师兄莫生气。我觉得这是师父有意要磨一磨师兄的性子。"普圆赔着笑。

"哼，磨我干吗？刚才涂漆我都快憋闷死了，索性就把几尊罗汉的眼珠和嘴唇都给涂成了金色。明天我把佛祖和菩萨的眼珠子也涂上。"似乎还没说完，普仁又当即反悔，"不行，不行，明天就你和普玄了。"

"我看普玄行，他性子闷，能踏实下来干一干细活。要不师兄就跟师父说说，就他和普正师弟。"普圆在一旁出谋划策，就是不希望普仁在师父面前提到自己。

普玄和普正分别是智信的第五、第六位弟子。普玄性子沉闷，平时话少，终日板着一张脸，加上额头有一处约莫两寸长的伤疤，初识者常误以为他是个性情乖戾的人。普正年龄最小，说起来也就是个孩子。普正虽然长得眉清目秀，但他却不被几个师兄所喜欢。并非因为他结巴、跛足，而是这个小沙弥笨手笨脚，总能干出一些常人无法预料的荒唐事。

最严重的一次，就是在数月前，普正奉命打扫大雄宝殿，当他爬到佛台上认真地擦拭佛像、菩萨像的时候，脚下一滑，身子失去了平衡。在他即将栽倒的刹那，普正本能地伸手去抓佛像。阿弥陀佛像是黄泥制的，被他用力一扯，竟被拉断了小臂，还连带刮伤了左右两尊菩萨。好在菩萨的刮伤都不严重，不细看还能掩饰过去，可佛像的损毁就成了大问题。最要命的是，第二天上午恰好安排了郭巡抚来拜佛祈福。这位巡抚大人可是个带兵剿杀各路匪军的硬汉。可能是在沙场出生入死的缘故，他的性格与常人有很大的差异，言谈与仪容散发着暴戾的武将气息，稍不如意就会动怒，一旦动怒又会对旁人施以暴力。当时，苦厄寺上下都为此担惊受怕。最后，还是智信想到了对策，多加了两件披风以掩盖缺陷，临时化解了危机。

不过，普正的厄运才刚刚开始。自己摔断了胳膊不说，又遭受了普仁好一顿毒打，还有众多师兄的咒骂。在普正骨折疗养的三个月里，吃饭穿衣也都要他自己操持。虽然智信吩咐其他弟子要好生照顾他，可大家都阳奉阴违，当面一套，背地一套。时至今日，普仁都看普正不顺眼，稍不如意就拿普正出气。

"谁还敢把这种活交给普正那羊羔子，都不想活了吧。现在来咱们寺里拜佛的达官贵人一茬接一茬，他要是再捅出个天大的娄子，我们还有好吗？兵荒马乱好不容易捡回条命，现在太平了，当个和尚反而翘了辫子，上哪儿说理！万一交给他去补漆，赶巧他又惹出个是非，再赶巧今天又来一个杀人如麻的大将军……"说到这里，普仁似乎都觉得自己想得太晦气，连呸了几口。

普圆听着大笑起来："瞧把师兄气的，不就这么一说嘛。那你跟师父说，补漆的事就交给普玄好了。"

普仁没答话，哗啦哗啦地洗着脸。

"师兄，你今天干了多少啊？"

"才补了七尊。一时半会儿弄不完，里面太暗。就这鬼天气，开着门窗都看不清。再有，这漆的味道太刺鼻，呛得我头昏眼花的。

差不多了就出来透透气。"普仁的声音停顿了片刻，继而牢骚着，"师父直接买几尊铜铸的多省事！"

"那可得花不少银子呢。黄泥的多便宜。"

"铜铸的供着省心，香客拜着安心，往后清扫起来也放心……"普仁边说边洗，突然转移了话题，"怎么洗不掉啊！"

"师兄，你不知道吗？"

"知道什么？"

"这漆有毒。"

"什么？"普仁瞬间惊愕。

"这东西一旦沾在肌肤上，只要时间一长，就会一点点地渗到你的五脏六腑。到时候可就不得了了，就算你不会一命呜呼，也得落下个残废。最好的下场也不过是癫痫，或者浑身上下变得像野猪皮，黑乎乎的，还长满了烂疮。"普圆说得似乎很像那么回事，而且还是一副事不关己的语气。

"他娘的。"普仁用脏话嚷道。

"不过，师兄放心。你这个没什么大碍。刚刚抹上去，洗干净就没事了。"普圆一本正经地宽慰。

"怎么洗，洗不掉啊。"普仁又急又气。

"用酒水。"

"哪里有酒。你拿我寻开心是不是？！"

"稍等。"普圆说完，转身去橱柜中翻找起来。

不多时，普圆抱着一个小坛子走到普仁跟前。打开盖子，立时飘出一股浓郁的酒香。

"你好大的胆子，居然敢私藏！信不信我告诉师父去。"

"别啊！我又没骗你。你好歹也让我把话说完吧。这是刘家掌柜说的，只有用酒水才能洗得干净。师父也是允了的，你去告状也没用。"

"当真？"普仁半信半疑。

"当真。我看你是我师兄才拿给你的，换了别人，我才不管不问呢。"

"那你往盆里倒点试试。"普仁瞬间转怒为喜，声音里透着得救似的兴奋。

"你刚才不还嚷嚷着要去告状嘛！"

"逗个乐子，瞧你这小心眼的德行。拿来，拿来。"普仁连声催促。

普圆把酒拿出来就是要给普仁用的。他也很清楚普仁的暴脾气，要是再跟他赖皮一会儿，他势必会跟你翻脸动粗了。

"呦！还真洗得掉，干干净净的。不错，不错。"普仁连连夸赞，"还是你这个师弟向着我。好！好！"

刚说到这里，普正就抱着两大篮子菜走进斋堂。他应该是在几丈开外就听到了普仁的声音，于是在进入这南侧的小院时便始终低着头，一副唯唯诺诺的样子。他抱着两大篮子菜还是有些吃力的，小脸涨得通红，还挂着些许汗珠。更何况，普正还是一瘸一拐，走起路来相当费力。

普正耷拉着脑袋有意躲避普仁的目光，一时没注意，踢翻了普仁放在门旁的小木桶。当啷一声，普正瞬间吓傻，脚跟没稳住，摔倒在斋堂里。两个篮子打翻在地，里面的菜也全都掉了出来。庆幸的是，小木桶里的金漆已经用完。否则，普正又要挨一顿毒打。

啪——

一记响亮的耳光甩在了普正的脸上。

"你个羊羔子，没长脑子，还没长眼睛吗？"

"师兄，我错了。师兄，我错了。"普正连连认错，趴在地上迅速地摆好木桶，并收拾散落的蔬菜。

"笨手笨脚，一点小事都做不好，添乱。"

"师兄，我错了。我——下——下次——再也——不敢了。"普正原本是个结巴，但由于"师兄，我错了"这句话一天不知道要重复多少遍，使得他嘴里只有这句话是可以顺利说出来的。

"下次？你还敢跟我有下次？"普仁怒不可遏。

"没有了，再也——没——有——下次了。以——后都——不敢了。"普正颤抖着声音更正道。

"要是真有下次，估计我这条命都要烂在你这羊羔子手里。"

"师兄，我错了。我以后——再也——不敢——了。"

"看你就来气。丧门星。"说着，普仁就蹲下身子想再抽普正，可他瞥了一眼门口，满脸嫌恶地抓起地上的一颗土豆就扔了出去，嘴里还骂道，"你个畜生，看什么看。信不信挖了你眼珠子。"

"师兄，师兄，别生气了。又不是什么大不了的事情，何苦跟普正和畜生怄气呢。"稍前一言不发的普圆终于开口了，却一味地为普仁劝解。

普仁呼呼地喘着粗气，良久之后，呵斥道："收拾完了快滚。"

"是，师兄。"普正不敢有丝毫的抗拒，声音都带着哭腔。

"等等，你先到门外收拾劈好的木柴。眼瞅着要下雨了，把柴火都归拢到棚子里。干活麻利点，快去！"

"是，师兄。"

普正说完就迅速退出了斋堂。

人一旦受了委屈，似乎总喜欢找比自己弱小的人或动物撒气。普正抹着眼泪走出斋堂，本来是一副受尽委屈的可怜模样，片刻之后却露出暴怒的神情，兀自呼呼地喘着粗气。他看到大黄蔫蔫地盯着自己，二话不说一脚踢在了大黄的肚子上。大黄疼得呜呜呜乱叫，一头躲到了窝棚里。

"普正，你别给我惹事。"斋堂里又传出普仁严厉的训斥。

普正本想再撒撒气，听到普仁的教训，就乖乖地收拾起木柴。不过，仍是一脸愤恨的模样。

不出半盏茶的工夫，斋堂里又传出普仁和普圆谈笑风生的对话声，似乎什么都没发生过。

普正憋着一张通红的小脸，面颊的手印格外清晰。他心中极度压抑，可无处发泄，只好闭上嘴咬紧牙关，两个鼻孔呼呼地排着闷气，活脱脱山间野猴子的模样。虽然普正积压了极多的不满，但他只要一瞧见普仁，就又会像只乌龟一样，老老实实地缩成一团，毫无反抗地承受其拳打脚踢。毕竟，依着普仁的秉性，普正一旦反抗，必然会施加更猛烈的毒打。其他几位师兄都是睁一眼闭一眼。普正也曾向智信告状，智信劝解加警告，教训了普仁几次，但过后，普正在暗地里又会遭到一顿暴打。从此，普正是打断了牙齿也会默默地咽进肚子里。

一阵嘈杂的争执声从寺院的门口隐约飘进小院。

普玄原本在大院中清扫落叶，此时，他也好奇地看向争执声传来的方向。

寺院门口，两名衣着华贵的访客正与普弘说着什么。站在前面的是个穿着灰色长衫的中年人，正对着普弘指指点点，扯着嗓子呜啦呜啦地吵嚷着。这聒噪与乌鸦有得一比。站在中年人后面的是个瘦削的老者，穿着深蓝色短褂，青蓝色的袍衫，个头比中年人略高。从外形上判断，这位应该是主子，另一个则是他的仆从。

老者起初只是默默地向大雄宝殿处张望，在中年人越发激动之后，便开始呵斥起来。中年人瞬间老老实实的，弓着腰听闻训斥。片刻之后，老者旋即面带笑容与普弘攀谈。

不多时，智信和普明也来到院落。他们走向两位不速之客，估计也是听见了刚才吵吵嚷嚷的声音。

"外面吵什么呢？"普仁和普圆也好奇地走出斋堂，普仁还不忘瞥一眼普正。

普正背对着出来的两人，低着头整理柴垛。

"怎么了？"普圆问道。

"两个香客，看着挺有派头。该不会又是什么封疆大吏来拜佛吧？"普仁回应。

"今天怎么拜佛？这两个人没看见寺院门口写的牌子吗？看着仪表堂堂、知书达理的，估计都不识字吧。"

"这乱世发横财的多了，装模作样谁不会。"普仁一脸的不屑。

"门口的不是李家父子吗？他们就没告诉这两个人今天闭寺？"

"你觉着这两位像是会搭理老李头的样子吗？"

"也是。反正得有段日子不能进大殿，师父会把他们打发走的。咱俩操什么心。走！"

智信与普明走到两位访客近前，普弘做了简单介绍。来访的老者双手合十，恭恭敬敬地向智信行礼。智信也礼节性地回礼。双方简单聊了几句，便由智信领着走向法堂。

普圆先一步折回了斋堂。

普仁在门口扫了一眼小院，看着狼藉的地面撇了撇嘴，皱着眉头嚷道："行了，行了。你这鬼样的给我去库房待着，看着就恶心。"

说完，他也走进了斋堂。

几个人步入法堂，在蒲垫上盘腿坐定。

"大师，刚才在院中多有得罪，现在正式向您赔礼道歉。大师也是世所罕见的大德高僧，还望海涵。"说话人的声音略显沙哑，却透着一种阳刚血性的气魄。

"施主不必如此。适才老衲的弟子也有颇多不当的言行，还未向施主赔罪。这些弟子都是老衲行脚四方时收入门下的，是些无依无靠的可怜之人。虽然举止粗鲁，不懂规矩，但心地纯厚。他们至今都没有出家人的样子，也怪老衲平时没有用心教化。施主若有什么不满，还请多多担待，不要与他们一般见识才好。"智信的语气谦和，没有丝毫责怪的意味，并吩咐身边的普弘烧水沏茶。

"不敢，不敢。稍前确实是在下无礼在先，就连姓甚名谁都没有认真表明，失礼了。"来人再次向智信表达自己的歉意。

"施主不必拘礼。"

"现在向大师正式报上家门。在下姓徐，名少章，字珞蝉，山东济宁人氏。身边的是在下的仆从，姓牛，名宝。昔日，在下效命于两江总督马大人，做得一员偏将。曾追随马大人南征北讨，剿杀长毛发匪。如今天下初定，加之身体每况愈下，便告病辞官了。"语气中透着不容置疑的自豪感。

"原来徐将军也是安邦定国的英雄豪杰。还请恕老衲眼拙，失礼，失礼。"

"大师过誉了，在下不过就是沙场上的一介莽夫。当年有幸在马大人的麾下从军打仗，才让自己有了用武之地。时至今日，侥幸得存，终于靠征战杀出了些许功名，才致使门楣光耀。"

"徐将军戎马，也是以身为朝廷谋社稷，为天下的黎民苍生造下了福祉。只是不知道，徐将军是如何得知这居于深山老林中的古刹？"智信还是道出了自己的疑惑。

"不知大师是否还记得郭巡抚郭大人？"徐少章提到另一位官员。

"郭巡抚？"智信似乎一时间无法将名字与形象联系起来，稍稍思索了片刻，便立刻展颜说道，"记得，记得。郭巡抚在半年之前造访过鄙寺。如果日期没错的话，应该是在春分。"

两个人口中的郭巡抚正是半年前，在普正毁伤三尊塑像时前来造访的朝廷官员。那次意外令全寺上下措手不及。

"大师说得分毫不差。今天在下之所以会冒昧来访，全是因为郭巡抚的极力推崇。郭巡抚为人可是异常挑剔的。他与我是故交，所以我私下说得不敬些，郭大人是一个洗垢求瘢之人。他能推荐给我，绝对是万里挑一。郭巡抚上次来寺中叩首燃香，诵佛祈福，回去之后不多久，便大病痊愈，身上的污秽也悉数涤清，整个人容颜焕发，彻底变了一个人。"说到神奇之处，徐少章的兴奋溢于言表。

"那全是郭巡抚心存仁义，造福了一方黎民百姓，积下了深厚的福祉，自然受到菩萨的庇佑。鄙寺断不敢将郭大人的功德记在自己的名下。"

"大师过谦了。在下此次也是出于私人的原因才来到宝寺，以求得大师指点迷津。"

"不敢妄言指点二字。只要是老衲知道的，一定知无不言、言无不尽。"

"不瞒大师，在下征战沙场十年，刀口舐血，经历了无数次的生死，从一介可有可无的无名小卒，靠着人头一步步杀到了统兵将领的高位，从未信过什么鬼神之说。"徐少章说话的语气从亢奋逐渐黯淡下来，显得落寞异常，"可是，近两年我却莫名地恐惧起来。那些被在下斩杀的亡魂总在梦境中反复出现。即便是在白天，耳边也始终有哀号声萦绕连连，挥之不去。"

"徐将军，这可能是因为您在经年累月的征战后，心中的包袱终于得以放下，只是压力释放得过于突然而猛烈，致使心神无法适应平静的生活。"智信绕开生死，从另一个角度宽慰着。

"大师，您有所不知。我现在只要闭上双眼，又或者独自静静地回想过去，就莫名地感到后怕。十多年前，我也是个老实本分、不敢惹是生非的农家子弟。在家帮着父母干些农活，靠一点薄田过活，逢年杀只鸡都会手抖。谁知后来竟误打误撞成了团练乡勇，上了战场，砍人头，剁手脚……"说到此处，徐少章长长地叹了口气，半晌没有开口，"有一件事令我永生难忘。咸丰八年九月初九，未时一刻，我让三十三个俘虏并排跪好，然后一刀一个人头。人血喷涌到面颊，我连眼都不曾眨一下。片刻工夫，三十三个人头，三十三条人命……不可思议，我当年怎么会这般心狠手辣。杀人就像踩死一只蝼蚁，毫无愧疚之心，也没有任何对生命的敬畏与怜悯……"

咚咚咚——

一串叩门声打断了徐少章的自白。

"师父，施主，茶好了。"普弘推开门，端茶步入了法堂。

"将军，鄙寺平时过的都是苦行僧般的清修日子，饮食尽是粗茶淡饭。这茶终究比不得府上，还望将军不要怪罪。"智信说话温文尔雅。

"大师可千万不要这么说，我也不过是个生于田垄地埂的粗人，哪里懂得如何品茗。就算您给我一杯白水，我也乐得一饮而尽。"

"师父，弟子还有一件事要向您禀明。"普弘插话道。

"如果是无关紧要的事就稍后再讲吧。"先前在一旁默默无语的普明说道。

"师父，这件事情也关系到两位施主。"

"关系到我们？"徐少章有些摸不着头脑。

"是的，施主。鄙寺山下的那座独木桥刚刚崩塌了。"

"崩塌？半盏茶之前还……"徐少章觉得不可思议。

"你确定？"智信也透露出难以置信的口吻。

"是的。弟子刚刚亲自去确认了。整座桥都塌进了谷底。"

"李氏父子如何？他们不也恰好下山吗？"智信忧虑道。

"还请师父宽心，李氏父子安然无事。二人正巧刚迈入对面的悬崖，桥就轰然坠落。"

"无事就好，无事就好。"智信的语气缓和了不少。

"想必那一老一少也得到了苦厄寺中菩萨的庇佑吧。"徐少章兀自深深地感慨道。

"师父……"

"明白了。你出去与他们讲一下。"智信吩咐普弘，"清楚吧？"

"是，师父。"普弘转身，掩门走出了法堂。

"大师，看来这一两日我是不得不打扰贵寺的清修了。"

"将军哪里的话，这可是求之不得啊。如果能与将军促膝长谈，也是老衲今生的一件幸事。"说着，智信便发出爽朗的笑声。

"大师言重了。在下不过一介粗俗的莽夫而已。"

"将军，我这里一日三餐都是素食斋饮，比不上世间的珍馐佳肴。而且，鄙寺从未有过香客留宿，所以也没有安排过可供就寝的客堂。不过请将军放心，老衲定会让弟子妥善布置，这几天就委屈下将军与牛施主了。"

"一切听从大师的安排。不过，大师也不必过于劳心食宿的事宜。在下行军打仗，走南闯北，无数的田间垄头、山野竹林尽皆本人的睡榻，从来就没什么挑剔的。"

"将军果然是一位性格豪爽的大丈夫。"

"话说回来。大师，您看在下的容颜与体魄，现在的年岁能有几何？"徐少章说话的语气又恢复到稍前的那种落寞之感。

"还请将军恕老衲年高眼花，不敢妄加揣测。"智信巧妙地避开了徐少章的问题。

"在下才刚过而立。"说完，长长的一声叹息，"我自己都觉得难以置信，这容貌与身躯居然比实际年纪老出了整整二十岁，二十岁啊……"

呜呜呜——

忽然响起了一阵微微的呜咽声，听起来似乎是一旁的牛宝动情而泣。

"将军这是为天下苍生忧劳过度了。"智信安慰道。

"实不相瞒，在下不嗜酒、不贪色、不沾赌、不抽烟膏，可近几年这身体莫名其妙地每况愈下，一年不如一年。时至今日，落得这么一副朽化的肉囊。"说罢，徐少章再次长叹，顿了半晌，才又缓缓说道，"这身子，乍看之下就像是酒色之徒纵欲过度，阳气被尽数掏空了一般。现在就算是提着战刀走上片刻，也会上气不接下气，再也没有当年横刀立马的气魄与雄姿。近些年，我是遍访了世间的名医，吃了不计其数的偏方、补品。可这些所谓的偏方、补品到了我的腹中却起不到一毫一厘的疗效，仅仅在我的体内穿肠而过，就又匆匆落入了便池。"

智信听到徐少章这一番诉苦，顿时不知道该如何接话。屋内静谧无声，反倒是法堂外的雨声渐渐清晰了起来。

也许是智信想打破尴尬的气氛，缓缓开口问道："那徐将军来到苦厄寺是……"

"我知道大师一定是对在下的来意有所困惑。其实，我也是最近一段时日才有所顿悟。适才我也提到，由于在下长年与捻匪、长毛匪作战，造下的杀戮颇多，总感觉自己身上积聚了太多死者的怨气。无论我是否是独自一人，无论我是读书、静思、寝息，耳边总是传来一丝丝、一串串永无休止的哀号声、求饶声，还有钢刀相刃、鲜血喷涌的杂音。再结合这久治不愈的身体，我想，一定是那些死在我刀下的冤魂长年牵绕在我的周遭，不断吸食、损耗我的阳气所致。否则，我再也寻思不出更合理的解释了。"

"老衲明白了。将军是想将那些亡魂一一超度，是吗？"智信可能是觉得说"死在你刀下的那些冤魂"不妥，就改用"亡魂"二字概括。

"是的。最初我还只是想着能驱散这些鬼魅、亡魂就好了，但现在发觉超度他们更能积下阴德。"

"将军明智。我佛有好生之德，与其驱散、诛灭这些亡魂，不如让它们早入轮回。这样，无论是对生者还是亡者，都是一件好事。如果将军愿意，老衲愿主动请缨，为您超度那些亡魂。如何？"

"大师果真愿意担此劳苦吗？"徐少章的情绪明显变得兴奋。

"将军若有其他的难处，估计老衲爱莫能助。但是，超度是鄙寺的分内之事，即便将军不说，鄙寺也一定会妥善处理。老衲晨钟暮鼓，青灯黄卷，一心专修净土法门五十载。唯愿解世间苦厄，度众生极乐。"

"大师就是大师，胸怀与所系果然不同于凡夫俗子。在下钦佩之至。"

两个人客套了一番之后，徐少章唤了一声牛宝。

"将军，您这是什么意思？"智信说。

"大师，在下别无他意。初次相见，只能聊表心意。望大师不要见外才好。"

"将军，完全没有这个必要。出家人每日粗茶淡饭，青灯古佛，身外之物毫无用处。您还是收回去吧。您的事情老衲一定会放在心上，敬请宽心。"

"大师，在我来之前，郭巡抚也再三叮嘱，千万不要赠送什么俗气的物什。您对那些黄白之物并不感兴趣，所得的一切善资也悉数用来接济穷苦人家。这锦盒里也不是什么价值连城的宝物，仅是一串用白玉制成的佛珠，共一百〇八颗。据闻，这串佛珠是在南朝时由外邦传入，上贡给陈朝皇帝的礼品。希望大师可以收下。"

"这……"智信犹豫了。

"仅仅是在下的一点心意，其价值是无法用普通的黄白之物衡量的。"

"好吧。老衲就在此多谢将军了。"智信终究还是比较爽快地收下了礼物。

"敢问大师，超度亡魂需要多久？"

"将军，您可知道牵绕在您身边的亡魂有多少？"智信将问题抛回给了徐少章。

"这……大概……不计其数吧……"徐少章支支吾吾地回答，而后又问智信，"大师，您该不会想说超度它们会遥遥无期吧！"

"那倒不至于。只是，仅仅持诵《往生咒》这一项就需要九千九百九十九遍。"

"这么多？"徐少章大吃一惊，似乎还有意与佛门讨价还价，"大师，有没有可能精简一下持诵的次数，缩短超度的时间？"

"将军，这已经是最短的了。九千九百九十九遍是专门为您身边的亡魂持诵的。老衲另有待超度的数十万修罗鬼，还要再加百倍的持诵。"智信斩钉截铁。

"好吧。那就有劳大师了。"徐少章的语气有些气馁。

"除了老衲持诵往生咒，还希望将军可以亲力亲为。并且，务必从寺内请回一尊无上尊多罗菩萨，一尊大势至菩萨，一尊观世音菩萨。将三尊菩萨供奉于府内，日夜燃香祭拜，诚心侍奉。只有这样，才能使将军早日获得解脱。"

"多谢大师指点迷津。大师，在下对佛学的认知极其粗浅。您刚刚提到的大势至菩萨，以及观世音菩萨我都了解一二，但是无上尊多罗菩萨是何方圣者，还烦请赐教。"

智信应了徐少章的请求，便娓娓道来："无上尊多罗菩萨是西方净土中的接引菩萨。佛典有载，无上尊多罗菩萨在往世中受尽战火的劫难，其父母、子女悉数死于兵燹。菩萨目睹世间经年累月地遭受兵祸荼毒，于是禅定苦修，自久远劫以来不断发愿要救度一切罪苦众生，尤其是修罗道的众生。

"无上尊多罗菩萨主要是以一首四臂的形象示人，四只手分别持有莲花、金轮、宝瓶，以及金刚杵。菩萨步入西方净土之后，就主救济阿修罗道，给该道众生以除病、灭罪、增福之现世利益。总之，为的是除恶导善，引该道的众生入佛法正道。"

"原来如此。用一个不恰当的事例做比，就好似对症下药。超度在沙场上战死的兵士，首要供奉的就是无上尊多罗菩萨。"

"正是。"

"难怪郭巡抚会极力推崇。"徐少章的语气中透着如获至宝的欣喜。之后，他又多问了一句，"换句话说，苦厄寺也主要救济、超度丧生于沙场的将士了？那其他的众生呢？"

"苦厄寺发愿救济世间的万千众生，解除他们的苦厄，度他们早入轮回。只是，苦厄寺凭一己之力也唯有主济我们脚下这方圆百里之内的枉死冤魂。老衲在佛祖与菩萨面前发愿，绝不贪心，在有生之年，尽己所能将修罗鬼超度，就算对得起众生，对得起佛祖了。"

"大师，这些亡魂超度之后的去向是哪里？既然是进入轮回，那它们是转生为人，还是投胎为牲畜？要知道，虽然都是死于沙场的兵士，但他们也可能杀过人。这些手中也有累累血债的亡魂，难道就不会下地狱吗？"

"所谓超度，就是通过持诵佛经、主持法事来协助已经死去的人脱离地狱的苦难，免遭各种上刀山、下火海、进油锅等诸多酷刑。换言之，经我佛超度，让死者再次投胎为人。但是，在世间为非作歹、穷凶极恶的人终究难逃堕入地狱的宿命。否则，人死后任谁都可以轻而易举地转生为人，还要地狱做什么？恶贯满盈的贼人在地狱中受尽足够久的皮肉酷刑之后，才有机会进入轮回。这些人的轮回可能就是转生为各种畜生、飞禽，供人猎杀、烹食。"

"如果犯下诸恶的歹人，在有生之年行善积德，多造福祉，是否还有机会免遭堕入地狱的苦难？"徐少章似乎有些惧怕智信刚才描绘的因果报应。

"当然可以。地狱是用来惩罚那些不知悔改的穷凶极恶之徒的。如果作恶的人可以及早回头，自然也可以顺利进入转生。正如佛家

志怪五

有言，'放下屠刀，立地成佛'，说的便是这个意思。"

"噢——"徐少章长出一口气，似乎释然了许多，"大师，那重新进入轮回，在投胎为人时，是否可以选择自己所期望的门第呢？"

"不可以，命中自有定数。"

"如果在生前广布善缘，多积聚死后的功德，是否会对转生至一户好人家有所助益？"

"这是自然的。因果轮回，一个人积什么样的德，便收什么样的福。反之，一个人造什么样的孽，便遭什么样的罪。"智信的回答通俗易懂。

"可是，如果犯了五逆十恶的大罪，是否还有救赎的机会？"

"佛祖给众生的机会都是均等的，不偏不倚。只要及早悔悟，一心向佛，万事皆有机会。"

"明白了，明白了，多谢大师点化。"

听了智信的这一番话，徐少章的心情似乎又从阴郁转为欣喜。

"大师，还有一个问题请教。"

"将军请讲。"

"您提及的都是经过超度之后再进入轮回，最好的结果也是投胎为人。那么，就算是转生进入王侯将相之家，最终也逃脱不了生老病死的困苦，也就是永无休止的生死轮回。有没有可能跳出轮回，彻底摆脱人世间生死的困扰？"

"将军所说的是否求有生，但求再无轮回转生？"智信停顿了半晌，重新梳理了徐少章的问题。

"是的，是的。"

"当然有。只要一个人广结善缘，积聚了足够多的善业，就可以在了结凡尘之后往生到西方极乐净土。在西方极乐净土中，往生者都是在三界之外，即将军刚才所希望的——跳出轮回。自此，所获得的果报便是成为佛，或者是菩萨。"

"往生净土……轮回转生……"徐少章似乎仍不明白，"这两者有什么区别吗？既然是摆脱了生死，没有了轮回的束缚，极乐净土为什么又要往生？生于西方极乐净土，难道是在那里再次进入极乐净土世界中的轮回吗？"

"此轮回非彼轮回。六道轮回中的上等转生是进入天道、修罗道，以及人道，下等转生则是进入地狱道、畜生道和饿鬼道。彼处净土中全是佛与菩萨，相比六道中的更加纯粹，更加斑斓。"

"在下明白了。如果我在此生持名念佛，行善积德，做得功德无量，也是有机会往生到西方极乐净土的，是吗？"徐少章此刻是蠢蠢欲动。

"是。我佛慈悲为怀，只要将军一心向佛，多做善事，就算不能成佛，修成菩萨也是绝对可能的。"

"太好了。今天多谢大师指点迷津，仅寥寥数语便令我茅塞顿开，整个人都神清气爽了起来。"说罢，便放声大笑。

"将军过奖了，老衲惭愧。"智信对这种恭维也十分受用，虽然谦虚了一下，但也跟着徐少章笑了。

"大师，既然我暂时也离不开苦厄寺，能否安排我去为菩萨燃几炷香？"

"这……"智信有些犹豫，没有立即回复徐少章的请求。

"让大师为难了？"徐少章疑惑了，一座寺院供人焚香礼佛也要再三考虑？还是面前的智信有其他什么难言之隐？

"不瞒将军，并非老衲不让您焚香礼佛，只是将军来得确实不凑巧。这几天之所以要暂时闭寺，是因为弟子们要打扫大雄宝殿，并为殿中的菩萨、罗汉补一补金身。"

"补金身？"徐少章不明白这是什么意思。

"是的。不知将军有没有注意到，苦厄寺是一座坐东朝西的寺院。"

"我也觉得很奇怪，此种布局极其少见。"

"这是在建寺初期，依据山巅的走势设计出来的，距今也有千年的岁月了。由于大雄宝殿坐东朝西，终年所沐的日光稀少，加上山林之中雾气萦绕，潮湿多雨，所以大雄宝殿内部的湿气偏重。时间一久，刷着白浆的四壁都会被水汽浸染，变得污浊不堪。虽然在大殿内布置了四个铜制的炭火炉，但也起不到根治的目的。再加上制像匠人在塑造神像的时候可能没有拿捏好工艺，使得大雄宝殿内的佛像、菩萨像、罗汉像都会或多或少地遭受山中湿气的侵蚀。所以，老衲与弟子们只好视情况暂时闭寺，为大殿中的神像洗涤污秽，并补上金身。不知您刚进寺院的时候，有没有注意到寺门处的四大天王像。那四尊像受损的状况在阳光下会分外明显。不过由于四大天王像上的色料较多，所以这四尊就由城内的工匠专门来做修补。"

"原来如此。在下今天突然来访也确实唐突了，大师请勿怪罪。"徐少章发觉自己来得确实不是时候，连忙向智信道歉，"大师，既然有这种无法根除的问题，为什么不用铜铸的佛像、菩萨像呢？"

"苦厄寺虽然历史久远，但也不过是一座精简的小兰若而已。大雄宝殿从外观上看也许不易察觉，可如果身在其中，就能发现其格局较为狭促，与山下还有城内其他寺院比起来，着实逊色不少。由于寺院是依山势所建，考虑到山巅处风雨较为频繁且势头猛烈，所以为了安全与牢固，没有采用高耸的风格。高不到三丈，地面距横梁也不过两丈。殿内的佛台是由山巅上原地固有的顽石打造，以致容不下太大的佛像。此外，铜铸的佛像花费高昂，而且搬运也极为费力。更何况寺院空间有限，只得将大雄宝殿、罗汉堂、观音堂等合并在一处。细细思量，不如节省善资，为穷困的乡民多布施些粥米。"

"大师不仅在佛学上造诣深厚，就连日常琐碎事务都考虑得这般细致入微，着实令在下钦佩。"

"将军过奖了。苦厄寺不过是个巴掌大的方寸小庙，寺中僧人加在一起也仅仅七人。如果非要再加上一条生命的话，那就只有大黄了。老衲也是草草地操持而已。"

"大黄？这位是？"

"施主，大黄是我们寺院养的一条黄狗，是师父在化缘时捡来的。"普明在一旁答道。

"大师慈悲为怀。不过，大师，敢问这大雄宝殿什么时候才能清扫妥当？"徐少章似乎并不死心。

"这……"智信稍稍迟疑了片刻，答道，"按理说，应该差不多了。只不过，大殿内目前还充盈着刺鼻的漆味，看这天公不作美的情形，估计也要十日左右。"

"十日？大师，在下不在乎什么气味，只想着早点焚香礼佛。还希望大师成全。"徐少章的语气中极尽诚意。

"既然将军如此执着，好吧！"智信架不住对方的数次请求，"普明，你去看看大殿的情况，细心布置一下，像上次郭巡抚来时那样。另外，在大殿内多燃些檀香，压一压金漆的气味。"

"是，师父。弟子这就去布置。两位施主安坐，待小僧布置妥当了再来迎二位。"说完，普明便掩门退出了法堂。

"多谢大师成全，多谢大师成全。"徐少章连连道谢，其喜悦之情已经溢于言表。

"分内之事。将军，请用茶。"

天外孤岛

雨似乎比稍前更大了一些。远处的山峦与天际，都被朦胧的白色水汽所包裹，俨然一幅极具意境的泼墨山水。

虽然大雄宝殿的方位极富净土思想的寓意，但无奈山风嚣张跋扈，使得门窗在绝大部分时间都只能紧闭。不过也好，一可以避免山风吹灭了殿中的烛火；二可以防止飞禽误闯而惊扰了诸尊菩萨与罗汉。即便如此，这门窗紧闭的大雄宝殿，似乎也意味着往生的天路并非畅通无阻，更不是任谁都能走的。一切皆有因果，一切更需佛缘。

大殿内烛光荧荧，微末的光线仅能照亮它周遭的方寸空间。由于长年被黑暗所包裹，通透无瑕的光明对此处而言，是一种莫大的奢侈。两排罗汉像整齐地布置在两侧，姿态各异，栩栩如生。十八尊罗汉像的身下各有一个五尺来高的石礅。每一个石墩上面均精细地雕刻着他们除魔降妖的画面，并详细地说明出身、修行、果报等内容。十八尊罗汉有的盘腿趺坐在石墩上，做念佛修行状；有的怒目瞪视殿中央，做质问善恶是非状；有的举手握拳，脚踏祥云，做诛杀妖魔状；有的骑着龙、虎、象等猛兽……形态各异，活灵活现。

每尊罗汉的石墩上都有一盏小巧的铜制供灯。微光烛火如精灵般闪烁跳动，只能照亮罗汉的半身，光线愈向外延伸就愈加暗淡。

这反而令罗汉的状貌更加威严、可骇起来，震慑那些心术不正、为非作歹的恶徒。

在两排罗汉像中间，距离殿门两丈左右的地方置放着一副圆形的黄色拜垫。其前方摆放着一张一尺来高的棕色小香案。香案上立着一个铜炉，里面正燃着三炷竹香，青烟袅袅。铜炉的旁边，还放着一盏小烛灯，以及一小捆供礼佛者使用的竹香。

拜垫的右侧，在布袋罗汉与长眉罗汉之间，摆放着一个红色的木箱。木箱顶部有一处窄长的开口，开口上方用黄色的颜料书写着"南无阿弥陀佛"六个字。木箱正面则绘着精致的莲花与祥云，并题有"功德福报、善缘随喜"八个字。

大雄宝殿的东侧墙中央是由天然巨石打凿、雕琢而成的供桌与佛台，共三层。每一层都铺着整齐的黄色供布。

第一层为供桌，上面整齐划一地摆放着九盏九叶铜莲灯。每一盏灯的莲花约莫一尺见圆，里面烛光荧荧。

第二层同样也是供桌，上面摆放着苹果、香梨、桂圆、柚子、酥饼、桂花糕，喻示着各种果报。每两盘水果之间还放置着一个燃着檀香的小铜炉，白烟袅袅，氤氲馨香。

第三层是佛台，供着三位菩萨。三位菩萨从左至右分别是大势至菩萨、无上尊多罗菩萨、观世音菩萨。这三尊菩萨与殿内的罗汉像一样，通体金身，朱唇明眸，但面容却非常慈祥，尽显悲天悯人的情怀。三者的姿态都是结跏趺坐于莲花座上，披着金黄色的披风。三尊菩萨的姿态稍微有所差异。大势至菩萨双手在胸前持着一朵长茎的莲花，喻示摄受、接引念佛人。观世音菩萨在胸前端着一个净瓶，喻示涤清念佛人的业障。无上尊多罗菩萨以四臂形象示人，手中分别持有莲花、金轮、宝瓶、金刚杵，喻示着震慑不法修罗鬼，并予以感化、接引。

　　菩萨的莲花座为上下对称的两层，每层有莲叶五十四片，全部为金色。三尊菩萨像的金身后面则是雕琢着精美镂空图案的椭圆形金色背光。如果在风和日丽的白天，打开大殿的门窗，就可以一览三尊菩萨精致的全貌。可是，在这般光线晦暗的大殿中，仅能隐约看到菩萨金色的光泽而已。

　　大雄宝殿的东、南、西、北四个角落，也就是两排罗汉的最末端，都安置了一尺见方的铜制炭火炉，用以驱散大殿内的湿气。在光线充足的白天，只要将门窗全部敞开，那墙壁上大片灰黄色的污渍便清晰可见。墙壁上绘制的壁画也都被糟蹋得一塌糊涂。宝殿的外侧墙壁和屋顶上的瓦片则由于长年裸露在山雾水汽之中，上面附生了许多类似苔藓之类的东西，湿湿滑滑。

　　一阵扯动锁链的呼啦声响了起来。

　　大雄宝殿的门缓缓打开。门口的那片空间立时亮堂了不少。五条人影顺着屋外的光线长长地扑进大殿，一直延伸到供桌的前面。大殿外的山风见缝插针般瞬间灌入内堂，搅动得罗汉与菩萨身上的披风呼啦作响。塑像前微弱的烛光眼看着就要被风捻灭。

　　几个人迅速跨入大殿，随即又将殿门掩上。大殿在短暂的光明之后立刻恢复到先前的昏暗之中。

　　徐少章刚一步入大殿，眉头立时就皱了起来。迅速抬起右手掩住鼻子，也许是发觉不妥，片刻之后又将手放了下去。不过，他的双眉依然紧蹙。

　　大概是大殿中的气味令他无法忍受。即便殿内已经充盈着沁人心脾的檀香，但浓重刺鼻的金漆气味无法完全掩盖，其中还夹杂着一丝潮湿的霉气。由于是徐少章自己再三恳求智信，才得以进入大殿。所以，此时此刻无论这里的气味多么令人作呕，他都必须忍受。

殿内的光线昏暗，只能大致看清烛光所映照的狭小范围。徐少章稍稍适应了一下大殿内的黑暗，环顾了下四周的布置。十八尊金身罗汉像并排而立，造型各异，但都以同样严峻、不满的神情瞪向徐少章。徐少章赶忙双手合十，分别向两排罗汉各鞠了一躬，以示敬意。然后，他抬头望向数丈开外的佛台，高高的佛台上三尊金身菩萨稳稳地结跏趺坐。光线昏暗，也可能是徐少章的目力有限，他眯着眼睛略微望了两眼就赶忙把头低了下去。也许他觉得这样盯着菩萨像看下去是大不敬，口中连连持诵着"阿弥陀佛，阿弥陀佛"。

"大师，中间的这尊菩萨就是无上尊多罗菩萨吗？"徐少章带着一丝激动向智信确认。

"是的，将军。"

"果然与郭巡抚描述的一致。阿弥陀佛。"

徐少章似乎感觉不虚此行。

"智信大师，这大殿内为什么不多点些供灯呢？"

"徐将军请不要见怪。并不是我等没有恭敬之心，只不过山野小寺没有充盈的善资来维系香火。况且，菩萨面前的这九盏九叶铜莲灯已经绰绰有余了。"

"九盏太少了，太少了。就算加上供奉于罗汉前的灯也还是太少了。"

"将军可能对佛家有所不知，虽然只有九盏九叶铜莲灯，但此处是以九为元初，化出一十八、三十六、五十四、八十一，乃至一百〇八，再有一千〇八十。展的是寓，而不是数。况且，佛祖与菩萨关心的是人心是否挚诚，而不是这几盏香火。九具有极高、吉祥之意，其倍数不断延展，到一千〇八十，是将九的意境推到了极致。"智信详细地予以解释。

"原来如此。在下愚钝，请大师见谅。不过，虽然在下知道佛祖与大师都不喜好奢靡与排场，但是苦厄寺中香火的事情是万万不能有闪失的。"说罢，徐少章就从怀间掏出一沓厚厚的纸。

纸上隐约透着横七竖八的图案。徐少章走到功德箱前站定，恭恭敬敬地用双手将那叠纸奉进了箱内。然后双手合十，又持诵一遍"阿弥陀佛"。

此时此刻，徐少章身后的智信、普明、普弘、牛宝全部惊愕不已。估计那牛宝也始料未及，瞪大了双眼，张口结舌，讲不出一个字。

徐少章转身蹀步到智信跟前，说道："一点香火的善资，聊表心意，还请您代菩萨与罗汉笑纳。往后，如果苦厄寺有什么需要，在下也一定在所不辞。"

"将军，您这……这么大的一笔……令老衲受之有愧啊。"

"大师，这不过是在下的一点绵薄之力。况且，善资都是用于侍奉佛祖、菩萨与罗汉，超度无数枉死者早入轮回的，您必须收下。日后，在下一定还会多为苦厄寺效力的。"徐少章言语之间极尽诚挚。

"老爷……您这也……"牛宝这个时候终于撇着嘴吞吞吐吐地蹦出几个字。

徐少章回头瞪了牛宝一眼。牛宝见状立时闭上嘴耷拉下了脑袋，不再吭声。

"那老衲就代菩萨多谢徐将军的美意了。阿弥陀佛。"智信向徐少章微微点头，继而说道，"老衲也不耽误将军的时间，您可以在大殿中安心燃香。老衲会让普弘在大殿外听候您的吩咐，有什么需要，尽管使唤他就好了。"

"多谢大师。在下让牛宝守在殿门外就可以了，不必劳烦普弘师父。"

"您与牛施主都是远道而来的贵客，不必见外。这些都是鄙寺分内的事情。其实，牛施主也是可以去法堂内歇息的，只留老衲的一位弟子就够了。"说完，面向普弘吩咐道，"普弘，稍后你就在殿门外值守，不要让别人惊扰了徐将军。将军有什么吩咐，你就照办好了。"

"是，师父。"普弘恭敬地领命。

"将军，老衲先告退了。您有什么困惑、不安、期望，尽可以向三位菩萨倾诉。如果风势太大，吹开殿门的话，将军可以用门闩将殿门从内侧反锁上。稍后到了药石的时间，老衲会差弟子过来请将军。"

"大师考虑得真是细致，也多谢大师成全了。"

说完，智信、普明、普弘，还有牛宝退出了大殿。

大殿又在瞬间亮起后，暗淡了下去。

山风也似乎有意为之，一遍又一遍地捶打着门窗，发出扑棱棱的撞击声。

徐少章跪在拜垫上，轻轻地抽出香案上的三根竹香，点燃捏在指尖，并顶于自己的眉心，向三位菩萨深深地拜了下去，极尽虔诚的姿态。然后，他把三炷香缓缓地插进了面前的铜制香炉中。完事之后，徐少章深深地吐了口气，双手合十于胸前，闭上双眼，半晌没有说一个字。

大殿内的灯光很昏弱，他的影子在这点光亮的映照下，也似乎与黑暗融成了一体。

大雄宝殿外的雨似乎大了不少，就连风也比刚才更加嚣张跋扈。

冷不丁地，殿内响起了哭声。徐少章居然呜呜地啜泣起来，宛然一个孩子。连哭带哽咽，花了半炷香的工夫，他才稍稍有所镇定。控制住自己的情绪后，他又向三位菩萨深深地叩了一个头。接着，他像个七八十岁的老妪一般喋喋不休地讲述起往事。

徐少章出生于山东济宁府的一户穷苦人家，自小就目睹家人与邻里遭受当地富绅的欺侮、盘剥。由于长年缺衣少粮，加上时局兵荒马乱，徐少章与几个玩伴参加了乡勇。本来只是为了讨口饭吃，不料两个月后便开始南征北战，开始经历数不清的九死一生。没过两年，当初一起参加乡勇的就只剩下他一个了。多年后，徐少章衣锦还乡，看到同乡，还有家人仍然遭受着欺凌，怒不可遏，加上在沙场上养成的暴戾性格，他编造罪名，说几个富绅暗中勾结捻匪和长毛匪，便将他们抄家灭门。当时各地的战事还没有结束，加上栽赃得当，整件事情就被他处理得干干净净。

徐少章悔悟自己的一生，忏悔自己的种种恶行。他反反复复、语无伦次地辩解着，所有的杀戮与恶行都是受清廷的胁迫，自己仅仅是为了活下去，而论本性还是无比善良的。虽然他手刃的人数没有一千也有五百，自己带领兵卒一同厮杀，因自己的军令而死的人又要成倍地计算，但自己不杀人就是被人杀，也是身不由己。徐少章知道自己罪孽深重，仍希望菩萨可以谅解他的一生，普度因他而死的所有人。

如今他这个三十岁的人却拖着五六十岁的身躯，活像烟鬼和淫鬼，似乎整个身子都被刀下的亡魂给掏空了。他数次恳求，希望菩萨们多发慈悲，自己愿意诚心超度死者，在有生之年多做善事，将功赎罪。

说到了动情之处，徐少章又是一阵哭哭啼啼。哭得差不多了，他抹干眼泪，继续哽咽着叙说过往的其他经历，但主要还是集中在忏悔自己杀戮过多，祈求菩萨保佑他不要下地狱，来世可以投生一个好人家。他不断赌咒起誓，愿意一直供奉诸尊菩萨与罗汉，并为苦厄寺提供源源不断的香火灯烛。

透过殿前的两扇窗户，可以依稀感觉到天色已经暗淡了下来。

嘭——嘭——嘭——

一串沉闷的击鼓声传入大殿。

咚——咚——咚——

鼓声过后，随之而来的是悠长而洪亮的钟声。透过漫天的雨帘，穿过厚厚的木门，在大殿内悠悠地散开。

徐少章似乎完全没有注意到鼓声与钟声，依旧跪在拜垫上不停地烧香叩头。

咚——咚——咚——

钟声就像悬在天空中的涟漪，在这山峦峰巅之中缓缓荡漾。

半盏茶的工夫之后，大殿内听到一串清晰的叩门声。

砰、砰、砰——

徐少章不知是毫无察觉，还是无动于衷。

砰、砰、砰——

徐少章回过头看向殿门，但似乎仍未反应过来。

砰、砰、砰——

"谁？"终于意识到有人在敲门。

"老爷，是我，牛宝。"声音从门的另一侧穿透进大殿。可以听得出来，牛宝提高了自己的嗓门，生怕这风声雨声将自己的说话声给盖了下去。

"什么事？"徐少章的口气有些愠怒。

"老爷，到了寺里药石的时间了。"说完，牛宝可能觉得自己没有复述明白，再次补充道，"是到了用晚斋的时间，老爷。"

牛宝每句话必言老爷两个字，真不知他是恭顺，还是畏惧。

"知道了。"徐少章对待下人时的威严与片刻之前于菩萨脚下的怯懦判若两人。

徐少章离开之前再次点燃三支竹香，然后恭恭敬敬地拜了一次。

他缓缓起身，挪步走出了大殿。

这简简单单的佛门清修之地，终于又回归了宁静。

密室幽影

山里的风就像一只挣扎脱笼的猛兽，一遍又一遍地冲撞着殿门。穿过殿门细长的缝隙，呜呜呀呀地厉声嘶吼着。

殿门偶尔被巨兽猛然一顶，撞开一条两指粗细的缝隙，但殿门在短暂的劣势后，瞬间又将巨兽弹了回去。除了烛火微微颤抖，大殿内依旧风平浪静。

砰、砰、砰——

传来一串敲门声。

砰、砰、砰——

又是一串叩门的响动。

吱呀——

殿门应声开启，一个模糊的人影闪身而入。之后，他向殿外探望了几眼，随即又将殿门掩上。

不速之客转过身面向大殿，一步步走进烛光所及的范围。

不是别人，正是徐少章的仆从牛宝。

牛宝皱着眉，不住地用手在鼻子前扇来扇去，意图驱散刺鼻的气味。

他蹑手蹑脚地走到拜垫前，抬头瞧了瞧两排罗汉，又望了一眼佛台上的菩萨，双手合十，鞠躬行了个礼。

虽然恭敬，但总显得鬼祟。

"师父，师父。您在吗？"牛宝兀自向黑暗中询问，没有说出法名，不知他在寻谁。

黑暗中自然没有人应答。

"师父，师父。"

除了殿外的风声、雨声，殿内的黑暗依旧沉默无语。

牛宝似乎放了心，闪到一旁拾起门闩，将大殿反锁了起来。他试着拉了拉殿门，确认无法打开。接着，牛宝又迅速移步到两扇窗户跟前，插好了窗闩。

做完这些，牛宝便快步走到功德箱前，上下左右地打量起来。片刻之后，他从怀里掏出了一把匕首在箱子上忙活，试着用蛮力撬开铜锁。

刀刃与铜锁相互碰撞、摩擦、挤压，发出刺耳的吱呀声。牛宝对这种声音毫不在意，只顾着埋头苦干。

撬了半天，功德箱纹丝未动。牛宝尝试着将功德箱放倒在地上，换着各种方向与姿势去拆箱。可依旧毫无进展。

牛宝坐在地上挥汗如雨，双眼死盯着功德箱，歇息了片刻。

他打算再次尝试，但似乎有了异样的感觉。牛宝看了看殿内的菩萨像与罗汉，可能觉得在诸佛的眼下做这偷鸡摸狗的勾当有些不妥，于是，他把功德箱拖到了罗汉像的后面，在黑暗中继续忙碌，一副掩耳盗铃、自欺欺人的样子。

哐当——哐当——

一连串门窗被山风冲撞的声音。

牛宝可能是过于专注，被突如其来的声音吓了一跳，瞬时跌坐在地上。不多会儿，他反应过来，擦了擦脑门上的汗珠，又继续埋头苦干。

此刻，一丝诡异的气息悄无声息地在大殿深处的角落滋生，并徐徐蔓延开来，逐渐渗入黑暗，充盈了大雄宝殿内的每一寸空间。

咔嗒一声，牛宝终于将铜锁撬开。他把匕首扔在一旁，急忙将铜锁掰下来，打开了功德箱。他伸手进去，掏出一叠白花花的纸张。

纸攥在手心，难以掩饰的激动瞬间爬满牛宝的面颊。牛宝往手指上唾了两口唾沫，便开始一张一张地数了起来。细微的嗞嗞声流露出无法抑制的兴奋。不过，牛宝永远也想不到的事情发生了。

黑暗处，一个混沌的东西从异界步入大殿，从虚无至有形，由远及近，徐徐变大，缓缓逼近……

哐当——

有人在推门。

哐当——

殿门又动了一下。

砰、砰、砰——

门外的人推不开殿门，转而用拳头捶打。

"牛施主，是您在里面吗？"普明提着嗓门问道。

殿内无人应答。

"牛施主，是您在里面吗？请您开门，徐将军让您过去。"这次换作普弘的声音。

大殿内依旧杳无声息。

砰、砰、砰——

普明和普弘已然到了砸门的程度。

"施主，施主。"殿门开始吵嚷。

砰、砰、砰——

"施主，请开门。"依旧是普明在高声喊话。

"怎么回事？殿门从内侧被挂上了门闩，里面一定是有人才对。我们这么大的声音不可能听不见啊。"普弘已经感觉到这里面有些异样。

"难道里面不是牛施主？"

"反正不可能是咱们几个师兄弟。"

"说的也是。施主，快把门打开。"普明有些不耐烦地吼道。

"施主，佛家重地，莫要惊扰了菩萨与罗汉，请速速开门。"

"我们去试试窗户。"普明建议道。

两个人随即先走到南侧的窗户，用力推了几下，毫无反应。之后又去尝试推开北侧的窗户，同样纹丝不动。

"师弟，不对劲啊。"

"师兄，你在这里守着。我即刻去法堂喊师父。"

"好，快去快回。"

说完，普弘便跑向了法堂。

"施主，施主……"普明依然试图叫开殿门。

片刻之后，普弘领着智信与徐少章来到了大殿门外。

"牛施主，老衲智信。如果您在殿内，还劳烦将殿门打开。"

依然无人应答。

"牛宝，牛宝。"徐少章一边砸门，一边怒斥，"牛宝，你这个混账东西，快把殿门打开。"

主子的命令都敢无视，徐少章瞬间怒火中烧。

"牛宝，你这个混账，看老子不扒了你的皮。快开门。"

"师父，您看是不是把门撞开？"普明在一旁建议。

"胡闹。这是大雄宝殿，不是你的僧房。"智信否决。

"两扇殿门之间有一丝缝隙，能不能用薄一点的器具把门闩挑开？"徐少章在一旁建议。

"将军有所不知，这门闩是左右方向挂住的，而非上下，所以这一丝窄细是无法拨动门闩的。"智信解释道。

"都好半天了。我觉着牛施主一定是在里面出了什么事情，否则断不会毫无反应的。"

"这……"智信有些犹豫。一边是供奉菩萨的殿宇，一边是香客无法确定的安危。

"门闩只不过是用来阻挡山风过大而吹开殿门，并不厚实。弟子稍稍用力就可以将其撞断，而且不会损坏殿门，更不会惊扰菩萨。"普明点出了细节。

"大师，在下今天给您添了太多麻烦，实在是有愧。"徐少章说道。

"徐将军不必挂怀。"说完，智信对普明吩咐道，"撞门。"

普明让众人都闪到两侧，跨出两步，铆足了一口力气，猛地向前跃起，用右肩狠狠地撞向门闩所处的位置。

咔嚓——

门闩霎时折断，两扇殿门也顺势甩向两侧。

普明在顺势跌入大殿内之后，智信、徐少章、普弘三个人也迅速跨进宝殿。

正如普明所说的，门闩并不厚实，顺利地予以撞断，并且保证了两扇门没有遭受损坏。普弘迅速地将两扇门闭合，以免外面的风雨灌进大殿里，搅得灯影幢幢。

"牛施主。"普明第一个发现牛宝。

其他三个人也顺着普明目光的方向看过去。

牛宝趴在地上，左手握着一沓银票，纹丝不动。他的身旁歪倒着大殿内的功德箱，丢在箱子旁边的还有一把铜锁、一把匕首。

徐少章两步并作一步，率先奔到牛宝的身边。

"牛宝，牛宝。"徐少章蹲下身子，摇晃着牛宝。

"牛施主，牛施主。"智信、普明、普弘也在旁边不住地唤人。

普明从一尊罗汉像前取来一盏小灯，将眼前的情景照得更加清晰。

在牛宝的后脑上有一个明显的凹陷，虽然地面上没有大摊的鲜血，但是牛宝的面颊上沾满了血液。

"牛宝，牛宝。"徐少章已经意识到眼前发生了什么，唤人的声音比先前更加急切。

"师父，师兄，怎么了？"一个粗犷的声音从几个人身后传来。

"普仁，你怎么来了？"智信循声看向身后。

大殿内四个人的注意力全都集中在牛宝的身上，丝毫没有注意到还有人紧随而至。

在普仁的身后，还站着刚推门进来的普圆。不多会儿，普玄也进入了大殿。普正则是最后一个进来的，他正在殿门处掩门。

"我看到你们几个在这里撞殿门，想着是不是发生了什么打紧的事情，就赶紧过来瞧瞧。师父，出了什么事？"普仁站在几个人身后，又是一丈多开外，并没有注意到趴在地上的牛宝。

徐少章见牛宝没有一丝反应，便伸出两根手指去探牛宝的鼻息。徐少章的手指在牛宝的鼻孔下停留了片刻，然后又去抓牛宝的右手腕，试着确认脉搏。不多时，徐少章脸色霎时阴郁，长长地叹了口气。

"徐将军，牛施主要紧吗？要不要去请郎中？"智信关切地询问，但是问完又觉得不妥。

徐少章没有立刻回答。他起身看了看牛宝，以及现场的状况，面无表情，冷冷地对智信说："已经断气了。"

"啊？"众人纷纷诧异万分。

普明觉得眼前的事情明显超出了自己可以理解的范围，立刻蹲下身子去确认徐少章所说的。

"徐将军，是不是弄错了？"智信问。

"一击毙命。"徐少章面色阴沉。此刻，他已经完全没有了数个时辰前那种和善、谦恭的姿态，而是对贴身仆从无端毙命的震怒。同时，作为沙场猛将的傲慢又令他极力克制着自己的情绪。

"师父。"普明扭过脸对智信轻轻摇了摇头。

在场的所有人都觉得匪夷所思，场面顿时陷入沉默。

"徐将军，这……"智信一时不知道该如何说明。

"大师，牛宝的死很蹊跷。"徐少章的脸是冷的，语气中也透着别样的寒意。

"是啊。牛施主不知为何突然出现在这大雄宝殿里，大殿的门还从内侧反锁……"智信想要总结眼下的状况。

"智信大师，这不是重点。"徐少章言语生硬，缓缓说道，"我指的蹊跷是牛宝怎么会被人击杀在这里？"

"徐将军，老衲觉得这里一定有什么误会。"智信想要化解眼下的危机。毕竟，现在是有人毙命了。

"师父，看牛施主的状况，还有这里凌乱的样子，分明是这位牛施主进来不轨。"普仁在一旁满脸不屑。

"闭嘴。"普明立刻轻声制止。

"我指的是牛宝的死。"徐少章都没有瞧上普仁一眼，只是冷冷地对着智信说话。

"将军，老衲始终觉得这里面一定有误会。"

"误会？大师，这可是命案。牛宝是后脑遭到重击之后毙命的。"徐少章微微歪着头打量着智信，无法理解眼前的大德高僧居然会用误会两个字来搪塞自己。

"这黑灯瞎火的，自己摔倒的也说不定。"普圆站在普仁的旁边随意搭腔。

"你们几个都给我闭嘴，这里哪有你们说话的份儿。"普明再次训斥他们。

"看眼下的情形，所有人都会直观地认为牛宝是偷偷溜进来行窃的。不过，在下以为，也不能排除是有其他人进来行窃，碰巧被牛宝发现了。窃贼与牛宝发生了争斗，并将牛宝杀害。因为惧怕事情暴露，索性就把银票塞在了牛宝的手里，栽赃陷害。"徐少章指的其他人，无疑就是站在大殿内的七位僧人，"何况，就算他是来行窃的，也罪不至死。牛宝跟随我东征西讨、南征北战。他不仅仅是我的一介奴仆，还是我的亲卫，曾数次将我从死人堆里背回军帐，对我有救命之恩。"

徐少章说到这里，就已经很明确地表达了自己的立场。牛宝有没有罪，谁也不清楚。就算有罪，也轮不到别人来惩罚。现在，苦厄寺中有某个或者某几个和尚杀害了牛宝。他徐少章是一定要将凶手揪出来绳之以法的。

众人都为之一惊，眼前的徐少章和之前判若两人。他的表情、语气都丝毫没有妥协的意味。也许是牛宝的死刺激了他，也许现在的徐少章才是真实的嗜血武夫，古怪、暴戾、阴晴不定。

智信也万万没想到，一次普通的接待居然会引发一场命案。

"我们都是出家人，绝对不会害人性命的。"普仁再次抢话，完全无视了普明刚才的告诫。

"是啊，是啊，我们都是出家人，不会害人性命的。"身边的普圆、普玄、普正也都附和着。

徐少章根本就不把智信的弟子们放在眼里，连头都不屑扭过去。

众僧惴惴不安起来。以徐少章的身份，如果真要把牛宝的死追究下去，在场的所有僧人都会受到牵连，所以都开始极力为自身辩解。

"刚才殿门是从内部反锁着的，是不是……"普玄突然轻声接过话茬，"是不是修罗鬼……"

"难道……"智信一副恍然大悟的样子，说道，"老衲之前在诛杀修罗鬼时，确实放跑了一只。当时老衲身受重伤，加上佛祖慈悲为怀，便没有赶尽杀绝。难道……难道……"

"智信大师，智信大师。"徐少章的声调逐渐提高，要智信正视眼下的事实。他一脸的傲慢与怒色，反感于眼前众僧的种种狡辩，以明显不屑的口吻回应，"您可以轻而易举地诛杀修罗鬼，手中还有法力无边的法器，一只被您吓得落荒而逃的修罗鬼又怎么胆敢跑到苦厄寺里闹事？况且，在这大雄宝殿里坐镇的可是专门克制修罗鬼的无上尊多罗菩萨，修罗鬼哪敢在此处放肆？修罗鬼就算要寻仇，那找的也应该是大师您，还有在场的诸位师父。在下和牛宝与那只被诛修罗鬼有什么关系？再有，修罗鬼如果要寻仇随便什么时候都可以，为什么偏偏选在我们来到苦厄寺的这一日？更莫名其妙的还有眼前功德箱这一幕。"

徐少章用智信的逻辑噎得智信顿时语塞。

"但大殿是从内侧上的锁，只有牛施主才办得到。我刚才撞门的时候，将军您也在场。那边地上还有撞断的门闩。我们不可能是谋害牛施主的凶手，还请徐将军明察。"普明再次说明形成密室的状况。

"智信大师，我要说的已经都说完了。剩下的，就希望您可以给我一个交代。"最后这一句，徐少章流露出征战沙场者的傲气与杀气。

"徐将军说得没有错。不过，普明说得也有道理。你们六个人，刚才都在做什么？有谁来过这里？"智信似乎无计可施。

"师父，最早是我和普弘师弟来到殿外叫门的。叫了半天没人应，我们自己推又推不开，所以才去找您和徐将军过来。"普明先回答。

"是啊，师父。在来到这里之前，我们也一直在钟楼、鼓楼等各处寻找牛施主。"普弘说道。

"我吃得比较多。师父、施主、几位师兄弟都离开了，我还一直都待在斋堂里，没离开过半步。况且，还下着那么大的雨呢。"普仁答话。

"我也一直在斋堂，等着收拾碗筷。师兄没走，我也不能随随便便地去做别的事情。我和普仁师兄可以互相做证。"普圆说完，看向普仁，以求得对方的肯定。

"天太凉，我独自一人在僧房，哪儿也没去。"普玄只说了一句话。

"我——我——吃完饭——去看——寺院——大——大门——锁好了，就——就回房——了。"普正的一句话都差不多能把听话的人给活活憋死。

"这里的门窗你就没查看吗？"普仁一脸的怒气。

"师兄，我错了。"普正低着头，畏畏缩缩地连连道歉。

"你不知道山上风大，吹开殿门会让飞鸟惊扰了菩萨吗？每晚都要上锁，难道还要每天都提醒你？"普仁恶狠狠地训斥着。

"师兄，我错了。师兄，我错了。"

普正的道歉好似火上浇油，普仁走至普正身边，一巴掌甩在了普正的脑袋上。普正经不住这一巴掌，被扇得踉跄出去，差点摔倒在地上。

"师兄，我错了。师兄，我错了。师兄，我错了。"普正的声音里带出了一丝哭腔。

"普仁，你给我住手。"智信怒斥。

"这次又是因为你，捅出了这么大的娄子，看我等会儿回去不撕了你。"普仁没有再出手，但还是恶狠狠地瞪了一眼普正，并从牙缝里挤出一句恐吓的话。

"大师，您这种问法明显是在庇护自己的弟子，就算再问上一百年也不会有任何结果。"徐少章冷冷地讥讽。

"那依照将军的意思是该怎么问？"智信明显被徐少章的气势压制住了。

"如果是我的兵丁惹下祸端，必然是先把四肢反绑结实，再吊在房梁上打得皮开肉绽。即便在江宁知府衙门里，也不会简单到动动两张嘴皮子就了结。"徐少章已经说出了恫吓的话语。

　　"徐将军，老衲的弟子在我们撞门进入宝殿前都没有来过这里。老衲也相信，他们绝对不会做出伤天害理的事情。"智信说完，便察觉自己失言了。

　　"智信大师的意思是，像在下这种杀人如麻者才会犯下当下的命案咯？"徐少章挑衅着反问道。

　　"徐将军，误会了，误会了。老衲不是这个意思。"

　　智信的失言令徐少章憔悴的面容上隐隐流露出杀气。

　　"大师，在下今天是专程来礼佛的，没有任何恶意。与贵寺也是往日无冤近日无仇。可是，牛宝莫名其妙地遇害，您总要给我一个满意的解释。我相信您的修行，更相信无上尊多罗菩萨的法力，但是我绝不相信修罗鬼敢在无上尊多罗菩萨坐镇的大雄宝殿中滋事。大师，在下该说的刚才都已经说完了。还请您妥善安置牛宝的遗体。在下先回法堂休息了。"说完，徐少章移步至殿门口。他先向殿中央的三尊菩萨恭恭敬敬地躬身一拜，又看了一眼智信等人，便拂袖离去。

　　"阿弥陀佛。"智信对着徐少章的背影轻轻念了一句。

　　"师父，怎么办？"普明急忙问道。

　　"你们先把牛施主抬到南院的库房里吧。老衲再去和徐将军谈一谈。亥时三刻，你们几个都到我的房里来。"

　　"是，师父。"六位弟子齐声回答。

无人生还

　　瓢泼大雨从黑暗的夜空中倾泻而下。哗哗啦啦的声音将世间其他的动静全打压了下去。

在北院，一间房中正上演着残忍的一幕。藤条一遍遍抽打身体发出的清脆的啪啪声、施暴者的怒骂声、受虐者的求饶声与哭喊声，杂乱地混在一起，却又被雨声死死地掩盖下去。

小手指粗细的藤条频频甩在空中，发出嗖嗖的令人毛骨悚然的恐怖声响。

啪——

"啊——师兄，我错了。啊——"

"错？认错了就没事了？这次保不准老子连命都没了。"

啪——

"啊——师兄，别打了，别打了……"

"老子不是你师兄，你这个畜生，羊羔子。"

啪——啪——

"啊——师兄，求你了，别打了，我再也不敢了……"

"他妈的，兵荒马乱都躲过去了，结果当个和尚还碰上你这么个倒霉鬼。"

啪——啪——

"啊——师兄，师兄，别打了，别打了。"

"畜生，畜生。"

啪——啪——

藤条噼噼啪啪如同夜空中的雨水，不断倾泻下来。

咚、咚、咚——

响起了敲门声。

"普仁，普仁。"普明站在门口说。

"干什么？"普仁火气正盛，怒声回应。

"师父回来了，快到他房里去。"

"知道了，知道了，等会儿我就过去。"普仁显得极不耐烦。

"你别给我多事。现在就过去。"普明对师弟的不恭态度也毫不客气，厉声怒喝。

"我说我知道了。"普仁隔着门，对屋外怒道。

"你别不识好歹，师父有话要说。"说完，便径直走向智信的房间。

普仁没有再搭腔。他呼呼地喘着粗气，油腻腻的一张肥脸涨得通红。由于刚才剧烈的活动，额头上挂满了豆大的汗珠，背后的衣襟也都浸湿了大半。普仁稍微缓了缓心神，把手里的藤条用力甩向了墙角，然后兀自走出了房间。

智信房内，点着两盏油灯，光线暗淡，气氛尤为凝重。智信趺坐在木榻上，其余六个僧人则围坐在他身边，期待能商讨出一个完美的解决方案。

"都他妈因为你，你要是把大殿的门早早上了锁，就不会有这么棘手的事情。"普仁又一巴掌甩在了普正的后脑上，发出响亮的拍打声，"老子非弄死你不可。"

普正知道自己理亏，加上舌头也不利索，没有申辩，只是轻轻地呜咽起来。

"你还有完没有？"普弘对普仁相当不满，分不清事情的轻重缓急。他的语气中带着一丝严厉，说道，"事情都已经发生了，最为紧迫的是看看有什么办法可以解决。你只会打这个、骂那个，能顶什么用？"

"做错了事情就要接受重责，免得错上加错。我这是替师父管教一下，有错吗？"普仁顶嘴道。

"够了。都已经火烧眉毛了，你们还嫌不够乱吗？"智信厉声发话。

"都是因为他，他要是把殿门锁上……"普仁还想插嘴说几句。

"闭嘴。"智信怒喝。

房内顿时鸦雀无声。

"普明，大雄宝殿的门上锁了吗？"智信问道。

"把牛宝的尸体安置到南院的库房之后就锁上了。"

"你确定锁好了？"智信再次确认。

"是，锁好了。"

"这里的院门锁上了吗？"

"锁上了。"

"你刚才搬运牛宝尸体的时候，有没有感觉到什么异样？"智信问。

"您说的异样是指……"普明不清楚智信要问什么。

"牛宝是真的气绝身亡了，还是一息尚存？"

"弟子和普弘师弟一起搬运了牛宝的尸体，我们都确定他是毙命了。"普明的语气中也透着确凿无疑。

智信长长地叹了口气。

"我记得在徐将军捐资的时候，只有徐将军、牛宝、老衲，还有普明和普弘。"

"师父，都怪弟子嘴快。弟子平日与普圆师弟关系较好，他今天私底下问我发生了什么事情，我就给他讲了一下。"普弘的脑子转得比较快，立刻明白了智信的言外之意。

"你把捐资的事情也讲了？"智信问。

"是的，师父。"

"师父，冤枉。我可没有害那个叫牛什么的。"普圆也明白过来，立刻申辩起来。

"我又没说你什么。"

"师父，弟子也是舌头比较快。这件事情也和普仁师兄讲了，当时普玄、普正也都在旁边。"普圆说着说着，声音就渐渐低了下去。

"呦呵！你的意思是跟我有关系咯？"普仁立时被激怒了。

"我没那个意思。师父问我什么，我就答什么。你的为人我又不是不知道，不可能是师兄你。"

"那你是指我？我可告诉你，你在什么时候、什么地方说了什么，我一概不知道。别什么事情都要把我扯进来。"普玄装起了糊涂。

智信又长长地叹了口气。

"你们当初也都是为了躲避战祸才剃度出家的。现在，我只想问一句，你们当中是不是有人起了私念，想要独吞那些银票，然后远走高飞？"

"我没有。我一切都听师父的安排。"普明立刻表明自己的态度。

"我也是。"普弘也随即表明立场。

之后，其他人也纷纷附和，均声称自己没有杀害牛宝。

"师父，牛宝遇害的时候我们都在大雄宝殿的外面。况且，我们几个是当着您和徐将军的面撞的门。大雄宝殿是否是一间密闭的屋子，您应该一清二楚。"普明再次补充道。

"是啊，是啊，我就说凶手是……"普仁也想插一嘴，不过立刻被普弘给打断了。

"你们都别插嘴，现在孰轻孰重都分不清吗？"普弘说完，转而问向智信，"师父，您刚才和徐将军谈得怎么样？"

"徐将军依旧是不依不饶。他认为我们七个人中的一个或者几个涉嫌杀害了牛宝。"

"那他是一定要追查到底了？"

智信点点头，手里不住地捻着那串"九象星月"。

"牛宝分明就是去大殿行窃，我们没追究他，现在居然反过来咬我们。真是不要脸的东西。"普仁怒哼哼地插话。

"这种可能性我也向徐将军讲了，可是他却认为，牛宝是有可能行窃，但也有可能是撞见了另一个去行窃的人。由于牛宝心存对佛祖的敬畏，加上银票是徐将军供奉的，他有理由将银票从凶手的手里抢回来。结果，凶手恼羞成怒，杀人灭口。"

"当官的果然两张口，编个故事还是一套一套的呢。"普圆在一旁揶揄道。

"徐将军的说法不合理。如果是另外有人去行窃，牛宝也已经死了，那他为什么不把银票拿走呢？"普弘说。

"是啊，是啊。师兄说得在理。那什么狗屁徐将军明摆着是在欺负我们。"普仁一会儿都无法安分。

"师父，那您没跟徐将军强调这案子可能是修罗鬼犯下的吗？"普玄问。

"明摆着就是修罗鬼嘛！你看外面那么多的血案，受害者也不是一个两个的。什么夜行的村民、扬州的客商、吕氏兄弟、王氏满门、刘家掌柜、马氏母子，不都是被修罗鬼害死的嘛。这用脚趾头想都能搞得一清二楚。我就不明白，徐将军除了身子，脑子也都被掏空了不成？"普仁补充道。

"你小声点。"普明制止道。

"怕什么，院门都挂了锁，雨又这么大，谁听得到。"普仁硬是要回上一句。

之后，其他人也纷纷附和普仁的说法，都将矛头指向了修罗鬼。

"刚才在大殿，徐将军就已经把我噎得无言以对了。修罗鬼的说辞已经被彻底堵死，不用再白费唇舌。他说得也在理。就算修罗鬼寻仇，也轮不到牛宝，就算修罗鬼杀人如麻，也绝不会在大雄宝殿里放肆。大雄宝殿的佛台上供着的可是无上尊多罗菩萨，是修罗鬼的克星。难道你们不明白？"智信强调了一番，"徐将军一听我提到修罗鬼，就更加确信是我们之中有人杀害了牛宝，然后把罪责全嫁祸到修罗鬼身上。"

"师父，其实现在是怎么回事，大家都心知肚明了。"普弘说。

"今天也是为师的大意了，原本以备不时之需，没想到闹出这么大的祸事。早知道这样就干脆一了百了地……唉……如果我们能逃过这一劫……"智信话说到一半就止住了。

"师父有什么好法子吗？"普玄问。

"幸好那座桥在白天崩塌了，我们还能有几天的时间。我会试着说服徐将军网开一面。在这段时间里，你们也都要恪守本分，不要再惹出其他什么不必要的事端。"智信叮嘱道。

"师父，如果到最后，您还是无法让徐将军放弃追查，那该怎么办？"又是普仁。

智信良久没有答话。屋内又是一片沉默。

"再议吧。"智信长长地叹了口气，"反正，记住我说的，这几天都必须恪守本分，不要和徐将军乱说，尽量避开他。凡事由我来与他协商。知道了吗？"

"是，师父。"众人齐声回答。

普仁一刻也不安分，说道："师父，您别怪我多嘴，我总觉得这里不对劲。您说，牛宝被杀的事情会不会是徐将军一手策划的？

他到现在都是在跟咱们演戏呢！"

"师兄，你这又是什么意思？"普圆问道。

"牛宝虽然是徐将军的仆从，但也难保他们两个人之间没有什么不可告人的事情，说不定牛宝勾搭上了他家的小娘子。徐将军不好在人多眼杂的地方下手，又找不到合适的借口。于是，他带着牛宝跑到咱们寺里，利用牛宝贪财的毛病，当着牛宝的面设下了这个捐赠银票的陷阱。又或者徐将军回头后悔捐了那么多，就差牛宝去大殿里行窃。徐将军悄悄跟在牛宝的后面，利用牛宝的疏忽大意，以及主仆之间的信任关系，趁机杀死了牛宝。最后，他再恶人先告状，污蔑我们是凶手，自己把嫌疑甩得干干净净。"

"如果真是这样……"普圆支支吾吾。

"胡说八道。牛宝是后脑一击毙命的，身上没有其他的致命伤。通过击打人的后脑来置人于死地，轻了可能留下活口，重了则会溅一身的血。如果徐将军真的是凶手，那他也太走运了。而且你编的故事毫无根据。"普玄不屑。

"不是他走运，而是因为他杀过太多太多的人，所以才可以拿捏好击打的力道，恰到好处地杀死了牛宝。"

"他是带兵打仗的，杀人不都是用刀吗？"普圆也觉得普仁的推断有些不靠谱。

"打仗的时候哪有那么多的讲究，万一刀子丢了，抄起个棍子、石头什么的……"普仁的声音渐渐低沉了下去，他也发觉自己的话题越跑越远。

"他一个大将军，想要杀个人有必要这么麻烦吗？带着牛宝去登高望远，把牛宝推下山崖，回头对别人说他失足坠落而死，不更干脆？谁能怀疑主子害死自己的贴身仆从。况且，以徐将军的官场背景，这点小事还处理不定吗？"普弘的几个反问把普仁噎得无言以对。

"大师兄说得在理。把牛宝带到苦厄寺里搞出这么一桩凶案，太烦琐了。而且，万一在行凶过程中被我们目击到，岂不是掉进他自己设的圈套里。谁会愚蠢到用这种方法。"普明赞同普弘的观点。

普正听出话外音是在讥讽普仁，忍不住偷偷笑出了声。

啪——

普仁心中不爽，又是一巴掌甩在了普正的脑袋上。普正顿时捂着头连连求饶。

"行了。闹够了没有。你还嫌不够乱吗？"普弘喝道。

这一回，普仁仅仅是冷哼了一下，没有再回嘴。

"师父、诸位师兄，我有个疑问，不知道当讲不当讲？"普圆支支吾吾地开口。

"想讲就讲，不想讲就别废话。"普仁的语气极尽躁怒，却又不好在这么多人面前发作。

普圆嘿嘿干笑了一下，问道："这位徐将军是货真价实的吗？"

这个问题一出来，整间屋子顿时鸦雀无声，气氛瞬间冰封。

"你说他是个假货？"普仁立时问道，"你看出什么不对劲的地方了？"

"没……没看出来。"

"那你放什么屁。"

"我就是想说，那位姓徐的香客说自己是个带兵打仗的将军，可自始至终都是他自说自话，我们又没法去证实。"

"他有什么必要到我们这里冒充个将军？"普玄问。

"杀了牛宝，然后讹诈我们。他一定是知道我们这里经常有很多的达官贵人来烧香礼佛，认为我们寺院里积聚了很多的善资。"

"虽然他看起来病怏怏的，但从他每一次的举手投足判断，绝不是什么骗子。"普弘说。

"人家又不会在自己的前额刻上'骗子'两个字。他们一主一仆的言谈举止与官宦权贵没有差别，说明他们事先做足了功夫，不会轻易露馅。"普仁自以为讲得很有道理。

"到现在都是你自己的凭空臆测，毫无根据。"普弘发言。

"如果他们两个人果真是骗子，那牛宝的事情就一定不敢去报官。"普仁插话。

"师兄说得对。就算报了官，我们也可以指认说他们趁夜色潜入大雄宝殿行窃，然后要持刀行凶，最后是牛宝自己跌倒，摔碎了脑壳毙命。"普圆连忙补充，并像模像样地编了个简短的案件概况。

"麻烦！干脆就别去报官了。"说完，普仁冷笑了一声。

"可如果他们不是骗子，果真是两江总督马新贻的旧部呢？"普玄缓缓地道出另一个假设。

一屋子僧人又一次集体沉默。

"你们几个考虑问题就是太肤浅了。这件事情是可以深究的吗？"智信反问在场的六位弟子。

屋中压抑的气氛愈发浓重，所有人都在等待智信接下来的一番高论。

可令众僧没想到的是，智信简单说了句："好了，都散了吧。"

其余六个僧人也都知趣，默默地起身，离开了智信的房间。

夜入丑时，山中的寒风依旧肆无忌惮地在峰峦之间盘旋、驰骋。雨势也没有丝毫要缓和的迹象，自顾自地从黑色穹顶倾泻着。

白色的水汽愈加浓重，将云山山巅包裹得严丝合缝。此刻，苦厄寺受托于这种茫茫的境况，好似一座悬浮于九天之上的孤岛。

寺院当中，有四座石灯幢正闪烁着微不足道的亮光。虽然无法照彻周遭景致的轮廓，但也表明此处并非一无所有的浮空。

雨水冲刷这座寺院已经有数个时辰了。虽然雨水沿着排水槽不断流向崖下，可黑灰色的石砖上依旧黏附着一层薄薄的积水。

啪——

一只脚踏在地砖上，雨水顺势溅起微弱的水花，片刻之后又消失于无形。

一个黑色的身影若有若无，缓缓地从茫茫白色水汽中幽然现形。这个如鬼魅般化身而来的邪祟，悄无生气地飘然映入石灯幢光线所及之处。

修罗鬼！

它依旧是那副扭曲变形的猩红色面孔，可怖而又令人作呕。头上的白发虽然被雨水浸湿了不少，可在山风的搅动之下，依然在半空中张牙舞爪地乱扭着，似乎是无数根毒虫的触须，又好像一条条尚未成年的银蛇。修罗鬼一袭青色僧衣，赤足而行。它踏出右脚，微微地践出一层水花。踩出左脚，除了雨水的拍击，还伴随着轻微的木珠撞击所发出的噼啪声。脚踝上缠着一串由九颗红色桃木制成的念珠，上面每一颗都密密麻麻地微雕着《摩诃般若波罗蜜多心经》。

此时此刻，黑色的夜幕、连绵的雨水相融为一处池渊，修罗鬼则如鱼般幽幽地在深水中往来穿梭。它时而现身在大雄宝殿的石阶上，纵观寺院；时而出现在僧房北院，倾听僧人们的鼻息声；时而又驻足在寺院门口，倚门垂首而思……

修罗鬼就这般只身孤影地徘徊、游荡于苦厄寺的各个角落。其落魄的外形毫无早先嗜血张狂的气息。它仰望雨幕许久，映入双眸的尽是遥无边际的黑暗，还有那茫茫的水汽。

猛然间，一道霹雳从九天直刺入这座悬浮于汪洋中的孤岛。电光在刹那间驱散了原本充盈于穹庐中的混沌之气。随后，世界又以迅雷之势恢复了原先的状态。

水雾迷蒙。

在这大千世界中，唯一没有恢复的就是这只修罗鬼的双眸。那道电光驱散了修罗鬼压抑在躯壳中的一切忌惮，点燃了它嗜血的本性，从修罗鬼的躯壳上蒸腾、迸发出一股股戾气。这些戾气与浓重的白色水汽交融、弥漫开来，顷刻间覆盖了整座苦厄寺。

孤岛、黑夜、暴雨、修罗鬼，还有酣睡中的鼻息声，屠戮的舞台已经准备就绪。

什么无上尊多罗菩萨，降伏不了生死无依的修罗鬼。

什么大势至、观世音，解救不了恶贯满盈的伪善者。

什么金身十八罗汉，镇灭不住滚滚蒸腾的暴戾之气。

什么降魔金刚杵，诛杀不了形神俱无的幽冥之物。

什么《往生咒》，度化不了自甘堕入阿鼻的十恶五逆者。

不知何时，赤面白发修罗鬼已经飘然行至北院僧房的院门口。它的左手握着一把明晃晃的短刃，后腰上还别着一把宽口的斧子。

修罗鬼轻轻地推开了院门，跨出一步，进入了院子。

吱呀——

一扇僧房的门开了。从屋内走出一个身形短小的人影。人影在门口驻足片刻，先是挠了挠头，而后朝着屋内厌恶地啐了一口，嘴里顺势蹦出两句脏话。之后，连房门都没有关，人影就一瘸一拐向东侧的解忧所走去，完全没有注意到院门处有什么异样。

根据房门所处的位置，加上人影走路时一瘸一拐的样子，修罗鬼断定是小和尚普正。

普正和普仁共住一间僧房。其实，将这两个人放在一起，也是其他几位师兄的有意安排。所有人都知道普仁鼾声如雷。毫不夸张地说，哪怕屋外是一整夜的电闪雷鸣，普仁也依旧可以巍然酣眠。除非是他自己睡到自然醒，或用冰水浇到他那肥硕的脑袋上。

普正因为普仁整夜的鼾声被折磨得死去活来，吃了不少的苦头，几乎夜夜不能安睡。有时候刚刚进入梦境，又猛地被普仁偶尔迸发的一声炸鼾惊醒。普正在平日里也尽受几位师兄的欺凌，人前唯唯诺诺，打掉了牙齿也只能吞到肚子里。

虽然雨声嘈杂，但修罗鬼还是谨慎行事，轻轻地掩上了院门。在普正进入解忧所之后，修罗鬼迅速移步到僧房外侧的门廊。稍稍一靠近僧房，便清晰地听到一阵阵如雷般轰隆的鼻鼾声。修罗鬼探头向屋内张望。普仁仰面朝天，酣然大睡。

修罗鬼继续沿着门廊朝着解忧所的方向走去。

北院共有五间屋舍，一间解忧所。那间普仁与普正的僧房位于最西侧，依次向东则是普圆与普玄的僧房，普明与普弘的僧房，智信所使用的方丈室。第五间是堆放杂物的库房，而库房的东侧就是解忧所。

修罗鬼并没有选择破门进去，而是背靠在门外的东侧墙壁，静静守候着猎物。

解忧所内传出滋滋啦啦的排泄声，同时也飘散出浓烈的臊臭气味。片刻之后，一个矮小的身影从解忧所走了出来。普正并没有觉察到任何异样，转身朝西侧的僧房走去。

正当普正将身后的空当留给修罗鬼时，他还未及走出两步，修罗鬼便一个箭步冲上去。它用左手捂住普正的口鼻，持刀的右手趁势接二连三地刺进普正的后背。

普正原本就是睡眼惺忪、意识迷蒙的状态，毫无防备。他身处夜幕之中遭遇突袭，尚未来得及反应，便气绝身亡。

修罗鬼感觉身前的普正彻底丧失了反抗能力，便松开左手，右手也没有再重复刺杀的动作。

普正的身体立时失去了重心，瘫软着栽倒下去，一声未吭。

修罗鬼看着脚下的普正，僵僵地伫立在原地，脑中一片空白。片刻之后，它回过神，清醒地意识到自己的所作所为。修罗鬼俯下身探了探普正的鼻息，又试了试脉搏，确定他已经咽气，又抬头望向前方的门廊，确定没有惊动其他人。之后，修罗鬼将普正的尸体拖进了解忧所，将其暂时隐藏了起来。

修罗鬼快步走到普仁所处的僧房。房门依旧兀自敞开着，凉风如流水般汩汩地猛灌进屋内。然而，普仁完全沉浸在自己的梦乡，对周遭的变化毫无察觉。

黑色的苍穹之上一道电光闪过。电光穿透山间的白色水汽，将整座苦厄寺映照得恍如白昼。修罗鬼在这短暂的亮光之下现出了恐怖而又诡异的轮廓。一道长长的披头散发的鬼影，从房门口斜插入室内。片刻之后，又立时消失得无所踪影。

虽然是刹那的电光，但是床榻上普仁的睡姿已经清晰地映入修罗鬼的双眸。普仁敞着衣襟，袒胸露腹，仰面大睡。

电光之后，随之而来的便是轰隆隆的炸雷声。普仁依然无动于衷。

修罗鬼注意到普仁的床头正好对着门口的方向，三步并作两步闪身到距离普仁脑袋三尺左右的位置，微微垂首注视了一下眼下的

志怪五

和尚。

此刻，普仁睡得极沉，丝毫察觉不到近在咫尺的杀戮之气。

又是一道电光从穹顶射入屋内。

修罗鬼举起短刀正要行凶，突然脑中有一个念头飞速闪过。修罗鬼垂下高举的手臂，迅速拔出别在腰间的宽口斧头，用双手握紧了斧柄，伸直了臂膀，将斧头的刃口悬在普仁额头上方一寸的位置。几个动作一气呵成。

修罗鬼缓缓地举起斧头，而后又轻轻地落下，依旧将刃口停在普仁额头上方一寸的空中。

它再次缓缓地高举起斧子，然后又一次轻轻地落下，还是没有触碰到普仁的肌肤。

第三次，修罗鬼高高地举起宽口斧子，屏息凝神，铆足了全身的力气，一击猛劈。

咔嚓——

随着一声脑壳的崩裂声，斧头不偏不倚，恰好劈进了普仁的眉心中央。普仁本能地被这一次猛劈惊醒，两颗眼珠差点由于这一劈所激发的力量从脑壳里挤出来。普仁想要号叫，无奈恰好有一口气卡在了喉咙，根本无法发声。普仁歪着嘴巴，不断地用鼻子轻声发出咯咯呀呀的动静。刹那之后，一开始圆睁到几乎爆裂的双目翻转成了白眼，整个躯干与四肢似乎痉挛一般，在床榻之上不停地抖动、抽搐，就连插在额头上的斧柄也随之上下左右地乱甩。

修罗鬼本想将斧头拔出来，再朝着普仁的脑袋劈上个七八回。无奈刚刚一击所使用的力道太足，几乎整个斧头都没入了普仁的脑壳。与此同时，普仁额上的伤口就像一只猛兽的血盆大口，将斧头死死地卡在头骨的裂缝里，宽口斧无论如何也拔不出来了。

普仁抽搐了半晌，身子一软，不再挣扎。庆幸的是，整个过程都没有发出什么剧烈的声响。

修罗鬼小心翼翼地伸出两根手指，触到普仁的鼻孔下方，试了试鼻息，然后又按压在脖颈处，探了探脉搏。片刻之后，确定普仁是彻底咽了气。

修罗鬼再次试图把斧子从普仁的脑壳中拔出来，但无济于事。虽然斧子用不上了，但还有一把利刃可以使用。思及此，修罗鬼闪身去了隔壁的僧房。

第二间僧房里睡着普圆与普玄。他们虽然不像普仁那样睡得极死，但入眠之后还是沉入梦境。当下，需要认真考虑的有两点，一是惊雷是否将他们吵醒，二是房门是否挂上了门闩。

修罗鬼伸出右掌贴在门缝处，试着轻轻推了推。由于原本就是试探性地推门，并没有用力。房门在微微向内侧活动了一下之后，又由于推门者的收力，迅速弹了回来，恢复了原状。

果然没有挂上门闩。

修罗鬼从掌心的受力明确了眼前的情况。

在杀死普圆与普玄的过程中，也要尽可能不发出任何惊扰其他人的声响。至少不能是明显的搏斗动静，还有类似求救的惊呼。否则，一切都可能功亏一篑。

修罗鬼拔出了腰间的利刃，死死握在手中。定了定心神之后，它深深地吸了口气，屏住呼吸，麻利地将门推开一道可以侧身通过的缝隙，闪身进入到屋内，并随即将房门迅速掩上。整个过程迅捷，没有发出一丝声响。

屋内虽然漆黑一片，但仍能透过昏暗的夜色，隐约分辨出两张床榻，以及床榻上卧睡者的轮廓。这间屋子的布置与普仁、普正所居住的那间没有什么差别。两张床榻一左一右分别处于东、西的位置。屋内除了简单的桌椅板凳等日常用品，再无其他多余的摆设。

普圆在东侧的床榻上酣睡，发出细微的鼻鼾声。普玄则卧在西侧的床榻上入眠，虽不像普圆那般发出鼾声，但他的呼吸略重。两个人都应该处于熟睡的状态，且床头正对着房门的方向。

修罗鬼尽量不发出任何声响。它轻轻地移步到普玄的床头，毫无迟疑地用手狠狠按压住普玄的口鼻，同时果断地用利刃在普玄的脖子上割开一道横向的创口。这一刀也是颇为用力，为的就是直接切断半个脖颈，让普玄没有机会呼救。再加上修罗鬼闪电般迅捷的动作，刀子刚一离开普玄的皮肤，一股股鲜血直接从创口喷溅出来。修罗鬼的面颊与白发瞬间被染红了大半。

普玄虽然在鲜血喷涌而出的时候本能地惊醒，但他对这突如其来的袭击毫无防备。更何况为时已晚，他连呼救的能力都彻底丧失了。普玄圆睁着双目，嘴巴一张一合，一副茫然无助而又痛苦不堪的表情。求生的本能令他试图用双手堵上被切开的巨大创口，两条腿在被窝里乱蹬一气。然而，他唯一能做的也只是等待体内最后一口气耗尽。最终，灯灭人死。

修罗鬼凭借着自己下刀切割的手感，就能断定是否还需要再补一刀。当刀刃离开普玄脖子的一刹那，修罗鬼便即刻移身到普圆的床头，用同样的方式、同样的力量给了普圆同样的致命一刀。

又是一股股带着体温的血液从普圆的脖间喷涌而出，浸染在修罗鬼的长须白发上，使其立时变成一头血红色的长毛。

一人一刀，修罗鬼干净利落地解决了普玄与普圆。事情进展到此刻，似乎一切都比较顺利。

屋外的雨水依然连绵不绝地从夜空洒落。这哗哗啦啦的雨声也恰到好处地成了修罗鬼的共犯，为其掩盖了挥刀劈斧时诸多细碎的动静。

修罗鬼眼睁睁看着普玄与普圆在床榻上挣扎至死。一直等到两个人四肢瘫软，试探了鼻息与脉搏，确定他们彻底毙命之后，才安心转战第三间僧房。

第三间僧房里住着普明与普弘。这两人在六个师兄弟中较为年长，睡意较轻。就算刚才刺杀普正、普仁、普玄、普圆四人时没有发出任何怪异的声响，数次电闪雷鸣估计就已经搅得他们不能安然入睡了。

修罗鬼站在门外，屏息凝神，侧耳倾听着屋内的情况。它试图透过雨水的嘈杂声，判断屋内的两人是否已经察觉到了什么异样。

房间内悄无声息。

在短暂的倾听之后，修罗鬼再次伸出那只沾满了鲜血的手，将手掌贴在两扇门中间的缝隙上。它将力道恰到好处地施加在手腕上，试着轻轻一推。门板没有什么变化，手掌上明显可以感到前方存在着某种阻力。

普明和普弘还是习惯性地挂上了门闩。不过，他们所用的门闩较普通百姓家用的柔软很多。因为僧房里挂门闩的目的并非像寻常百姓家里那样防范盗贼，而是为了在平日阻隔飞禽的误闯，还有就是避免熟睡时房门被崇山峻岭中的风雨冲破。所以，只要在距离门闩较近的位置，用力一端，就完全可以将门闩端断。

修罗鬼没有贸然破门而入。它站在门口仔细考虑了一番，并做了一个大致的方案。考虑到只能破门而入，还有普明与普弘可能没有睡死，容易被惊醒的情况，接下来要做的事情就必须一气呵成，干净利落，不能有任何的停顿与疏忽。只要顺利解决掉了这两个人，

志怪五

剩下的智信就绝对构不成威胁。

普明与普弘的僧房在床榻布局上与前两间是一致的。所以，在破门之后，冲上五六步便可以直抵两人的床前。由于破门的声音可能惊动两人，所以只能以最快的速度在第一个人身上刺上一两刀，先将其重伤，使其既不能反抗，也无法逃走。然后，以迅雷之势将目标转向第二个人。在杀死第二个和尚之后，回过头来解决第一个重伤者。

穹顶之上猛然闪出一道电光。片刻的白昼之下，是被水雾重重包裹的苦厄寺，无数条闪着银光的雨丝，还有那只散发着血腥恶臭的修罗鬼。随后，黑幕与炸雷狼狈为奸地再次吞噬了整个世界。

修罗鬼换做右手持刀，退后一步。他左脚在前，右脚置后，微微侧身准备发动突然袭击。

当空又是一道电光闪耀。修罗鬼默默盘算着炸雷响起的时间。

一、二、三……

咔嚓——

一声木闩断裂的脆响。

凭借着炸雷声的掩护，修罗鬼提起右脚，狠狠地踹向了房门中央的缝隙处。门被巨大的冲击力撞破，顺势甩向了两侧。

虽然破门的动作是随着雷声启动的，但两者结合在一起也必然会产生较大的动静。屋内睡在左侧床榻上的普明被猛然惊醒，立时坐了起来。不过，普明并没有意识到危险的临近。他坐在床上没有任何准备防御，或者反抗的动作，只是发出睡梦被惊扰而感到烦躁的叹气声。

睡在右侧床榻的普弘也被这一声撞击惊醒了，不过他也没有意识到任何危机，仅仅翻了个身，将身上的被子裹得更加严实了些。

嘴里发出梦呓般的低语："怎么没把门闩插好？好冷。"

修罗鬼并没有留给普明与普弘丝毫反应的时间。踹开门之后，它径直飞身扑向坐在床榻上的普明。普明的床头对着房门所在的方向。他从睡梦中坐起来，直接将后背留给了修罗鬼。加上普明刚刚睁开双眼，尚未来得及适应黑暗，自然而然成了第一个被攻击的目标。

当什么东西触碰到自己肩头的时候，普明才陡然倒吸了一口凉气，"啊"的一声惊呼出来。普明瞬间将头转向触碰物所在的方向，身体本能地向另一侧倾斜。

修罗鬼用左手死死地按压在普明的右肩，借此控制住对方的身体，使其不会过度摇摆，增加第一次刺杀的精度。

"你……"普明刚刚说出一个字，便戛然而止。

修罗鬼的尖刀已经从普明的右侧腹部捅了进去。这一刀不但精准，而且凶狠，只差把刀柄和手都捅进普明的身体里。普明原本还想做些抵抗和挣扎，只是这一刀下去，整个人就丢了半条命，直接瘫软在了床上。

普弘似乎也被这短暂而又细碎的异常声音惊动了。他裹着被子缓缓地从床榻上坐起来，朝普明的方向看过去，并问道："干什么呢？还不去关门。"

修罗鬼此刻已经从普明的腹部拔出了尖刀，正要去刺杀普弘，碰巧普弘也坐了起来，便铆足了一口力气，将刀子直接送进了普弘的胸口。

普弘见到一个奇怪的黑影向自己扑过来，手中还有一把明晃晃的东西，便本能地甩出自己的右臂，一只拳头击中了修罗鬼的脸颊。

刺向普弘胸口的那一刀与击中修罗鬼面颊的那一拳几乎同时发

生。不过，修罗鬼在被击中之后，右手脱离了刀柄，向身后踉跄了两步，但很快又回过劲来。而普弘的情况则截然相反，原本还想等修罗鬼再次扑过来时故技重施，无奈一把尖刀刺入胸膛并贯通到身后，立时就无力反抗。

修罗鬼再次扑到普弘的身前，从对方的胸前拔出利刃，然后将一个简单的刺杀动作反反复复不知多少次。普弘一口鲜血吐到了修罗鬼的脸上，双手稍微颤抖了几下，便再无挣扎的迹象。

修罗鬼感觉到普弘已经毫无反抗之力，便又转身去二度刺杀普明。此时的普明已经挣扎着倚墙坐了起来，但是由于腹部的剧痛，加上修罗鬼整个刺杀过程都发生在电光火石之间，尚未来得及尝试逃跑。

"来人啊！杀人啦！来人啊！杀人啦！"普明眼见自己要再遭毒手，便用仅存的力气声嘶力竭地求救起来。

修罗鬼没有留出任何多余的时间与普明对话或者戏耍。它直接扑上去，按照刚才刺杀普弘时的样子，同样在普明的胸膛、腹部重复着刺与拔的简单动作。当它感觉面前的普明已成为一摊烂泥之后，才停下刺杀的动作，认真确认对方的生死。修罗鬼依旧极其谨慎。它试探了普明与普弘的鼻息、脉搏，明确两人毫无生命的迹象，才算罢休。

至此，只剩下智信了。

修罗鬼的内心泛起丝丝不安。破门声、拳击声、刺杀声，还有普明声嘶力竭的呼喊声……智信应该被惊醒了。接下来，会不会发生什么意想不到的情况？苦厄寺已经是一座悬在穹庐上的孤岛，逃是绝对不可能。只要自己不失误，应该还是稳操胜券的。

思及此，修罗鬼就要动身去往隔壁的方丈室。刚一面向门口，心中陡然一惊，它看到一个黑乎乎的人影正站在门框的中央。

两个人形模样的东西一里一外地对峙着。

此时，一道闪电打破了这种死寂的局面。电光将两者的身形照得棱角分明。双方都将对方看得一清二楚。在修罗鬼看来，站在屋外的正是它的下一个目标——智信。一个蓄着白须，胡乱披着件青衣的老和尚。

智信也注意到了屋内的修罗鬼。片晌之前，他还在电光之下目睹了极其惨烈的一幕。屋内浓烈的血腥气息加上现场的恐怖，已经让智信的面孔发生了无以描绘的扭曲。他的身体在冰冷的风雨之中瑟瑟发抖。

双方都没有轻举妄动，默默地对视、僵持着。

如昼的光亮一闪即逝，而黑幕与炸雷也紧随而至。

当第二道闪电再次闪耀的时候，门口霎时空空如也。智信已经拔腿溜走。修罗鬼的反应慢了半拍，但也不算晚。它飞身冲到屋外，在院子里搜寻智信的行迹。

虽然夜幕下的光线并不足以看清周遭的细节，但院门敞开的轮廓还是可以分辨出来。

修罗鬼拔腿朝着院外飞奔出去。智信毕竟是个上了些年纪的老和尚，腿脚不够利索。当修罗鬼踏出北院的院门时，他才跑出去不足四丈的距离。也许是因为恐惧而惊慌失措，完全忘记了苦厄寺已经是一座世外孤岛，智信径自向寺院大门的方向奔去。

修罗鬼已然在白茫茫的水汽中发现了智信的身影。如今，但凡身处苦厄寺的都插翅难飞。

智信一步一回望，内心惊惧到了极点。加上已经上了些年岁，当下地面湿滑，智信跑上几步便会踉跄一下。有数次还因为身体没

志怪五

有把持好平衡，直接栽倒在雨水里。对生的极度渴望让他将所有的疼痛都抛之脑后，咬咬牙又迅速从地上爬起来继续奔命。

已是瓮中捉鳖的局面，修罗鬼也并不急于一时。它一步一步跟在智信的身后，逐渐缩小着两者间的距离。修罗鬼踏足所发出的啪嗒声愈发清晰起来。

智信眼见自己即将被修罗鬼血刃，便在雨中大声地嚷叫起来："别过来，别过来。普明——普弘——老衲在这里……普仁——普圆——"

智信不住地唤着自己弟子的法号，极力争取着一线生机。

"普仁——普仁——"普仁是几个弟子中最为孔武有力的，但是智信哪里知道，普仁早就在睡梦中一命呜呼。

呼救了半晌，也不见有任何人来搭救，智信已然是穷途末路。况且，以他的年龄继续在雨中奔命，无论如何也吃不消了。智信大口大口喘着粗气，转过身子面对修罗鬼。此刻，他只能凭一己之力搏出一条活路。

"别过来。"智信用左手抹去脸上的雨水，像只困兽一样怒吼。

修罗鬼毫无怯意，继续向智信迈出一步。

"我叫你别过来。"智信猛然向修罗鬼甩出右臂。

他右臂延伸出去的方向上还有一根细长的金属铁器。没错，正是那根降魔金刚杵。

"畜生，别过来。"智信表现出毫无畏惧的神情，声嘶力竭地谩骂、恫吓着，"再过来，老衲就诛杀了你……"

面对当前的力量对比，智信所吼出的话毫无底气。修罗鬼近在咫尺，而且还在步步逼近。对方每迈一步，自己距离地狱的深渊就近一步。修罗鬼的白发、衣襟都被鲜血浸染成了猩红色。如果不是在水汽浓重的环境，定会散发出浓重的腥臭。

　　修罗鬼见到降魔金刚杵的时候，起初也是一怔，没想到智信居然会随身携带法器。不过，在片刻的迟疑之后，修罗鬼继续向智信缓步逼近，没有丝毫的忌惮之色。

　　智信浑身上下都被雨水浸湿，其状貌狼狈不堪，和一条落魄于山沟中的野狗没有太大的差别。身为一寺掌印的庄重、威仪、沉稳，已荡然无存。

　　"别过来——"智信胡乱挥舞着手中的金刚杵，求生的本能异常强烈。

　　修罗鬼又向前逼近了一步。

　　"徐将军，徐将军，救我！"智信突然将视线投向自己的右前方。

　　修罗鬼一听到智信呼喊徐少章，也立即扭头望向法堂所处的位置。在一片微末烛光下，一个模糊的人影站在门口，定睛向此处张望。不过，那人无动于衷。

　　也许在徐少章看来，这不过是智信自编自演的一出闹剧，好让他相信先前牛宝之死确实源于修罗鬼。

　　智信趁着修罗鬼扭头的工夫，用力将手中的金刚杵刺了过去。无奈修罗鬼恰好收回了视线，身子一侧，便顺利躲过了这次攻击。智信心有不甘，收回手臂，立刻蓄力并再次朝着修罗鬼猛然刺了过去，修罗鬼左闪右避，轻松应付。没有几个回合，智信便上气不接下气。随着气力不断消耗，恐惧愈发积聚在心头，智信已处在崩溃的边缘。

　　虽然自己的攻击都是枉然，但智信在缓了两口气之后，依旧咬紧牙关再次奋力一搏。这一次，修罗鬼没有再给他什么机会，甩手将尖刀挥向智信的右臂。只听见"当啷"一声，智信的降魔金刚杵应声落地。他的右臂也瞬间冒出汩汩的鲜血。

啊——

智信无力地跪倒在地面，捂着手臂上的伤口，痛苦地叫喊着。

修罗鬼抬起脚朝着智信的面部又是猛然一击。智信顺势仰面倒向了地面，口鼻中尽是鲜红的液体。修罗鬼弯下腰拾起那根降魔金刚杵，在手中掂了掂分量，又朝着地上的智信瞥了一眼，便缓步走了过去。

躺在地上的智信，可能因为面部的那一击，使头部遭受了些许震荡，茫然眨巴着双眼，毫无反抗的能力。修罗鬼单腿半跪，举起那根金刚杵，狠狠扎进了智信的胸膛。智信一脸的惊恐与不可思议。他微微抬起头瞥了一眼插在自己胸口的金刚杵，但又在瞬间无力地将脑袋垂向地面。一口鲜血从智信的口中喷涌出来，眨眼的工夫，智信气绝身亡。

修罗鬼扭头望向徐少章的方向。透过白茫茫的水汽，依然可以看到一个模糊的人形站在微末的黄色光线里。

可能是久经沙场，见惯了各种杀人的血腥场面，也可能认为眼前不过是苦厄寺上下演给自己的一场戏，徐少章昂着头颅站在原地，毫无惧色。他似乎很想见识一下这些和尚还能要出什么把戏。修罗鬼提着尖刀一步一步地逼近着，五丈的距离，四丈，三丈，两丈，一丈……

徐少章的嘴角微微一翘，满脸的轻蔑与鄙夷。就在他傲睨自若，还想张口羞辱的时候，修罗鬼一个箭步飞扑上去……

彻底结束了。

嗜血、暴虐、狂热的修罗鬼忽然变得平心静气，又似乎茫然自失。它在苦厄寺中飘然幽荡了许久，自始至终都缄默无语。

最终，在这片巍巍的崇山峻岭中，在茫茫若泽的水雾间，修罗鬼缓缓虚无了身影，销声匿迹，彻底地消隐。

第七章
销声匿迹

　　昨天从刘轩老爷子那里出来，就意味着寻找线索的工作就此结束了。也就是说，从今天开始我们要将手里的线索重新分析、组合，尝试着破解修罗鬼系列案的真相。

　　这几天虽然有不少收获，但我脑中始终如乱麻一团。今天我起得最早，闲来无事就把《修罗鬼志》中的"志怪五"又重新细读了一遍。苦厄寺无人生还案前后约四万字，虽然行文中存在个别错字、漏字、语句不通的毛病，但整体而言，故事还算流畅。

　　合上手记，莫名的烦躁与不安久久挥之不去。尤其是最后一句，更是提到这只修罗鬼虚无了身影，销声匿迹，彻底地消隐。

　　毫无头绪。苦厄寺里只有九个人，而且这九个人全部遇害。更诡异的是，这九个人又都不像是凶手。

　　"只有真正的妖怪、鬼魅才能做得到吧。"我想起陶方玉第一次读完《修罗鬼志》时所说的话。

　　难道真的存在另一个未知的世界吗？

我靠在书房的藤椅上，闭上双眼，重新回忆起许有年老仵作介绍最后一案时的情景。

　　"老爷子，这苦厄寺是什么来历？"白泽先从历史背景着手。

　　"要说起它的来历嘛，如果我没记错，应该是在唐朝那时候修建的。那时候的皇帝是……"老仵作歪着头想了想，可一时半会儿又没想起来，"我也忘了那个皇帝叫什么，就是和大美人杨贵妃相好的那个。"

　　"那应该是唐玄宗李隆基。"白泽答道。

　　"好像是他。反正就是安禄山造反之前。"老爷子肯定道。

　　我凭着浅薄的历史知识在内心算了算，苦厄寺居然有一千多年的历史。虽然我是南京人，但对本地的很多事物都不甚了解。我相信很多南京人也同样如此。

　　杜牧的《江南春绝句》应该为世人熟知，其中的"南朝四百八十寺，多少楼台烟雨中"更是千古佳句。不过，诗中说的四百八十只是个虚数。仅在南京，就有超过七百座寺院。在佛教度过了鼎盛时期之后，南京在一千多年的岁月中经历了无数次的兵燹、人祸、天灾，许多寺院在劫难中被摧毁。有一些寺院比较幸运，在历经劫难后又被重新修缮。可是，绝大多数都消失在历史的洪流里，变成史书里的寥寥数笔。

　　"其实，苦厄寺最早的名字叫云山寺。"老仵作徐徐开口，"云山寺不大，常住的和尚也不多，可寺院倒是很精致。说实话，在南京这么多的寺院中，云山寺是最特别，也可以说是奇怪的一座寺院。你们知道，这里的房子都是坐北朝南的。一般的寺院也都是坐北朝南，可云山寺偏偏是坐东朝西。你们说怪不怪。在南京这么多的寺院里，云山寺也算是幸运的，一千多年里不知道多少次从劫难中死里逃生。我估摸着这也是因为它的位置，既在深山老林，又在云山山顶。每次南京这片有什么打打杀杀，波及的范围也都够不到云山寺所在的地方。不过呢，这种幸运在长毛来了之后就用完啦。"

"怎么？云山寺被太平天国给毁了？"白泽讶异道。

老件作点点头，将苦厄寺最近的历史简要叙述了一遍。

太平天国治下的某日，一个军队的小头目领着二十余个兵卒赶到了云山寺。他们把寺中值钱的财物全部抄没，并且将寺内的佛像悉数砸毁。寺里的僧众上前与头目理论，却被兵卒们痛打了一番。太平天国的人说，世上唯一的真神是上帝，唯一的救世主是太平天国的天王。其他所有的宗教崇拜都是违背天理和人伦的，所以要全部铲除。

云山寺的方丈认定对方是在胡说八道，如果是冲着宗教来，就没有必要抄没寺产。方丈再次与他们理论，要求返还抢掠的财物。领头者一怒之下，就拔刀杀死了方丈。紧接着，他将寺里的僧众全都赶进大雄宝殿，并在屋外上了锁。手下的兵卒们在外面堆上了柴火，想要将僧人们活活烧死，也把云山寺付之一炬。

不过，就在这个当口，诡异的事情发生了。二十多个兵卒中有五个人带了火镰，但是无论用谁的都打不着火。他们不死心，去寺院的厨房里拿了和尚们生火做饭用的火镰。结果，还是点不着火。尝试了数十遍，没有一次成功。众人开始心慌，加上渐渐入了夜，他们就带着抢来的财物整队下山了。

这些当兵的构成都很复杂，要么是务农的农民，要么是流离失所的流民，再不然就是一些土匪。乱世的兵，都是为了混口饭吃，什么货色都有。

故事到这里当然还没有结束。领头者离开时还扬言第二天要再来，不把云山寺烧成灰烬誓不罢休。不过，在他们返回军营的路上，那个头目的战马不知遭了什么惊吓，突然狂躁起来，直接把头目摔下了马鞍。还没等他站起来，战马的后蹄直接踢中头目的天灵盖。就这一击，足以令他毙命。可战马仍不肯罢休，张开大口咬住头目的脑袋左摇右甩，直至听到头骨碎裂的声音，血液、脑浆、碎肉崩了一地。

　　兵卒们慌乱中将战马杀死，也把碎了大半个脑袋的尸体拉回了军营。结合点火烧云山寺的诡异状况，兵卒们个个都心惊胆战，担心自己触怒了佛祖，很有可能遭到和头目一样的报应。事情也正如这些人所惧怕的那样，凡是去过云山寺的兵卒，二十多个人无一幸免。在三天之内，莫名其妙地在军营中接连暴毙。

　　"怎么听起来也是个志怪故事。那几位被关起来的僧人呢？"白泽问。

　　"他们一直在宝殿里窝到半夜。等到长毛们确实没了任何动静，他们才壮起胆子破门逃了出来。几个和尚经过简单商议，连夜把方丈的尸体草草掩埋，然后逃离了南京。他们发誓，要是有战乱结束的一天，他们还要返回南京，重建云山寺。一晃十年，等到智信回到南京，见到的云山寺却是破破烂烂的凄惨样子。"

　　"这些都是智信说的吗？"我想确认下这番说法的出处。

　　"我是听办案的衙役说的。可衙役是从哪里知道的，那我就真不知道了。"

　　白泽没有深究我的疑惑，而是继续着他的思路，问道："怎么？只有智信自己回来了？其他的僧人呢？"

　　老仵作点点头，说："在当年逃离云山寺的和尚里，回来的只有智信，其他人都在逃难的几年中相继去世了。不过，他回来的时候还带回来了六个徒弟。直到发生苦厄寺的凶案，寺里面也就这七个人。"

"为什么认定只有七个人？是因为无人生还案里遇害的僧人只有这七位？"白泽问。

"当年，衙役们都仔细查证过了。智信还有他的六个徒弟是在同治五年的春天回到南京的。他们回到南京后的第一件事就是到府里的僧纲司，还有县里的僧会司做了登记。"

难怪如此。这都是记录在档的僧人。我们谁也没有打断老仵作的叙述，他也依着自己的思路娓娓介绍起来。

智信等人向官府表达了重建云山寺的意愿。官府也允了他们的提议，不过重建的资金需要他们自己募集，官府不会承担任何费用。智信只好亲力亲为，带着弟子们走街串巷，不断向民众劝募。但是，那时候百废待兴，人口回流的也不多。当地算得上富户的人家也远不如往昔南京城里的大富大贵，能劝募的金额非常有限。富绅们捐了这家和那家，就未必能捐给第三家了。

经过一段时间的努力，智信等人还是筹集到了一部分资金。但是，那点资金对于修缮整个云山寺而言也是杯水车薪。等到他们稍微修葺了大雄宝殿、僧房、钟楼，并定制了一部分佛像之后，就开始捉襟见肘。由于寺院所处的位置到南京城有点距离，并且刚刚修缮，使得寺院在开放的前期门可罗雀，连基本的香火钱都无以为继。所以后来的一段时间，七位僧人也是一边向百姓劝募，一边修缮寺院。在这段最为清苦的日子里，苦厄寺竟还闭寺近十个月。据说他们是在为死难者做超度法事。可坊间有谣言传出，说僧人们在劝募之后就携款潜逃了。最后证明，这不过是一群人在茶余饭后无事生非、造谣滋事罢了。

"案子中的不少内容，我都是听办案的衙役们说的。"说着，老仵作抽出一本册子，翻找起来。片刻之后，他指着一处说道："你们看，这里还有记录。苦厄寺的佛像还是向刘家的作坊采购的。据他们当家的证实，最初的一笔尾款拖了差不多半年的时间才结清。"

刘家作坊？采购佛像？听着很耳熟。

我接过老仵作手里的册子，果然看到了刘轩的名字。我给白泽、陶方玉递了个眼色，然后把册子也传到他们手里过目。

"刘家作坊和苦厄寺里的人很熟吗？"我问。

"这我就不清楚了。"

"刘家作坊现在还在不在呢？"我故作不知。

"这几十年过去了，就算在，当年主事的掌柜估计都入土了吧。"

我点点头，同时又看了一眼白泽。

"后来，苦厄寺的情况慢慢有了好转。"老仵作看我们没有追问，便继续说道，"几位都是读过书的，想必比我还清楚。毕竟啊，在清廷的眼里，我们江浙一直都是聚宝盆。他们也想尽早、尽快地恢复这一带的经济。后来，随着流入南京的人口越来越多，各行各业也徐徐开张、发展起来。特别是在智信他们诛杀了修罗鬼后，苦厄寺获得的捐资就多得数也数不过来。那句话怎么说的来着……哦，智信是出于悲天悯人，才把云山寺改作苦厄寺的。"

"您这里有没有那七位僧人的介绍？"白泽问道。

"有，当然有。"说着，老仵作便拾起刚才传看的那本册子，熟练地翻到一页，然后平放在桌面上。

这记录还是比较详细的，将每个人的法号、俗名、年龄、剃度时间、籍贯，还有家乡的具体住址、亲属状况都做了记录。由此可见，当年的清政府对底层百姓的统治管理达到了巨细靡遗的程度。

为了便于说明，我把一些重要的信息单独提炼出来做成了表格。

法 号	俗 名	年 龄（岁）	剃度时间	籍 贯
智信	袁伯宏	62	嘉庆十八年	江苏苏州
普明	常 崇	40	咸丰七年	安徽庐州
普弘	叶仁竺	35	咸丰八年	安徽庐州
普仁	杨云山	32	咸丰十一年	山东泰安
普圆	句林荣	27	同治元年	江苏淮安
普玄	牛初九	26	同治元年	河南汝宁
普正	武子贡	15	同治三年	湖北襄阳

白泽看着记录赞许道："老先生，这记录好详细啊。"

老仵作摆摆手，答道："这些不是我整理的。好在当年的僧纲司、僧会司都有档册可以查。"

"智信的六个弟子都是在逃难的时候收的吗？"册子上白纸黑字写着，白泽还是想再问一遍。

"没错。"

"七个人……"白泽自言自语，片刻之后，又看看我和老仵作，"这个人数……"

老仵作言之凿凿："绝对没问题。当年案子太大，知府里的衙役们也是做了反复的确认。第一，僧纲司和僧会司登记的只有七位；第二，区僧后来的复核也是七位；第三，保长每三个月都要核查辖区内的常住与流动人口，他在最后一次核查中也确认苦厄寺里只有七个和尚；第四，为苦厄寺做帮工，负责送水、送米、送菜，也兼作一些杂事的李家爷儿俩，也确认发生惨案的前一夜，即木桥崩塌的一刻，寺里的和尚只有智信七个人；第五，我们是在通路恢复后第一时间进入的苦厄寺，里面没有活人，遇害的和尚也只有这七个。"

老仵作可能还不知道有第六。这第六就是《修罗鬼志》在叙述苦厄寺无人生还案时，故事中也只出现了七位僧人。

"您刚才说，他们是同治五年回的南京，对吧？"白泽再次确认。

"那就是 1866 年。"我补充道。

"老先生，您提到他们有段时间闭寺了？"白泽问。

"是的。闭寺差不多十个月左右的时间。"

白泽点点头，继续问道："这闭寺的具体时间段，你有记录吗？"

"有。"老仵作翻阅了一会儿，然后将有记录的一页展示给我们。

按公历算，应该是从 1866 年的冬季到 1867 年的秋天。而且，这是一个比较模糊的时间段。而且，除了时间，也没有更为详细的记录。

"只有这么寥寥数笔吗？"白泽问。

"这应该是之前的衙役记录的。如果认为是没有用的内容，就不会写上去。可能是闭门修行吧。"老仵作自行揣测。

"当年另外两位的情况也请您详述一下。虽然我来之前也听委托人说过，可我还是想从您的角度把前前后后都了解一下。"看来白泽没有忘记我们撒过的谎。

"好，那我就多啰唆两句。"老仵作又从我们面前的册子里抽出一本，说，"这里面应该就是你们最关心的那部分了。"

老仵作起身给我们换茶、续水，也示意我们边看边听。

"为了说话方便，我就斗胆直呼名讳啦！"老仵作似乎是在征求我们的意见。

我们都是冒充的，当然也没什么理由拒绝。

他边走动着，边回忆说："事发当年，徐少章是刚到南京不久。加上同行的仆从，一共是四个人。其中一个叫牛宝，另外两个也是跟随他出生入死的心腹亲卫。徐少章是到江南地区寻访名医的，南京只是路过，来见见老朋友。他的尸体我可是亲眼见过的。你们可能想不到，这靠着战功一步步熬上来的武将，居然干瘪得就像……"

老仵作一时想不起用什么来形容，抬眼看到自家墙壁上晒干了的辣椒绳串。"你们看，干瘪得就像这串辣椒。"

"徐少章是有什么了不得的大病吗？为什么大老远跑到江南寻访名医？"我问。

"听他的两个仆从说，徐少章怀疑自己杀戮过重，折了阳寿。而且是赶巧，在他们寻访名医的过程中，听说南京的苦厄寺供奉着可以驱邪灭祟的无什么菩萨，特别灵验，还有大德高僧可以化解什么什么的。有些出家人用的词太拗口，我记不住。反正他是在刚来南京不久，临时安排了行程去苦厄寺烧香拜佛。"

"这么说来，徐少章是听说苦厄寺灵验后才去的？"白泽问道。

"没错。徐少章来到南京后住在郭巡抚家里。这位郭巡抚就是早先在苦厄寺拜佛，说是什么拜完佛自己一身毛病全没了。也是他建议徐少章去的苦厄寺。徐少章带着牛宝去苦厄寺的前后，也没提前知会智信一干人。他们原本是要在当天赶回城里的，可万万没想到，进入寺院之后就彻底断绝了与外界的联系。"

"也就是说，徐少章和牛宝前往苦厄寺完全就是一次偶然性、突发性的拜访。"白泽简要概括。

"对，对，就是一拍脑门子的事情。"老仵作坐回到椅子上，喝了口茶，润了润喉咙。

"徐少章去的那天，苦厄寺为什么只有遇害的九个人？"白泽绕开了"志怪五"中提到的闭寺这一细节，为的就是隐瞒《修罗鬼志》。

其实，我们并非故意隐瞒什么重大的线索，而是一旦抖出《修罗鬼志》，那么就自然涉及我们查案的目的、北京的委托人，还有我最初撒的谎。这一串问题亮出来，就可能引起老仵作对我们的质疑，也对接下来的配合造成麻烦。

"你把手里的册子再翻几页，就应该能看到了。"

我接过册子，果然在后几页有相应的记录。

起因是刘轩提供的塑像出了些问题。详细一点来说，是由于制塑过程中用泥、加水、烘干的火候等环节没有掌握好，导致塑像在山顶遭受了数个月湿气的侵袭，形态逐渐发生了扭曲。其中的大势至菩萨与观世音菩萨的塑像还好，因为身体与手臂基本上都紧贴在一起，各部位重心稳定。不过，无上尊多罗菩萨的情况比较严重。这尊菩萨的四个臂膀分别举着四件法器向四方延伸，原本向上的手臂姿态都已接近下垂。刘轩亲自去苦厄寺确认了塑像存在的瑕疵，并承诺免费提供三尊菩萨的塑像，以及其他相应的补偿。

当初衙役们在苦厄寺搜寻凶手时，也在南院库房中发现了四尊用来供奉于宝殿，但存在瑕疵的佛像与菩萨像。其中阿弥陀佛的塑像受损最为严重，除了手臂被折断之外，其整个身体都从莲花座上扯了下来。

官府将刘轩的说法、徐少章两个仆从的说法，还有郭巡抚的证言综合起来考虑，排除了有人蓄意设计无人生还案的可能。也就是说，苦厄寺的闭寺、徐少章的拜访、独木桥的崩塌，这些细节并非是人为设计的，而是有着各自的来龙去脉，只不过阴差阳错地交织到了一处。

当天去苦厄寺的，只有徐少章和牛宝，其余两个仆从并没有一同前去。当天夜里下了暴雨，出行比较困难，加上大家都认为徐少章会在寺里借宿一夜，于是所有人都没有太挂在心上。第二天，雨势渐小，可临近下午还是不见主仆二人回来。徐少章的两个仆从和郭巡抚府邸的家丁才一道去了苦厄寺。在断崖边遇到了李五丁、李郜父子，知道了事情的来龙去脉。几个人在崖边等待了很久，希望寺里能有人出来沟通一下，看看怎么处理架设桥梁的事情。毕竟，前一天木桥坠毁的事情对方也是知道的。苦等了一天，始终没有人出来。他们在崖边喊破了喉咙，可苦厄寺的大门依旧紧闭。按道理讲，几个人在山间呼喊都是有回声的，寺院里应该可以听见。他们愈发感觉古怪，于是立刻去找郭巡抚拿主意。

"这中间乱七八糟的我就不说了。郭巡抚一发话，当夜就凑齐了一批工匠，用最快的速度设计出草图，采购好材料，并连夜赶工。直到第二天日头冒出来，一条简易的由粗木和绳索构成的临时桥梁就架起来了。虽然叫作桥，但谁也不敢保证没事。所以啊，一开始有胆量踩上去的只有徐少章的两个仆从。"

"凶案发生之后，最早进入现场的只有这两个人？"白泽问。

"没错。这两个汉子在寺院前面叫了半天门，可就是没有人出来。那扇门是从内侧挂上门闩的，靠两个人的身体去撞还差些火候。起初，他们还想翻墙进去，可除了大门所在的地方有石阶，其他地方的墙壁都基本贴着崖壁，根本没地方落脚。最后不行了，他们两个人是用一根粗木硬生生将寺院大门撞开的。这些都被悬崖这边的几十双眼睛看得真真。"老仵作的话语间满是钦佩。

"之后呢？"我问。

"撞开大门之后，他们一眼就看到寺院中央躺着一具穿着青色僧衣的尸体。两个人当即拔出怀里的匕首，冲进寺院里，喊着徐少章和牛宝，挨个屋子找人。结果就是你已经知道的，没有一个活口。"

白泽微微点头，示意老仵作继续说下去。

"接下来，就是南京知府的事了。徐少章的两个仆从始终留在苦厄寺里，他们守在外面不让官府之外的人士进去。他们的想法很简单，也很直接。第一，如果凶手还留在苦厄寺，那么必须提防他在人多的时候趁乱逃走；第二，就算凶手不在寺里，也要竭尽全力保护好可能遗留的各种蛛丝马迹。后来，进入苦厄寺的官府办案人员一共五个人。其中，三个是衙役，另两个则是仵作。"说着，老仵作轻轻拍了一下自己的胸脯，表示自己的身份，也亮出了自己年轻时的胆量。

"这么大的案子，为什么只有五个人去查案？"白泽有些不解。

"去的有二三十号人，可有胆量爬过那座桥的就只有五个了。加上最早过去的两个汉子，在桥搭建起来之后的一段时间里，只有这七个人进出苦厄寺查证。我们在小小的寺院里搜了个底朝天，可就是找不到一个喘气的。衙役们把凶手可能藏身的办法都寻思出来，一一核查。比如，凶手可能藏在苦厄寺外围的石阶下面，或者乱石的缝隙中；也可能吊着绳子藏在岩壁的天然洞穴里；或者通过某种办法从山崖逃脱；又或者存在非常隐蔽的密室、密道，等等。"

不用多说，凶手铁定是没有被找到。这些过程也被当年有心的衙役记录了下来。

苦厄寺一侧的山顶没有多少植被覆盖，从寺院门口向下微微低头便能一览无余；云山的崖壁也是几乎垂直的石面，上面只有寥寥的野草，没有任何可以藏身的洞穴；凶手采用绳索直接从山顶逃离的可能也不存在，所需的材料无论是采购、运输、使用，都会非常引人注目。而且，在山崖下也没有发现被废弃的绳索。根据云山的海拔，如果凶手逃离时还要携带绳索等工具，那至少需要五个壮汉。从山崖断桥处逃生的结论也否定了。数丈的距离，飞身一跃肯定会跌个粉身碎骨。如果说是利用其他工具搭建了简易桥梁的话，那应该会留下架设过的痕迹，然而现场并没有找到类似的痕迹。

"凶手有没有可能因为走投无路而跳崖？"陶方玉问。

"云山山下有很多的乱石，树木也不多。当年有人从山下绕过去瞧过，没有新死的。"老仵作回以明确的答案。

陶方玉从他的思维角度又接连提了几个问题。

我倒是对册子后面几页，关于苦厄寺是否存在密室的细节产生了兴趣。

衙役们在当天就找到了曾经负责修缮寺院的工匠头领，把人家装在大木桶里吊进了苦厄寺。这位工匠的回答简明扼要，说云山是一座石头山，连山顶、山壁都挤不出几株草木。如果说要在这么一大块石头上开凿出密室、密道之类的东西，会非常耗时耗力。当年，工匠在正式修缮寺院前，对破败的建筑及环境做了详尽的检查，并没有发现任何暗格、暗道。后来，工匠把云山上的每一寸土地都瞧了个遍，断言没有丝毫问题。在有地砖的地方，每块砖与周围的几块都是按照它们最初的排列次序密闭接合，没有凹陷、凸起的情况。在没有地砖的地方，除了仔细看地面是否存在可疑的缝隙外，工匠还进行踏空的尝试，并且把能搬动的物体都尝试着移动过，也检查过其下的地面。

工匠最后的解释也合情合理。首先，在刚处理过的石头上重新开凿并修补的话，必然会留下相应的痕迹；其次，这位工匠在修缮时一直监督手下人的工作，由于时间不久，他清晰地记得各处修补的外观，并确认案发后这些地方没有任何变化；第三，就算是苦厄寺的僧人私自开凿，或者又雇了另一批人，工匠不可能一点耳闻都没有，因为涉及的环节太多，比如雇人、开凿、修补，还要补充器具、购买材料、运输等等；第四，苦厄寺并没有反反复复多次闭寺谢客的情况，而且每次闭寺的时间也不长，除了最初的那十个月左右。纵使智信等人在夜晚修建密室，但白天香客来来往往的，多少也会察觉到。可没有任何相关的消息传出。

除了检查地面是否有问题，他们对墙壁、顶棚的情况也进行了分析，结果都予以了否定。如果墙壁做了夹层，那么观察下门窗就可以一目了然，相比检查地面要简便很多。特别是大雄宝殿，四面墙壁基本上都是贴在崖边砌成的，如果要做夹层，那会相当耗费时间和材料。并且，大雄宝殿内的墙壁上都画着壁画。壁画还是原先的样子，没有改动的痕迹。而且不少地方因为湿气而大面积污化，颜色深浅不一，确实是长时间侵蚀的样子。

顶棚呢？这里有没有可能藏人？我迅速在脑海中挖掘着每一种可能。

翻到下一页，果然有关于顶棚的记述。

这一点也由匠人确认过了。寺院中的大殿、房间在屋顶的构造上非常讲究，不是民间穷人家铺上几张破瓦就可以应付的。苦厄寺虽然不是什么皇家殿宇或者大型寺院，但主事的工匠也是位信佛的居士，他对苦厄寺的修缮一事极为用心。以苦厄寺的大雄宝殿为例，大殿屋顶的基本构造为梁、檩、椽的组成模式。首先，在梁上架设好檩条，并在檩条上铺满细而密的椽子。椽子的细只是相对于梁与檩而言，其实苦厄寺的椽子也有成年人的小腿粗细。然后，每两条椽子的间距规定在半尺。为了做到防雨、防风的效果，椽子上要铺上一层约一寸厚的望板。望板上再铺一层黄泥与秸秆的混合物，即泥背。泥背是用来防水的，同时也起到黏合剂的作用。此外，泥背会使屋面更加坚固、安全。在铺上一层两寸厚的泥背之后，才能铺上青瓦。青瓦除了从上而下一片压着一片，还要在横向上采用正反交替的铺设方法，使之咬合更加牢固。这样一来，铺设出来的瓦片形成了垄沟，一条凸起的青瓦压盖住另一条凹陷的青瓦。雨水就可以顺着凹槽流到地面，如此形成巧妙的防水、排水构造。一套工序下来，就完成了兼顾安全、牢固、耐久、实用等多方面的屋顶构造。

读完这里，我不禁在内心惊叹。可接着往下读，我也意识到从顶棚考虑下去也必然是个死胡同。

工匠都不必耗时去细细检查，仅在高处扫了一眼青瓦，又在门窗尽开的大殿内随便扫了一眼顶棚，就拿着几十年的手艺，还有自己的性命担保，绝对没有人为改动过的痕迹。且不说由泥背黏合、固定，横竖交错铺排的瓦片没那么容易揭开，就算揭开了还要再刨开两寸厚并且已经硬化的泥背。等到刨开了泥背，又要再掀开一整片望板。望板之下，要再锯开至少一条椽子才能穿行。纵使你把这些工作都做完，也不可能不在室内留下蛛丝马迹。就算掉落在大殿内的灰尘、木屑、泥土都被及时清扫干净，但若还要制造一间密室，就得放回望板、回填已经碎烂的泥背，但恢复青瓦之前的模样绝无可能。所以通过屋顶来制造暗道、密室是不可能的。此外，由于山顶湿气较重，瓦片上都黏附着一层湿滑的青苔，人站在上面极容易打滑，根本站不稳脚跟。而且，只要你从屋顶滑下来，十有八九会直接掉落悬崖。

我不禁想起手记中说的，苦厄寺就是一座悬浮在穹庐上的孤岛。

"如果将工匠也算上，那么进入过寺院的一共就有八个人了？"白泽问道。

"对，前前后后一共八个人。三个衙役，两个仵作，徐少章的两个仆从，还有就是那个工匠。"老仵作详细答道。

"像工匠、李五丁父子都是与苦厄寺来往比较密切的人，他们是否也存在嫌疑？"白泽问。

"他们和苦厄寺的关系都非常简单，嫌疑很快就被排除了。寺院需要修缮，工匠们就出工出力；智信他们需要柴米油盐，李家的父子就应下了这门活计。说到他们的不在场证明，也是多到我没法一一列举。徐少章他们去苦厄寺的当夜，工匠由于伤痛一直在家里养病，包括郎中在内，一共有七个人可以为他做证。李五丁那天过生日，晚上邀请了几位亲友在家里吃酒，一步都没离开过。"

"这么说来，所有的焦点又全回到了苦厄寺。"白泽微微失望。

"其实，智信他们与刘家，还有李家爷儿俩都或多或少地存在矛盾，可这些矛盾相比屠戮整座寺院的案子来说，只能算是鸡零狗碎的屁事、小事了。"

白泽喝了口茶，若有所思地自语："一夜连杀九个人，这其中的动机也值得细细揣摩啊。"

"那座木桥真的是因为年久失修才塌掉的吗？"陶方玉问。

"李家爷儿俩对木桥的事情也做了证明。那座桥有年头了，上面的蝼蚁密密麻麻，又在风里雨里泡了一百多年，早就烂得不成样子了，塌掉就是早一天晚一天的事情。而且，其他一些香客也能证明这一点。"

白泽微微颔首，说道："围绕着无人生还案，存在着很多偶然性和突然性的因素。"

我也有和白泽一样的考虑。如果是临时起意的凶杀,那凶手的心智说不定极其不正常。我无法想象,什么样的动机可以触发如此血腥惨烈的屠戮。册子上说,在案发当天,李氏父子与徐少章、牛宝有过照面。李氏父子告知他们苦厄寺当天闭寺,不会接待香客。但徐少章和牛宝充耳不闻,表现出一副鄙夷不屑的样子,连话都没有答。假如他们两个人放下骄横跋扈的姿态,说不定还能躲过那场劫难。

"会不会有其他人也拜访了苦厄寺,而李家父子却没有看见?"陶方玉今天倒是很活跃。

"不可能。李家是依附在寺院下讨生活的,他们每天都要为苦厄寺挑去柴米油盐、瓜果时蔬,甚至连饮用水也要从山下挑上去。平时需要采购的东西很多,他们父子俩就从别的商家那里买过来,一般要求对方在每天早上,按照约定好的时间送到云山的山脚下,然后再由父子俩挑上山。那天也和往常一样,他们父子在卯时二刻就已经在山脚下了。两个人所在的地方又是通向云山山顶的唯一通路。"

"为什么一定要在山脚下?"陶方玉追问。

"因为那是最近的可以汲水的地方。李家爷儿俩每天都要把水一担一担地挑到山上。这一整天,他们都没有离开云山半步。而且,也只见到徐少章和牛宝两个人。"老仵作确认道。

"您刚才还提到李氏父子和徐少章手下的两个仆从在崖边相遇,大致时间有没有印象?"白泽问。

"这个……"

老仵作也不是对每一处细节的时间点,都记得很清楚。

册子在我手里，侥幸在后一页翻到了相应的记录。

"这上面说，他们双方相遇的时间是在未时左右。那天上午的雨势小了不少，但一直下到午时二刻左右。这期间也是伴随着雷电。为了可以及早沟通架桥的事情，李氏父子在已时就到了崖边。父子俩轮流守候，却迟迟不见寺院有什么动静。最终却等到了徐少章的仆从。"

"还是将所有的矛头都指向了苦厄寺里的九个人。"白泽说。

紧接着，册子上便是关于凶案的直接描述了。

当年，那两位最先进入苦厄寺的仆从并未参与官府的办案，所以他们对整个案件的细节并不清楚。工匠虽然也进入过苦厄寺，但在他们到达之前，初步的尸检就已经完成，所有的尸体都用草席与白布裹好，直接运到了南京知府衙门。所以，他不知道九个人的具体死因与死状。三名衙役掌握的内容比较多，但是不全面。而且，这三个人把重点放在了搜寻幸存者和凶手的环节上。所以，对整个案件细节内容上掌握最多且最细致的就是两名仵作。

此外，由于这件案子中的遇害者较多，而且涉及官场里的人物，所以南京知府和郭巡抚都极力避免声张。毕竟，底层的百姓听风就是雨，如果再被一些好事之徒盯上，什么乱七八糟辱没死者名声的谣言都会瞬间铺天盖地。

可往往越是隐瞒不说，坊间的臆测和杜撰就会越凶猛。

"老仵作，您讲一讲凶案现场是什么样的吧。"白泽说道。

老仵作先是闭上双眼回忆了一会儿，之后缓缓讲述起来。可能是上了年纪，也可能是太久没有关注修罗鬼的案子，老仵作断断续续地讲了二十多分钟。

普正的尸体在解忧所，准确地说是在茅坑里被发现的。在解忧所门口有一摊血迹，结合尸体移动的痕迹，这里应该就是普正遇刺的地方。他的背部有十一处刀伤，刺中心肺的两刀是致命伤。除此之外就没有其他的伤痕了。

普仁的脑袋就像颗西瓜，被一柄宽口斧劈中了额头。凶手这一击用了很大的气力，斧头基本都吃进了脑壳里。在搬运尸体的时候，一个衙役费了天大的劲才把斧子拔出来。再有，床榻上留有大量的鲜血，可以说明普仁是在倒卧处遇害的。而且，他的身上只有这一处伤口。

在隔壁的僧房里，普玄和普圆都死在自己的床榻上，两者均被割喉，再无其他伤口。根据现场的大量血迹看，他们所住的僧房就是第一现场。

普弘和普明两个人同样在自己的屋内遇害。普弘胸腹部中九刀，普明胸腹部中十三刀。两个人倒在床上，存在反抗的迹象，他们的血浸透了被褥。

说到智信，让人不得不注意到他诡异的死状。他的尸体仰躺在正院里，身着一件青色僧袍，胸口插着一根降魔金刚杵。这根金刚杵穿透了智信的后背，钉在了地砖上。而且，他的头被割了下来，左耳也被削去。

听完老仵作的叙述，我们三个人不禁交换了眼色。这里不少细节都与"志怪五"中所写的吻合。

"头被割掉了？那他的头呢？"白泽为之一惊。

"这一处我想起来就毛得慌。智信的脑袋就摆在寺院中央的大香炉上。他的脑袋和尸身相隔了十丈左右的距离。而且，智信的脑袋上还罩着修罗鬼的面具。"

"修罗鬼的面具？"陶方玉问。

"除了修罗鬼的面具,智信的手里还握有一把尖刀。经过辨认,这把尖刀就是之前修罗鬼案件中,杀害马氏母子的那把凶器。同样,这把尖刀也是杀害普正、普玄、普圆、普弘、普明、徐少章,并割下智信头颅与耳朵的凶器。"

"什么?"白泽微微一惊,"这件凶器似乎隐含了很多信息。"

"还有徐少章和牛宝的死因,你们看吧。"说着,老仵作重新找出一本册子递给白泽。

白泽接过笔记,大致浏览起来。

遇害者	陈尸处	死　因
牛　宝	南院库房	后脑遭钝器重击
普　正	解忧所	背部十一处刀伤,两刀刺中心肺,无其他伤
普　仁	僧房	头部遭斧劈,无其他伤
普　玄	僧房	割喉,无其他伤
普　圆	僧房	割喉,无其他伤
普　弘	僧房	胸腹部被刺九刀,无其他伤
普　明	僧房	胸腹部被刺十三刀,无其他伤
智　信	正院	胸前刺入金刚杵,被砍去头颅,削去左耳,无其他伤
徐少章	法堂	胸前被刺七刀,无其他伤

白泽接过册子,说道:"徐少章是在法堂内遇害的。胸前被刺了七刀。根据现场血液的流量与痕迹判断,法堂就是他遇害的地方,

而且他在生前还有过搏斗。牛宝是后脑遭受钝器重击而亡。"

"没错。当年衙役们在大雄宝殿内，也找到了一根断成两截的门闩，还有被撬开的功德箱，可他们觉得这些细节和案子无关，也就没有将心思放在上面。再有，斋堂门口的那条狗也死了。脖子上被刺了两刀。"

"老先生，牛宝的死亡时间呢？"我问。

"牛宝的死亡时间要比其他人早两至三个时辰。剩下八个人则无法推断具体的遇害时间，只能断定是在同样的时间段里遇害的。虽然经历了一夜的大雨和低温，但是尸体还是可以辨认出来。当时被拉去辨认死者身份的人有好几个，包括了工匠、刘轩、李氏父子、徐少章的仆人、郭巡抚，等等；都一一确认了身份，没有任何问题。"

"那身份上就没有文章可做了。"白泽微微蹙眉。

我接过白泽手中的册子，在后面看到了相应的记录。

徐少章和牛宝的身份最容易确认。首先从衣服上就能确认身份，就算不看面容，他们两个人身上的刀伤、箭伤也都可以证实，这一点绝对无法造假。

智信在诛杀修罗鬼时受过刀伤。曾经为他诊治、上药、包扎的大夫做证，那具被割去头颅的尸体就是智信。其他人看到他的头颅后也认出是他。智信头顶的十二颗戒疤也尤为醒目。而且，头颅被切割处的伤口与躯干脖颈处的伤口是吻合的。普明的手腕处有刺青，文着一条五步蛇。普玄的身份是通过额头上两寸长的疤痕所确定的。那道疤像条弯曲的小蛇。普仁的面孔虽然扭曲，不过他的身形还在。他是那种不常见的肥硕体态，而且右脸颊下侧有一道一寸长的疤痕。普正的右耳下有一颗黑痣。其他两个人虽然没有直接的身体特征，不过由于尸体还没腐化、膨胀，所以都很容易辨认出来。

"在现场还有其他什么发现吗？"白泽问。

"现场很干净，没有什么是有用的线索。行凶时下着漫天的大雨，连一处可疑的足迹都没有留下。不过，几名衙役无意中搜出了七条假辫子。虽说这可能是几名僧人在流亡时使用的道具，可想来想去，我还是记了下来。再有，我们还翻出了一些贵重的东西。黄金、翡翠、珍珠……什么都有。"

"徐少章不是也送了些功德礼品吗。"我倒是不觉得有什么问题。

"还有些，不知道说了有没有用。我们翻遍了法堂、方丈室，还有三间僧房，可没瞧见一本经书。李家爷俩还提到，普圆还让他们买过几次酒。不过，这个酒的问题应该好解释，也和刘轩核实过，确实可以用来擦洗皮肤上的金漆。再有，李家爷俩还多次为普仁买过鸡、鸭、鹅这类的家禽。普仁解释说那是为了降伏修罗鬼而锤炼法器，可以把游魂野鬼怎么怎么了，反正是功德无量。"

"什么时候买的？"白泽对这一细节也颇有怀疑。

"购买的次数比较多，能想得起来的也就三次。第一次是在诛杀修罗鬼的前三天；第二次是在诛杀修罗鬼后的半个月；第三次是在无人生还案的前一个月。"

"还有其他奇怪的事情吗？"白泽问。

"有，当然有。那天我们搜查完，夜里又开始下起小雨，其间也打了几次闪电。好像是在后半夜的时候吧，苦厄寺被闪电击中，着了大火，包括僧房、长廊、法堂、斋堂、大雄宝殿在内，整座寺院毁于一旦。北院的僧房，南院的斋堂和法堂都是破碎的瓦砾，还有烧得炭黑的墙壁。大殿的顶棚、西南角的墙壁也坍塌掉了。顶棚的塌落将殿内所有的佛像都砸成了一堆烂泥。"

"大火之后还有人去查看过吗？"白泽追问。

"我和我师父去过。我们天天都和各类尸体打交道，在衙门里算是胆子最大的。整个苦厄寺被烧得乱七八糟，算是彻底毁了。那些佛像、菩萨像等，被梁、椽砸中，头部、手臂七零八落掉了一地。本以为这些菩萨、罗汉可以保佑乱世中的老百姓，可到最后，这些神居然连自己的塑身都保护不了。"

说罢，老仵作轻轻饮了口茶，带着一种复杂而又期待的表情说："我知道的所有事情都告诉你了。更多细致的东西，你们可以在这些册子里翻一翻。"

白泽微微颔首，称赞道："五十年了，您还能记住这么多庞杂的线索，太让晚辈佩服了。"

老仵作摆了挥手，笑道："已经大不如前了。"

"当年街头巷尾的议论也不少吧？"白泽问。

"那是当然，谁能想得到呢。曾经诛杀了修罗鬼的佛门高僧居然会死得这么蹊跷，而且还是全寺都遭到屠杀，一个活口也没留下。这传闻差不多可以分成两种，一种是说智信放跑修罗鬼是给自己埋下了祸根，那只修罗鬼带着成千上万只修罗鬼来复仇，把苦厄寺上上下下能喘气的通通杀死了；另一种是说，智信和六个徒弟血战来复仇的修罗鬼，最后同归于尽。"

"老仵作，您相信这些传闻吗？"陶方玉问。

"我当然不信。不过，从那之后南京就太平了，再也没有出现过什么修罗鬼。"

……

"子廷，你今天起得好早啊。"白泽拖着一副刚睡醒的样子步入书房。

"我也不知道怎么回事，就是睡不着了。"

"这是什么？"白泽拾起我放在桌子上的一张图画。

"我昨天夜里闲着无聊，就依着老仵作册子里的简图和描述，重新画了一张苦厄寺的平面图。"

"你还有这本事？"

"随手画的草图而已。走，叫上子麟，咱们先吃早点去。"

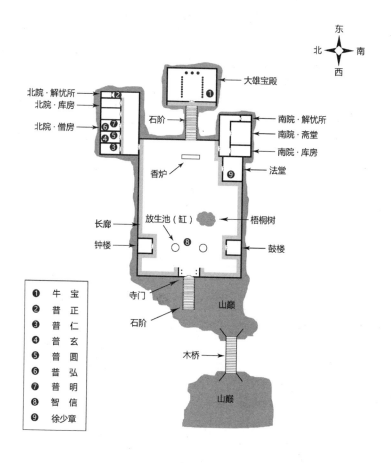

"修罗鬼系列案"的线索已经全部呈现。如果您对破解谜案感兴趣，此刻就可以合上本书，开始破解了。

　　有必要提醒的是，书中结合了诸多民俗、宗教、历史、人文等方面的内容，涉及诸多专业知识。所以，从此处着手探案，难度系数较高。如果您认为以此为切入点解答索然无味，可以直接进入第九章。

第八章
梵刹魑魅

今天不出门，重点工作便是梳理手中的线索。白泽虽然贪吃，倒还懂事，早上和我们一起将就了小笼包、白米粥，还有几样咸菜。

回到书房，我们再次围坐在茶案旁。和几天前一样，陶方玉依旧负责侍茶。今天虽然没有极品大红袍，但这龙井也绝不是什么次货。

白泽再次拿起我画的草图，说道："标注得很仔细啊。"

"大概有个样子而已。"我答道。

"你昨晚几点睡的？"

"大概一点多吧。翻来覆去一直在想案子。"

"我也是。我躺在床上琢磨了两个小时。"白泽说。

"有什么眉目了？"我问。

"有倒是有。不过迷迷糊糊地就睡着了，我还没搞明白是自己想到的还是梦到的。"

陶方玉听了也是一笑，说道："做梦都能推理出案情，清石哥你可真厉害。"

"好啦，言归正传。其实，整个案子的不解之处非常多。"白泽喃喃叹道。

一听到他开口，我也立即跟上思路，说："综合当年繁杂的线索，我只要稍微深入一下就如堕五里雾中。我理出了一条线索，以为顺藤摸瓜就可以触摸到真相，可想着想着，线索就莫名其妙地中断了。我以为换一个切入点可能有所收获，可翻来覆去，还理不出个头绪。"

令人茫然不解的问题着实数不过来：

是谁犯下的修罗鬼案？

这本志怪小说的执笔者是否就是一系列凶杀案的真凶？

如果执笔者不是凶手，那么这个执笔者是如何知道一系列凶案的诸多细节的？

执笔者和修罗鬼系列凶杀案有什么关联？这本《修罗鬼志》为什么只记录了当年的部分案件？

修罗鬼这种异世界的鬼魅妖怪是否真的存在于人间？

究竟有多少只修罗鬼？当年诛杀修罗鬼的事件中，智信是否果真将修罗鬼咒灭成了一摊血水？

手记中说牛宝死于密室，这一点是否可信？

如果大雄宝殿完全密闭，那密室是如何形成的？

苦厄寺无人生还案的真凶是谁？

无人生还案中的凶手是否是当初逃遁的修罗鬼？

苦厄寺里的七位僧人与修罗鬼系列案件有什么关系？

修罗鬼为什么要给智信被斩断的头颅戴上面具？

我的这些疑问像一只只蜜蜂，在我脑子里飞来飞去，嗡嗡嗡地吵得头疼。

"子麟，你对整个案子是怎么看的？"白泽将目光移向陶方玉。

陶方玉不知是谦虚还是羞涩，答话道："我也有很多疑惑理不出来。"

"我们权当讨论。仅靠我一己之力也未必能有所收获。"白泽说道。

"好吧。那我就谈一点自己的浅见。"陶方玉搔了搔头，说道，"首先，这本《修罗鬼志》里记述的内容、细节与当年的案件高度相符。而且，我们也亲自确认过，在我们找到刘轩之前，他从未对任何人提起过自己父亲被送回家后的各种细节。许仵作也多次重申他们在五十年间始终守口如瓶。除了我们三个人和凶手，目前还没有其他人在"刘福安噬魂案""马氏母子断头案""诛杀修罗鬼案""苦厄寺无人生还案"上同时存在交集。仅仅这一点，我就断定写这本手记的人如果不是凶手，就一定与凶手存在极深的关系。"

白泽颔首表示赞同。

"其次，修罗鬼一定与苦厄寺存在某种说不清、道不明的联系。从智信等人一心为死者超度，到他出游时偶遇樵夫，得知了当地修罗鬼肆虐，再到成功诛杀修罗鬼，最后又被修罗鬼所屠戮，这里面可能隐含着尚未挖掘出的信息。我现在也只能梳理出个大概情况，早前我自己做的假设与推理全都成了死结，说了也无济于事。"

说完，陶方玉将桌上的茶杯逐一斟满，然后递到我和白泽跟前。

白泽举起茶杯，凑到鼻子下轻轻嗅了嗅，然后开口说道："对于你提到的第一点，我还想稍作补充。我个人以为，这本《修罗鬼志》的作者就是整个系列案件的真凶，至少也是涉及刘福安、马氏母子和苦厄寺案件的元凶。"

"你这么肯定？"我双眸一亮。

白泽放下茶杯，拾起桌面上的《修罗鬼志》，随手翻阅着，徐徐开口道："第一，这本手记的封面已经破损得非常严重，其内页的纸张也明显泛黄、破损。但是，装订线却是新的，且装订线的走势混乱，上面的部分比下面多扎了一次。由于是新扎的书线，书页也出现了错位，参差不齐。所以，很有可能是写这本手记的人自己扎的书线。"

"这能说明什么？"我疑惑道。

"《修罗鬼志》可不是市面上统一印刷出版的册子，而是有人一笔一画，用心写出来的。说明这本手记的作者珍视这本书，他想一直保存下去。已经破损成这个程度，除非这本手记对其非常重要，否则一般人都会把它丢弃。"

我点点头，示意自己大致明白。

"第二，书中没有落款，没有成书时间，没有序言，没有批注。这几个细节说明作者谨小慎微，不想留下任何可能与修罗鬼系列案牵扯上关系的书面证据。《修罗鬼志》更像某个人的日记，一本记录了血腥杀戮的回忆录。"

"那有没有可能是别人代写的呢？比如自己最信得过的某个朋友，或者亲属。"陶方玉问。

白泽站起身，在我们对面来回踱着步，不紧不慢地回答："可能性微乎其微。在手记里，凶手对自己的描述要么隐晦，要么跳过不写，极力隐藏自己的真实身份与特征。这个人处处谨小慎微。如果凶手找别人代笔，就不担心自己是杀人恶魔的事情败露吗？就算代笔者是关系极其亲密的朋友，抑或家属，可一个具有正常思维的人是否会把自己肮脏、可鄙、恐怖的过去悉数说出？至少这个凶手不会。他是杀了很多人，但并没有丧失理智。从过去发生的案件，到写这本手记的手法，每一处他都绞尽了脑汁。冒无谓的风险与其性格相悖。"

"明白了。清石哥的补充比我刚才的想法更进了一步。"陶方玉连连点头。

除了白泽所说的，我还认为作者一定是受过些教育的人。这点从会写字，还能写出长篇故事就可以猜想到。虽然字写得有些扭捏，但好歹能认能写。不过，其接受的教育程度并不高。这从错字、病句、词不达意上就可以知晓。

"我们这几天搜寻线索的经历也不用多说了，基于这些事实的叠加，《修罗鬼志》所记载案件细节的真实性毋庸置疑，对吧？"白泽指着桌面上的《修罗鬼志》说道。

言及此，似乎好戏就要开场了，我和陶方玉连连点头称是。

"作者可以将诸多的案件细节都写出来，唯独不见凶手的音容。我们接下来要做的，就是基于这本《修罗鬼志》，还有我们掌握的线索，尝试着将潜形匿影于字里行间……"白泽说了一半又突然卡壳。他低着头笑道："呦，小胖子，你又胖了。"

小胖子？我和陶方玉愣了片刻，瞬间就明白过来。哮天犬又跑出来了。它吐着舌头在白泽的双脚间绕来绕去，玩得正欢。

白泽又逗趣道："你也不担心哪天胖死。"

咦？好熟悉的感觉！类似的话我好像也对某人说过。

哮天犬似乎没听见，还是死皮赖脸地往白泽裤腿上蹭，一副很亲近的样子。

"我把小家伙抱出去。"陶方玉起身要去抓哮天犬。

白泽摆了摆手，说道："算了，我坐下来说。就让它自己蹦跶一会儿吧。"

等白泽坐定，我便立刻开口问道："这么说来，你已经找到合适的切入点了？"

"找到了一处，不过能否有用，还有待商榷。"白泽点点头。

"从哪里入手？是刘福安的"噬魂案"吗？"我问。

"不，是苦厄寺的'无人生还案'。"

我略微有些诧异。要知道，苦厄寺的案件是最复杂的，而且手记中"志怪五"的篇幅也较其他四篇更长。他为什么要选择这件着手呢？难道说，越是话多，越容易暴露出更多的破绽？

"那清石哥你具体要从哪一处着手突破？"

"智信，还有他的六个弟子。"白泽斩钉截铁地回答。

"智信？"我并未察觉到智信等人有什么明显的异样。

"是的。接下来我要说的内容你可能接触过，不过涉及得较为浅显。我也尽量用最简单的语言来说明。"

我和陶方玉当然是洗耳恭听。不过，但愿不是什么难以理解的冷僻内容。

"我们先来理一理什么是'鬼'。"

"鬼？"我一脸茫然，不明白他葫芦里卖的什么药。

"在《礼记·祭义》中有言，'众生必死，死必归土，此之谓鬼。'《礼记·祭法》中有云，'庶人庶士无庙者，死曰鬼。'在许慎的《说文解字》中提到，'人所归为鬼，从人，象鬼头。鬼阴气贼害，从厶。'《风俗通》中也说道：'死者，澌也；鬼者，归也；精神消越，骨肉归于土也。'"

白泽信手就可以引经据典的能力，令我无比羡慕。虽然还不清楚白泽究竟要如何撕开案件的缺口，但想必是成竹在胸。

白泽喝了口茶，继续说道："刚才我所提到的几点内容，是中国文化在早期对鬼的阐释。虽然在后世的千百年间，相继又延伸出诸如鬼怪、动物鬼、植物鬼、器物鬼、脏器鬼、场所鬼等形形色色的鬼形象，但占据主流地位的依旧是人死之鬼。当然，这种对鬼的信仰基本只存在于普通民众之中。从春秋时期的孔子、战国时期的孟子，到两汉时期的儒士、后来的宋明理学家，再到清朝的饱学之士都否认鬼神之说。儒家学者认为生与死只不过是一种自然发生的情况，没有任何特别之处。然而，底层的民众由于缺少文化上的熏染，更缺乏理解神秘事物的能力，对于'鬼'的理解与阐释，随着时间的推移而愈发丰富、多样起来。"

"你是说由一个单纯的狭义概念，逐渐变得宽泛起来。"我以自己的理解换了另一种说法。

陶方玉也是一脸羡慕，聚精会神地听着白泽分析文化背景。

"是的。中国的鬼，在最初也算是本土巫教中的内容。后来，随着佛教的传入、道教的兴起，鬼的概念也逐渐渗透进了佛教和道教之中。而佛教与道教为了自身的发展，迎合了民众的需求，为人的生死问题提供了种种不同的解释，包括地狱、阎罗的各种版本。"

白泽看了一眼陶方玉，然后指了指茶杯。陶方玉听得入神，这才反应过来要给白泽续一下茶。

"这有什么不同吗？"我问。

白泽故意放慢了语速，说道："从佛教的世谛来看，鬼是存在的。之前我也向你们稍稍提及，在佛教中将万物众生按其欲念和存在形式分为欲界、色界、无色界三种，统称为三界。居住在欲界里的众生，自上而下，又分为天道、修罗道、人道、畜生道、鬼道、地狱道。鬼道众生无非存在于这六道中的一道而已。我这里说的是六道，而非早期的五道。"

陶方玉微微歪斜着脑袋，蹙着双眉，流露出无法理解的神情。

"小弟弟，水满了。"白泽对陶方玉说道。

陶方玉这才意识到茶水早就溢出了白泽茶杯，慌手慌脚地用茶巾擦拭起来。

"六道中的鬼道在较早的典籍中也称饿鬼道。这是因为在鬼类中饿鬼最多的缘故。在鬼道中，除了饿鬼，还有诸如罗刹鬼、夜叉鬼、噬魂鬼、食气鬼等等；鬼道众生是生活在另外一个世界的生物。"

"另一个世界的生物？"我不解道。

"也可以说，它们生活在另一个我们无法触及的空间。在佛教中，这些鬼道众生和我们人一样，有生死，过轮回。"

"我还是没有明白，人死后成为鬼，鬼再进入轮回，然后投胎做人。不是这个逻辑吗？"

白泽摆摆手，更正道："这是我们世俗中的理解。在佛教中，人是人，鬼是鬼。两类众生在各自的世界独立存在。简单来说，你可以把我们人的世界替换成鬼的世界，把不同民族和国家的人替换成不同的鬼。"

"好像有点明白了。"我搔了搔额头，又问道，"那在佛教中，人死后究竟会成为什么呢？"

"中阴身。"

对我而言，这是一个极为陌生的词汇。这几天，我算是见识了白泽大脑中所累积的诸多冷门、偏门的知识，也不知道最后自己可以记住多少。

"人死后为中阴身，再由中阴身进入六道轮回。"

"修罗鬼也是鬼道中的一类生物吧。"陶方玉问道。

"那你需要先知道修罗是什么。"

怎么？鬼的内容算是讲完了？我怎么感觉和苦厄寺的凶案没什

么联系呢！我很想打断白泽，但是看他一副严肃、专注的表情，就把话咽回到了肚子里。

"修罗与阿修罗两个词都源于梵语。修罗的意思是端正，阿修罗的意思恰恰相反，是不端正的意思。如果细致区分，修罗指的是善意的神；阿修罗则是邪恶的魔。不过，也可以将修罗一词当作阿修罗的简称。由于是音译的关系，阿修罗汉字的写法较多，但都指向同一个形象。在《楞严经》《长阿含经》《佛说观佛三昧海经》里都载有关于阿修罗的记录。阿修罗就如同人、鬼一样，有着属于自己的世界。"

"这么说来，它们也有生死，也进入轮回吧。"陶方玉说。

"没错。在《长阿含经》中有记载，阿修罗属于卵生。而在《楞严经》中提到，阿修罗因业力的牵引，分为胎、卵、湿、化四生。人、鬼、阿修罗在各自的世界中都面临着生生死死，以及六道轮回。我说的已经非常简明扼要了。"

我似乎有点明白了。做一个不太恰当的比喻，就如同山林中的野兔，深渊中的池鱼，各自存在于截然不同的世界。

白泽继续延伸阿修罗的话题，我似懂非懂。有些词听起来我连字该如何写都不清楚。

在佛教的典籍中，阿修罗生性好战，经常率领部众与帝释天血战。每每恶战下来，必然是尸横遍野。所以，阿修罗战斗过的大战场也被称之为修罗场。阿修罗的形象源于印度教，是一类邪恶的魔王。由于印度教中绝大多数神祇、魔王的形象都以多首、多臂、多足的形象出现，所以阿修罗在佛教典籍中的形象也承袭了这样的特点。比如，毗摩质多罗阿修罗王有九头，头上有千眼，口中出火，有九百九十手，有六脚；有的阿修罗有千头二千手、万头二万手，或三头六手；还有的遍体赤色，右手执剑，左手握拳。由于阿修罗多首、多臂，每次战斗可以手握几十、几百件，甚至上千件武器，战斗力极强，所以与之战斗的诸多天神也相应地以多首、多臂、多足的形象出现。

"就如同在苦厄寺大雄宝殿正中央所供奉的无上尊多罗菩萨？"我问道。

"是的，正是这类形象。不过，这不是重点。"

"什么不是重点？"我有些跟不上白泽的思维。

"大雄宝殿内供奉的形象与组合。"

陶方玉也有些跟不上白泽的节奏，直接开口说道："清石哥，阿修罗的事情这就讲完了？"

白泽点点头。

"可我完全没明白是怎么回事。"陶方玉也说出了我的困惑。

怎么说完鬼就突然跳到了阿修罗？然后在阿修罗与案件的关系没有理清的情况下，又冷不丁跳转到了佛像的问题上。

白泽撇了撇嘴，说道："鬼是什么，我说了没有？"

我和陶方玉点点头。

"阿修罗是什么，我说了没有？"

我们又点点头。

"这就行了。听我慢慢解释。"

我和陶方玉哑口无言，好像是这么回事，又好像不是这么回事。

"结合我之前提到的中国佛教的现状，还有手记中智信在'志怪五'中自己的表述，可以百分之百确定苦厄寺修的是净土法门。"

"净土宗。"我记得这一细节。

"还记得我们在云山时，去过的那家寺院吗？修的也是净土法门。既然是净土宗，并且在大殿内供奉着三尊塑像，理所当然就应该是西方三圣，即阿弥陀佛、观世音菩萨、大势至菩萨才对。即便不是西方三圣，既然供奉了三尊，其组合也应该是释迦三尊、阿弥陀三尊、药师三尊、卢舍那三尊、弥勒三尊等形式。"

嗡——嗡——嗡——嗡——

我的脑子里好像有无数只蜜蜂飞来飞去。虽然每个字的发音我都能听明白，可我还是怀疑白泽说的是某种我听不懂的语言。

"苦厄寺一开始供奉的就是阿弥陀佛、观世音、大势至这三尊菩萨。只不过后来因为普正在清扫时造成三尊塑像破损，加上智信等人一心救度亡命于兵燹者，才改用无上尊多罗菩萨像的。况且，无上尊多罗菩萨是针对修罗鬼而供奉的。"陶方玉竟然记得相当清楚。

"大雄宝殿可不是供奉菩萨的地方。如果我没记错的话，无上尊多罗菩萨是观世音菩萨众多身相中的一种。"

"啊？"我和陶方玉不约而同地惊讶。

"换句话说，苦厄寺的大雄宝殿之内，供奉着两尊观世音，一尊大势至菩萨。而且，中间的主尊菩萨像还是偏于密教中多臂的形象。"

话到此处，我隐隐有些明白过来。

白泽举起茶杯轻啜一口，继续讲解道："在'志怪五'中有一个令人印象深刻的情节。徐少章在与智信的对话中，提及自己杀戮太重，犯下五逆十恶，死后可能堕入地狱，又担心即便进入轮回的话也无法确定是否可以再次投胎做人，就算可以转生到人世也无法选择心仪的门第，所以他想摆脱烦恼，摆脱苦难，摆脱轮回。徐少章想要往生西方净土，却又质疑弃生而求生，认为这仍旧是无穷无尽的生与死，与现世没有任何的不同。"

印象深刻吗？我怎么一点感觉都没有呢！对于这类宗教哲学问题，我找不到丝毫可以参与讨论的机会。

"其实……徐少章……小胖子……"白泽一副嫌弃的神情。

徐少章是小胖子？这是什么话？我刚想开口，又立时明白过来。一定又是哮天在捣乱。

哮天犬确实是个小胖子，而且还是个肉球。它在白泽脚下绕来绕去，见没人搭理它，又开始撕咬起白泽的裤脚。估计白泽也是被它扰得无法集中精力了。

"喂，小胖子。"白泽俯视着哮天犬，伸出手指轻轻敲了一下它的小脑袋瓜，训道，"说你呢，小胖子。"

小胖子立时明白过来，乖乖蹲坐在地上，眼巴巴地看着白泽。这家伙的表情似乎是在笑，一副巴结人的表情。

"我在忙正事，你能不能给我老实点？"

小胖子好像能听懂白泽的话，小脑袋瓜像拨浪鼓一般左右摇了起来。

"哟嗬！你这是要造反吗？"白泽加重点语气，训道，"去，到那边面壁十分钟。"

又是面壁，这小家伙心里是一百个不情愿吧，呜呜地委屈起来。

白泽一指墙角："快去。"

哮天犬耷拉着脑袋一步一步踉跄着离开。它走到墙角面壁蹲好，既委屈又无聊，把小脑袋瓜顶在墙壁上，左一圈右一圈地自娱自乐起来。

"刚才我说到哪儿了？"白泽问。

"徐少章小胖子。"陶方玉答道。

"对，对，对。"白泽拍了自己脑门一下，继续说道，"徐少章在不经意间问到了一个关于净土宗'无生而生'的论题。昙鸾大师在《往生论注》的下卷中有着精妙而又智慧的应答。'彼净土是阿弥陀如来清净本愿无生之生,非如三有虚妄生也。何以言之?夫法性清净,毕竟无生。言生者,是得生者之情耳。生苟无生,生何所尽?'我个人非常喜欢这个阐释。而且,这可以说是对无生而生的最基本、最标准的解答。"

"清石,你还是仔细解释一下吧。这生生死死的哲学问题,我完全如坠云里,搞不明白啊。"我提议道。

白泽站起身,来回踱着步,没有着急讲解刚才的问题。他可能是在组织语言吧。白泽走到书桌前,拿起折扇瞧了瞧,打开,合上;再打开,再合上。

"用白话解释,弥陀净土就是'无生之生'。说它'无生',那是因为阿弥陀佛以本愿所建成的净土是一处清净世界,亦即契合法性真如的世界。法性真如之理无生无灭,因此弥陀净土等同于无生界。说它'生',则是指舍弃此处而去往彼处,舍弃现世秽土而去往弥陀净土。换句话说,就是往生于无生界。生于无生,即无生之生。这里的往'生',本意是指去到'无生界'中,而不是现世秽土中所说的生死之'生'。但仍然使用'生'这个字,是为了顺乎众生的心理与世俗的思维。既然去往了无生界,也就没有了生死轮回,无生无灭,亦即没有了那无穷无尽的生。"

我连连点头,实则已经听得头昏眼花。

"智信在回答徐少章的追问时,顾左右而言他,不知其表更不知其理。一个仅需要两三句就可以点破的问题,他却支支吾吾,不知其中学问。"

"是否是因为净土宗里典籍太多,你刚刚说的《往生论注》比较冷僻？"我对佛学所知极少，也不知道这个问题会不会显得我很幼稚。

"《往生论注》又称《净土论注》，是在北魏时期，由昙鸾大师为印度经典《往生论》做注而著成的。这本经典为净土教义做出了非常多有价值的阐述。不得不说，《往生论注》是净土宗里很基本而又异常重要的典籍。修净土法门的高僧怎么会忽略这本书？"

"原来如此。"我恍然大悟。

在一旁的陶方玉也连连点头。

我的折扇在白泽手里俨然成了先生用的戒尺，他一边乱挥一边说道："再有，手记中出现的降魔金刚杵也存在疑点。"

"清石哥指的是智信用来诛杀修罗鬼，最后又被修罗鬼刺进胸口的那根金刚杵吧。"

"没错，就是这个。金刚杵也是起源于印度。在古印度时期，金刚杵是一种作战用的兵器。在印度教的各种典籍、图像中也都可以见到。在印度教的各种神祇形象被吸收进佛教之后，金刚杵作为重要的法器也一并出现在佛教的各种形象中。但是，作为实物的金刚杵基本只出现在藏传佛教，也就是密宗的修行里。在密宗里，金刚杵是修行的重要法器。它象征着无所不敌的大智大慧，以及广袤无边的真如佛性。它可以消除罪障，清净三昧，也可以破除诸多内邪与外道的魔障。而在显教中，金刚杵没有被用作法器，不存在实物，只是以一种虚化的精神寓意而存在。"

"你是说，智信作为净土宗的高僧却一直在使用密宗的法器？"我的脑子一下反应过来。

"就是这个意思。"

"但是，清石哥你之前也说过，佛教在发展过程中，诸多的流派在学问、内容等很多方面都在相互影响，互相借鉴。也许，智信也只不过是借用降魔金刚杵来为民除害而已。"

"显教中的各家也基本只在显教的范围内互相借鉴。而且，如果单单只有金刚杵一处问题，我还是可以勉强同意你的说法。就算有两处疑点，我也可以认为是智信年事已高，头脑难免糊涂导致的。可我们刚刚挖掘出了数个相互矛盾的地方。而且，这些矛盾通通都指向了这本手记中的一句话。"

说完，白泽用折扇一指茶案上的《修罗鬼志》。此时此刻，他的表情与动作叠加在一起，宛然是个捉妖术士的形象。

虽然不知道白泽所指的究竟是哪一句话，陶方玉还是迅速翻开了《修罗鬼志》中的"志怪五"。

白泽像个私塾里的教书先生，自顾自地扇着扇子，又在屋内缓缓踱步。"看到了吗？智信他自己说：'老衲晨钟暮鼓，青灯黄卷，一心专修净土法门五十载。唯愿解世间苦厄，度众生极乐。'"

陶方玉翻了一会儿，点点头，回应道："智信确实是这么说的。"

"啪"的一声，白泽将合上的折扇在椅子上狠狠拍了一下。然后，他高声分析道："那么，问题来了。一位青灯黄卷五十载，专修净土法门的大师，怎么会分不清中阴身与鬼的概念？一位青灯黄卷五十载，专修净土法门的大师，怎么会不明白六道轮回中的细节？一位青灯黄卷五十载，专修净土法门的大师，怎么会搞错大雄宝殿的主尊与胁侍①？一位青灯黄卷五十载，专修净土法门的大师，怎么会答不出'无生而生'的论题？一位青灯黄卷五十载，专修净土法门的大师，怎么会胡乱使用密宗的修行法器？"

"居然有这么多的破绽！"陶方玉惊讶道。

我也听得目瞪口呆。原以为白泽可能是在破解案情时，顺便卖弄一下自己的学问，没想到所有的内容居然都在指证智信是一个伪僧。一字字、一句句，犹如一支支流矢，从四面八方射向智信。

白泽收起刚才的锋芒，带着一丝嘲讽，温和地说道："智信的头上可是顶着十二颗戒疤，那是菩萨戒，是最高的级别了。我刚刚说可以容忍他犯下一两处错误，其实是非常客气的说法。"

"这么说来，你早就看出智信有问题了？"我问。

"在智信一口一个修罗鬼的时候，我的脑海里就浮现出了很大的疑问。"

"你是指这个称呼的构成吧。一边是修罗，一边是鬼。"我还记得，这一点白泽在几天前就质疑过。

"匪夷所思的是，这种不伦不类的称呼居然还得到了佛门高僧的认可。以一般平民百姓的文化水平与认知能力，会习惯性地创造出'阴兵''鬼兵''长毛鬼'这类在生活中接触较为频繁的字词。"

"基于你的分析、推断，可以确认智信和他的六个弟子是一群假冒的僧人。"我接话道。

"准确而言，他们是一群不折不扣的骗子。"

"骗子？这一点又怎么确认？"我承认刚才假冒的口吻确实温和了许多，可上升到骗子的程度，总该有点可信的说法吧。

"我之前也提到过，佛教在中国一直处于没落的状态。到了清朝后期，很多佛教寺院要么变成了避难所，要么就沦为了香火道场。像智信这些人，经历了战火，颠沛流离，找一处寺院躲起来。然后，乔装打扮成佛门高僧，骗一骗底层民众，还有朱门富户。这简直就是没有风险的无本买卖。"

我记得老仵作提到过，衙役们在苦厄寺搜出的一批价值不菲的金银珍品。想必白泽是将这一点，以及昂贵的开光塑像作为证明智信等人行骗敛财的证据了。

白泽重新坐回到椅子上，说道："我还想进一步推测。这七个人敢到僧纲司和僧会司记录自己的名字，并且鸠占鹊巢，很有可能接触过真正的苦厄寺僧人。而且，智信他们知道那些真正的僧人再也无法回到南京了。否则，那些寺院的主人一旦回来，就算不被揭穿，也会面临不少棘手的难题。"

"难道被智信他们给杀害了？"陶方玉问。

白泽摇了摇折扇，答道："这一点我可不知道。我的所有推理都是基于三点，第一是这本《修罗鬼志》；第二是这几天搜集到的信息；第三是我掌握的与案件关联度极高的文化背景、社会背景、宗教背景。超出这三点范围的，我决不会妄下断言。"

我着实被白泽的能力所震撼，内心不禁有些激动："如果基于这三点，那你的推理还是相当令人信服的。而且，我完全没想到'志怪五'中居然存在那么多的破绽。如果不是你，我估计至死都无法知道智信等人的真实面目。"

白泽喝口茶，说道："正统佛教的学问与内容具有较强的专业性。如果知道相关的知识，那就很容易揭开智信等人的真实面目。不过，这不等于说用非专业性的线索就无法洞悉真相。"

怎么？白泽这是还有别的突破口？

陶方玉急切地问道："清石哥，你是说还有其他线索可以作为切入点，推理出同样的结论？"

白泽微笑着点点头，好一副私塾先生的做派。

---

① 胁侍，又作胁士、挟侍，指侍立于佛陀两旁的菩萨，协助佛陀弘扬佛法，教化众生。

本章的内容涉及些许冷僻的知识，希望没有让您昏昏欲睡。

　　为公平起见，"修罗鬼系列案"也以世俗化的视角为读者提供了可以理解的线索。相较于上一章，难度已经大幅度降低。如果您依然有兴趣破解谜案，那么此刻就可以开始了。

第九章
扑朔迷离

呜呜呜——

我们不禁被小胖子可怜兮兮的叫声吸引。它依旧将脑袋顶在墙壁上左转右转，面壁变成了钻壁。

"好了，你不用面壁了。"白泽解除了对它的惩戒。

哮天犬似乎心有灵犀，立刻竖起双耳望向白泽。

白泽一指自己的脚边，命令道："过来蹲在这里，不许乱动。"

小胖子瞬间就变得欢天喜地，吐着舌头，摇着尾巴向白泽跑过去。无奈它太胖，一个不小心跌倒在地上。小家伙似乎肉太厚感觉不到疼痛，立时爬起来又屁颠屁颠地朝白泽蹦跳过去。

"啧啧啧，肥仔，你瞧瞧你这样子。"

面对白泽的嫌弃，小胖子没有丝毫的不悦。它依照白泽的命令，老老实实蹲在他脚下。

"你们都给它喂了什么？看把它胖的。"白泽看向我和陶方玉。

"平时的剩菜剩饭而已啊。"我答道。

"从今天开始，你们每顿都喂它清水煮白菜，还不能加盐。"

哮天犬听闻这句话，立时蹦起来朝着白泽叫了一声，表示抗议。

"这里没你说话的份儿。"白泽吓唬了它一句，又转向我们说道，"就这么定了。"

我和陶方玉只是当作笑话，没有吱声。

小胖子见没有人帮腔，无奈地趴在地上兀自伤心起来。

"好了，言归正传。我们继续说苦厄寺的事情。"白泽将我们重新拉回正轨，"你们认为智信他们还有什么疑点？"

刚才白泽是从宗教、民俗的角度分析问题，现在则是从普通人认知的角度来做对比、推断。

我有些拿捏不准，但还是鼓足勇气说了出来："苦厄寺里一本经书都没有，我就觉得很可疑。"

白泽用折扇轻敲了一下茶案，说道："没错。这是第一个疑点。《无量寿经》《观无量寿佛经》《阿弥陀经》都是最基本的净土典籍。虽然智信说自己将精力都集中在超度亡魂上，但日复一日只做同一件事情未免极不合常理。他的六个弟子是在数年前剃度出家的，难道不需要研习佛法？早课、晚课、授业、解惑，都需要可讲可依的教材。于授业而言，这就好比私塾里的先生教幼童读书，可手中却无《千字文》《三字经》；于温故而言，好比饱读诗书的大学士连一本偶尔翻阅的《四书》《五经》都没有。就算这些都不考虑，抄经一项也总该有的吧。"

"的确是说不过去。"听到白泽的肯定，我就有了一定的自信。

"我觉得他们购买家禽锤炼法器这一点也很奇怪。"陶方玉提出了自己的看法。

白泽又轻敲了一次茶案。"这是第二点。寺里数次购入鸡、鸭、鹅三种家禽。又不是巫教，我还没听说过哪家净土寺院做法事还要用家禽锤炼。这一细节虽然没有具体的下文，但是苦厄寺的说法显得极其含糊、暧昧。"

白泽说完便沉默了下来。他看着我和陶方玉，似乎还在等我们开口。

"你的第三是什么？"我问白泽。

"第三，他们解释修罗劫界是由于大肆的屠戮所造成的。可据我所知，南京虽然历经了数度兵燹、屠城，但是在近两百年，血腥程度与之相当的还有扬州十日、嘉定三屠、苏州之屠、江阴之屠、昆山之屠、嘉兴之屠、海宁之屠、南昌之屠、赣州之屠等等。说得近一些，在天京城破的数年前，还有曾国荃主导的安庆之屠。简直不胜枚举。"说完，他又轻敲了一次茶案。

经白泽一提，我也觉得这其中有些问题了。身为南京人，我对江苏的历史文化还是有点了解的，并且对安徽、浙江的也略知一二。刚刚提到的那些城市，所承载过的血腥历史也都有屠城。其惨绝人寰的程度丝毫不逊于南京。可修罗劫界的概念，却只出现在南京。

陶方玉点着头，似乎也理解了白泽的意思。

"还有第四吗？"陶方玉问。

"当然有。"说着，他将茶水一饮而尽，"'志怪三'记载着智信外出偶遇樵夫，并'道听途说'了修罗鬼的事情。作为沙门的智者，智信不该也不会轻信民间的说法。相信了，就等于暴露了自己。我们关注的，可不是一个普通人是否毫无主见的问题，而是所谓的佛门高僧是否有真才实学。若是不相信，他在'志怪四''志怪五'

中的表现就无法解释了。再加上智信被削去的头颅上还套着修罗鬼的面具，种种细节叠加在一起，令人疑窦丛生。"

我脑海中突然浮现出一个问题：有没有可能是从佛门流出了修罗鬼作恶的说法？话到嘴边，又恍然明白不存在这种可能性。换言之，"修罗鬼"的构词本身就是一个大问题。从两方面来看，如果是从苦厄寺之外的寺院流传出来，由樵夫得知了，再转述给了智信，那么问题仍旧如白泽所说，智信他信与不信都是自露马脚。如果是从苦厄寺中流传出来的，那就坐实了智信那伙人是江湖骗子的事实。再回顾自己的调查内容，当年众多为民除害的巫师、方士、高僧之中，只有智信熟知诛杀修罗鬼的方法，并且亲自做到了。这里面似乎隐藏着纷繁复杂、愈理愈乱的秘密。

白泽放下手中的折扇，舒展了一下筋骨，然后又像个教书先生一般在屋子里来回踱步。小胖子似乎忘了刚才白泽要它吃白菜的事情，屁颠颠地跟在白泽身后。白泽走一步，它就跳一下，白泽转身了，它又转到白泽后面，乐此不疲。

"居然有四个疑点。"我略略惊讶。

白泽摆了摆手，继续说："说到第五点，你们是否记得智信与六个弟子在方丈室对话的情节？"

"当然记得。他们七个人商量如何解决牛宝之死，并争取说服徐少章不要追查。"陶方玉答道。

"他们讨论快结束时，有这样一处描述。普仁提议不用去报官，并且冷笑一声。对照他们前后的谈话内容，普仁明显是起了杀心。但是，智信的态度呢？耐人寻味。智信居然没有只言片语的训斥。这是一个在沙门修行了五十年的大德高僧的表现吗？"

我连忙翻看《修罗鬼志》。片刻之后，我也终于弄清楚了普仁的话外之音，说："普仁和智信居然动了杀心！"

"第六点，也是最重要的一个疑点，同样指向了方丈室内的情节。在他们对话的过程中，普仁支持牛宝是被修罗鬼害死的观点，并且指出夜行的村民、扬州的客商、吕氏兄弟、王氏满门、刘家掌柜、马氏母子都是被修罗鬼害死的。可问题是，普仁又是从什么地方得知刘福安是被修罗鬼害死的呢？我们可以推测普仁的话外之音，即他们七个人都知道刘福安暴毙的真相。"

一击命中了死穴。

"居然……居然还有六处细节……"我万万没想到"志怪五"中埋着这么多的线索。

"接下来我们尝试着分析具体的案情。"白泽坐回到椅子上，然后向我和陶方玉确认道，"经过这些日子的整理，一共发生了十件与修罗鬼相关的凶案及事件，对吧？"

"对的。一共有十件。"陶方玉明确道。

在这十件中，有八件是凶杀案或者疑似凶杀案，另外两件则是看似普通的事件。两件普通的事件写的是智信的游记，以及智信诛杀修罗鬼的过程，分别对应《修罗鬼志》中的"志怪三"和"志怪四"。在八件凶案之中，被官府认定为修罗鬼系列案的则只有七件。

"并非所有的案件都被写进了《修罗鬼志》。这一定与出现的修罗鬼有着极大的关系。"我表达出自己的想法。

我刚一说完，白泽便立刻补充道："我也有同感。根据手记，还有老仵作的描述，仅以外形判断，一共有两只修罗鬼。七件凶案在有据可查的情况下，一只裂口修罗鬼犯下了旅人夜半遇袭案、扬州客商遇袭案、吕氏兄弟断头案、高淳王氏灭门案、溧水赵氏断头案。另一只赤面白发修罗鬼则犯下了马氏母子断头案和苦厄寺无人生还案。"

"一定要详细区分吗？"陶方玉问。

"细化案件的类型、特点是有必要的，对我们推理也会有所助益。"白泽轻啜了一口茶，继续说道，"我们都很清楚，对于裂口修罗鬼所犯下的五件血案，虽然我们搜集并整理了不少线索，但仍显不足。"

我和陶方玉都同意白泽的说法。毕竟前期的几件凶杀案没有引起官府的重视，也就没有在第一时间予以调查。况且，裂口修罗鬼犯下的凶杀案又都缺乏有效的目击者和物证。这使得办案者迟迟无法缉拿真凶，导致后续又冒出一只赤面白发的修罗鬼。

"所以，我们只能将裂口修罗鬼的五件血案暂且搁置不管，将注意力集中在后者的案子上。换句话说，就是把注意力集中在这本手记上。"白泽拾起折扇，敲了敲茶案上的《修罗鬼志》，"按照手记中记录的顺序来说吧。首先是刘福安噬魂案。这件案子与后面发生的，以及裂口修罗鬼犯下的案件比起来，有着非常明显的区别，而且疑点重重。"

"确实如此。刘福安的身上除了跌倒、剐蹭的小伤之外，并没有足以致命的外伤。而其他几件凶案都是极其血腥、残忍的。"

可能是医生的本能，我对刘福安的状况记忆较为深刻。

"是这样。"白泽赞同道，"可是，为什么会出现如此之大的差别呢？"

"可能是这只修罗鬼在戏弄刘福安，想先吓一吓他，之后再动手。可没等举起屠刀，刘福安就已经昏死过去。修罗鬼觉得刘福安已经垂死，就没有砍下他的头。"陶方玉在表述自己的观点时，声音越说越小，底气明显不足。

"有可能，但是没有有效的信息予以支撑。事实上，这一件与其他七件有着天壤之别。进一步说，也正是因为没有可识别的案件特征，才未被官府列入修罗鬼系列案。"

既然如此反驳，说明白泽已经有了某种想法。

他轻啜一口茶，说道："刘福安被送回家后，只有刘轩听到了他父亲所说的莫名其妙的话，但刘轩对此三缄其口。你还给了我两篇关于刘福安之死的市井传闻，其内容异常香艳，但只字未提修罗鬼，和手记的内容也存在着不同。"

这些都是确认过的信息，我并不觉得有什么特殊的意义。还是说，白泽是在着重指出疑点？

白泽将身子朝着我和陶方玉探了过来，带着一抹诡异的表情甩出大大的疑问："那么，刘福安在刘轩耳边低语时提到的'修罗鬼'是谁告诉他的？"

我猛地一个激灵，大脑轰鸣作响。整个人犹如被霹雳击中了一般，不能自控。我感觉到面颊上的肌肉在微微抽搐着，那是无以言表的惊愕。我更感觉到一滴冰冷的汗水从后脑穿过浓密的头发滴到后颈，然后又顺着脊柱一路滑了下去。

我狠狠地咽了口口水，硬生生挤出一个字："谁？"

"你们说呢？"

白泽答非所问的回应再次令我莫名地打了个激灵。

"这几天我们可没有白忙。有一条线索可谓是重中之重啊。"白泽靠在椅背上，不紧不慢地说道，"修罗鬼作祟的事情是从马氏母子断头案之后才开始风传的。"

"难道是……"我的脑海中徐徐浮现出唯一却又模糊的答案。

白泽点点头，说道："没错，就是它——修罗鬼。"

　　我和陶方玉沉默了半晌，在大脑中仔细梳理白泽说的这几点。杯中的茶水已经凉了，顾不得什么滋味，我一饮而尽。

　　为什么？修罗鬼为什么要告诉他自己的名字？不对，不对。这不能算是名字。不对，不对。这到底是怎么回事？

　　我仰望着天花板自言自语了一番，脑中满满的混沌。

　　"你的推测还有其他的依据吗？"我问。

　　"当然有。第一个依据就是修罗鬼的杀人方式。其他七件血案都是直奔杀戮的主题，举起屠刀便不留活口，最终还要以削首削耳作为结束标志。反观手记中刘福安的遭遇，修罗鬼的作案过程极其拖泥带水，完全没有要杀害他的意思。就连刘福安昏倒之后都没有痛下杀手；第二个依据是刘福安被发现的位置。刘福安是在官道上被发现的，而手记中却提到'即便任他奔命，以他的脚力，一时半刻也绝逃不出岸边野径'。"

　　"是修罗鬼将他移至官道？"陶方玉也觉得难以置信。

　　"没错。"

　　"可为什么要这么做？"陶方玉追问。

　　"当然是为了让路人发现刘福安。"

　　难道是要借刘福安的口把修罗鬼这个名字扩散出去？可这又是出于何种目的？难道说有人想借修罗鬼制造社会恐慌？

　　"我大概猜得到你们在想什么。我来问你们，谁因修罗鬼系列案而获得的收益最丰？"白泽问。

　　"这……"我思忖了片刻，犹豫着答道，"你说的是苦厄寺？"

　　白泽点点头。

　　也就是说，智信等七个人在幕后策划并实施了一切？我沉默着思考了片刻，顿时恍然大悟。在众多方士、巫师都诛鬼无果的情形下，只有智信成功做到了。苦厄寺在事后又获得了不菲的捐资，对寺院内外再次修葺一新。而且，苦厄寺自此声名远播，达官贵人纷至沓来，于名于利都是丰收。再有就是刚刚提到的一个非常重要的细节，普仁居然知晓刘福安之死是源于修罗鬼。这一细节可是连办案者都不知道的。

没想到"志怪一"中也隐藏着这么多的线索！

我兀自感叹了一会儿，之后又继续说道："对于刘福安的死，我还有几个尚不清楚的疑问。首先，'志怪一'虽然是客观叙述，但始终是以刘福安的视角进行记录。执笔者是如何洞悉到刘福安的内心与情绪的？第二，刘福安目击的千百双眼睛是什么怪物？还有那些哭号声。第三，就是刘福安的死因。作者将案件描绘成神怪奇谈的样子，是为了误导吗？"

"我个人以为，这些都是执笔者隐藏自己真实身份与目的的小伎俩。"白泽对手记中的怪异内容不以为然。

"怎么说？"

"这本手记的作者，亦即我们认定的凶手，通过他人的视角记录案件，将主观表达减少到极限。并且，凶手有意删减可能暴露自身的线索，让自己的真实身份消弭在字里行间。我以为，凶手一直尾随着刘福安，全程观察他的行进、动作、语言，也可能在微弱的光线下注意到其表情变化。基于这些，凶手可以适当推测出刘福安在一路上的心理状况。换作你也完全做得到。"

换句话说，手记的作者是采用真真假假、虚虚实实的笔法了。

"根据我们对这本手记的推断，我认为作者是故意将读者引导至错误的方向，让有心推理真相的人陷入迷宫，相信这仅仅是一本普通的志怪小说。《修罗鬼志》里没有落款及任何可以证明其所有者的信息，说明作者很有心机地预防发生当下这一幕——有三个闲得发慌的男人坐在一起，喝着茶想要追查五十年前的谜案。"说完，白泽兀自哈哈大笑。

我呢，却只能挤出一丝尴尬的笑容。

凶手确实狡猾异常。既还原了案件的原貌，又设置了许多误导性的陷阱。如此一来，只有凶手自己才能在文字迷宫里轻车熟路。

"对于那千百双眼睛，还有哭号声，我也不认为那是什么诡异的灵异现象。"白泽继续解释道。

"这也有线索可循？"陶方玉问。

"无非是自然界的正常现象罢了。在'志怪一'和'志怪二'中都出现过鬼鸟吧。"

"鬼鸟是什么？"

"猫头鹰吧。"我乱猜了一种动物。

"没错，就是猫头鹰。这种动物在晚上眼睛一闪一亮的。"

"你确定是猫头鹰？如果是千百双眼睛，那就是有千百只猫头鹰。"陶方玉觉得有些不可思议。

"这只是线索一，还有线索二。线索二来源于刘轩的证言。当年送他父亲回家的人中，有两位是来南京贩羊的行脚商。"

说到这里，我就明白过来了。白泽指的是羊。当然，他不是指羊的眼睛会发光。很多动物在夜晚有类似的情况，比如狼、豺等。无非是月光的影响罢了。千百只也是夸张的说法，是作者借刘福安的视角表达出来的。

白泽继续轻描淡写地解释道："再说那声音。你要设身处地地考虑这个问题。身处山林，风声呼啸，草木摩挲，河水奔腾，这些声音混杂在一起便是嘈杂乱耳的。距离较远的河对岸惊现一群羊的叫声，穿过奔流的河面，使恐惧中的刘福安产生异样的想法，也并非没有可能。再者说，刘福安是否真的相信这些诡异现象是源于数以万计的白骨，我们无从知晓。毕竟手记的执笔人不是刘福安。"

"就这么简单吗？"我不敢相信自己的耳朵。

"是的。这两处细节太明显了，不需要多费唇舌。"白泽点到即止。

"那刘福安的死因呢？他身上除了一些皮肤上的擦伤、磕伤之外，并无其他致命的打击。"

"你果真被吓得没有一丝逻辑了吗？好歹也是学医的，怎么连这点常识都没有了。"

"呃……"我欲言又止，确实是无言以对。

"刘福安在进入山林前喝了什么？"

"酒。"陶方玉抢先回答。

白泽没再说下去，他似乎是在等我自己领悟。我与白泽四目相对，大脑却在极速地运转着。

难道说？

明白了，我明白了。

刘福安灌到肚里的酒逐渐被身体所吸收，而酒精在分解的过程中不断消耗体内的水分。更关键的是，刘福安在夜间走入了山林。在白天，甚至到傍晚左右，这都没什么大碍。可一旦入夜，山林里的气温会骤降。

白泽之所以能迅速推断出结果，也是源于他的切身经历。他长时间游离在外，时常翻山越岭，所以对此深有体会。

我虽然不像白泽那样有很多出行的机会，可之前的八月，我们在齐地登东岳观日出，也是体验过一次的。那时，白天的气温很正常。可到了夜里，山巅上的气温骤降，整个人犹如跳入寒冬冰窖。如果不是提早备了两条毯子，估计那一夜我至少要丢掉半条命。就算不在山巅观日出，身处茂林之中，夜里也同样会面临低温。南方的一些山里，即使是夏季，还时常出现夜晚下雪降霜的现象。

"我居然连简单的常识都忘了。"

白泽简单总结道："综合起来，刘福安在当夜面临着数个低温因素。第一，他只穿了一件单衣；第二，酒精的消解消耗了体内的水分；第三，剧烈运动与恐惧造成不断排汗，排汗又促使体温下降；第四，山林中深夜气温过低；第五，在冰冷的地面躺了数个小时。再加上惊吓过度。"

我点点头，可以想象刘福安倒卧在冰冷的路面上，头部更是没有任何保暖措施。他的死只是因为长时间的体温过低。

"我们要明确一点，刘福安的死是个意外。对那只修罗鬼和幕后主使者而言，他本应成为修罗鬼的'喉舌'。这一点我刚才也解释过了。"

"明白了。"我答道。

"接下来是手记中的第二个案子——马氏母子断头案，其文字记述非常精简。从案件还原的角度上看，修罗鬼的行凶过程干净利落，没有对付刘福安时的拖泥带水。该案基本可以反映出手记中未收录的另几起案件的作案过程、方式、特点。但是，关于凶手身份的线索太少，我也只能就此打住了。'志怪三'是关于智信外出的见闻，算得上是承前启后的部分。我们也已经借由他与樵夫的对话，探究出了智信等人的真实身份。这里就不再多说了。"

"'志怪四'应该是比较重要的吧。"陶方玉说。

"基于先前对智信等人身份的推断，'志怪四'里暴露出一个很惹眼的问题。"

"我猜想，你说的是不是人数？"我问道。

"没错，正是人数。手记的作者虽然小心翼翼地避免遗留线索，但是在'志怪四'里仍旧露出了蛛丝马迹。"

在那天夜里，一共有七个人，分别是智信、普明、普弘、普仁、普圆，还有张世博、常万年。再有，就是两只修罗鬼了。撇开张世博、常万年两个人不谈，剩下的五个僧人，加上没有现身的普玄和普正，刚好是苦厄寺里的一众僧人。

"假如两只修罗鬼是由普玄和普正所扮演，就刚好可以说明问题了！普玄的额头上有一道疤痕，而智信在诛杀修罗鬼时就曾用金刚杵击打过裂口修罗鬼的头部。普正长得眉清目秀，为了避免被人认出来，所以他才戴着修罗鬼面具。再考虑到苦厄寺发生的无人生还案，智信被砍掉的头颅上套着修罗鬼面具，种种线索重叠在一起，无疑就是智信等人搞的鬼。而张世博、常万年则扮演着至关重要的角色——目击证人，就像刘福安本应扮演的角色那样。"陶方玉似乎发现了重大的线索，竹筒倒豆子般一股脑全说了出来。

"合情合理。我的第一感觉也是怀疑普玄与普正。"白泽抿了口茶，颔首表示认同。

陶方玉略略兴奋起来，继续分析道："普玄和普正的嫌疑最大，但是其他嫌疑人也要分析一下。张世博和常万年就在现场，肯定不会是修罗鬼了。徐少章和牛宝一行四人刚来南京，也不可能参与其中。还有李氏父子，完全没有动机和能力策划如此庞大的系列犯罪。"

"你说的这番话很有道理。我们稍后也可以结合无人生还案来分析。"白泽似乎想暂停这个细节。

陶方玉点点头，继而问白泽："张世博和常万年两位老人在当夜看到的白光、血水之类的应该都是江湖把戏吧？"

白泽认为这都是江湖中的雕虫小技，并简要地予以说明。

其实，都无外乎白磷、火药之类的伎俩。此外，张、常身边的普弘和普圆并非是为了保护他们，更可能是为了控制他们不要乱跑，避免目击到演出中的破绽。四个人眼前的蒿草，远处的智信、普明、普仁，构成了两道视野屏障。为的是只让他们目睹事情的大概。而那道白光，应该是帮助修罗鬼逃脱的障眼法。黑夜中突如其来的一道闪光会对人眼产生冲击，出现短暂的视觉障碍，加上现场周围都是灌木蒿草，很容易让修罗鬼完成逃脱。之后，再往地上洒上事先准备好的血浆，就大功告成了。

"智信臂膀上的伤也是苦肉计了吧！"我推测着。

"有这种可能。除了可以为民除害，还能展现出一副大慈大悲的姿态。"白泽的嘴角流露出一丝不屑。

"假戏真做。万一对方没有掌握好力道和方向，说不定会造成很严重的后果。"

"末法时期，什么稀奇古怪的妖怪都会蹦出来附佛作祟。"白泽喃喃说道。

一步步走来，似乎真相与我们愈来愈近。虽然白泽推测出了智信等人的身份，可对于凶杀案而言，仍有一大堆需要梳理的线索。

白泽好动，坐了这么会儿工夫又情不自禁地站起来活动。他一边围着我和陶方玉转悠，一边分析苦厄寺的凶案。

"细分起来，苦厄寺里发生了两起案件，分别是大雄宝殿密室案与无人生还案。此外，苦厄寺作为一个与世隔离的孤岛，又形成了一个更大的密室。所以，从案件上来看，这里是两个密室案与一个无人生还案的叠加。"白泽简要概括。

两个密室案加一个无人生还案？仅听这两个词语我就感觉相当复杂。

"从整体上而言，两个密室案又从属于无人生还案。既然这里的'无人生还'确实做到了案如其名，那我就先尝试着做一个该案的条件总结。"

我侧过身子面向白泽，好奇地问："什么条件总结？"

"从'志怪五'的记述内容，还有我们搜集到的线索来看，苦厄寺的'无人生还'满足了五个非常苛刻的限定条件。"

"五个限定条件？"陶方玉也不明白这是什么意思。

白泽用折扇敲着自己的手掌，在我和陶方玉身边绕了一圈又一圈。以至盯着他把五个条件说完，我的脑子阵阵眩晕。

第一，案件现场与外界彻底隔绝。苦厄寺与外界唯一的通路就是架在悬崖上的木桥。木桥崩塌之后，直至无人生还案彻底落幕，始终存在倾盆的暴雨和无休止的雷电。其间，没有任何人可以随意进出苦厄寺。

第二，涉案人物被严格限定。苦厄寺只有九个人，七个和尚、两个香客。他们的身份都经过多方确认。而且，根据极端恶劣的天气状况，还有李氏父子，以及徐少章另两名仆从的证词，可以确定自木桥崩塌的一刻起，直至简易便桥搭建完毕，其间再也没有人出入过苦厄寺。

第三，案件发生的突发性、非预谋性。无人生还案叠加了诸多非人力所能控制的因素，比如案发时间的突然性、案发现场形成的偶然性、涉案人物的不确定性、案件发生的非预谋性，等等。这几点均有数条不同的证言、线索互相佐证和支撑。

第四，案件结束时，相关人物全部遇害，即无人生还。智信等师徒七人，还有徐少章与牛宝主仆二人均被核实了身份，并确认了死因。

第五，没有人可能是凶手。从九个人的死因、现场、时间上来判断，直观上没有任何人可能是真凶。

五个限定条件，加上白泽推理的三个前提，已经将案件的范围、内容做了最大程度的压缩。

我听完连连点头，说道："我非常赞同你的总结。从'无人生还'的字面意思来看，你说的第一、第二、第四、第五点都非常易于理解。而第三点的存在很大程度上提高了案件的神秘性。"

如果是一群相互熟稔的好友外出游玩，中途被某个蓄谋已久的人制造出无人生还案。这种情形由于存在更为明确的人物关系，较苦厄寺的案件更易于推理出凶手。可当下却恰恰相反。

从时间的突然性来讲，谁也没有预料到佛像有瑕疵，且越来越严重，这就无法确定是否需要暂时关闭寺院，以及什么时间关闭；木桥的崩塌虽早有先兆，但是没有人可以预料到崩塌的具体时间点。

涉案人物的不确定性指的是徐少章与牛宝的突然造访，而且这两个人是刚来南京不久，与智信等人并不认识。

这些无法掌控的因素叠加在一起，很难相信是由某个人精心布局的。即便有，那他也要谋划出足够多的应变措施。仅从时间、场景、人物这三个要素而言，如果其中一个要素发生变化，就可能影响后续行动的细节。如此下去，通盘计划始终处于变化与应变的状态里，越发复杂起来。

"按照常理推测，这种非预谋的犯罪，应该更容易遗留线索，露出破绽，可是苦厄寺的案件却大相径庭。我也试着把所有人逐一置于凶手的位置上进行分析，可无论如何都无法得出一个合理的结论。"陶方玉开口说道。

白泽站到书房的门口，仰望屋外天空。沉默了片刻，他转过身说道："关于这件无人生还案的肇因，你们应该明确吧。"

"从手记来看，起因是牛宝在大雄宝殿内遇害。可是，从文末出现修罗鬼面具这一细节而言，又似乎与修罗鬼密不可分。我一度怀疑徐少章和牛宝两人与修罗鬼案件相关，但是又苦于没有线索可以证明。"我答道。

"我也认为导火索是牛宝之死，也认同这场屠戮与修罗鬼息息相关。不过，若说徐少章、牛宝会与修罗鬼有什么说不清道不明的瓜葛，我认为绝无可能。仅从时间上就可以排除双方存在交集的可能性。那种乱七八糟的为亲人复仇，或者早有恩怨等无凭无据的说法我们不予考虑。这已经超出了三个推理前提。"

"当然。在没有可靠证据的情况下，可以存在无限种可能。牛宝的死虽然是整个无人生还案的起因，但还不足以演变成血腥的杀戮。其背后说不定还存在着其他的隐秘原因。"我冷不丁又冒出个念头，"你们说会不会和天国圣库有关？"

我看看白泽，又看看陶方玉。他们两个人的眼神有些异样。

白泽蓦地愣了片刻，又立时扬起嘴角，顿感滑稽："你怎么不说跟《辛丑各国和约》的赔款有关呢！"

"啊？什么意思？"我也愣了一下，片刻之后也觉得刚才那句话确实有些低级。

"你这个神棍！"白泽又捉到了我的小辫子，道，"你这叫神棍推理。"

陶方玉在一旁笑得不亦乐乎。

"那不着边际的东西，和我们的案件没有丝毫关系。"

我一边搔头，一边尴尬地说："太激动了，说了不过大脑的话。"

白泽笑了笑，继续案情分析："对于初读手记的人而言，有些内容在乍看之下确实不合情理。"

我接过话锋，问道："是不是你刚才提到的智信等人的对话？"

在牛宝的死亡现场，智信等人搬出各种说辞，试图把嫌疑引向修罗鬼；在智信的房间内，七个僧人也一直商讨如何让徐少章放弃追查，后来又质疑徐少章的身份，再后来又似乎是提议杀人灭口。

白泽继续分析道："对于智信几个人的想法，我们可以设身处地地考虑。一旦从他们之中揪出杀害牛宝的凶手，说不定被抓的人会把招摇撞骗的事情全盘托出。就算这几个人都不认罪，达成攻守同盟，可谁也无法保证，徐少章不会凭借自己的关系在公堂上用点私刑。届时，就算你无罪，也可能被屈打成招。最终，一定会有人主动出卖真凶。所以，智信等人关注的重点不是凶手是谁，而是尽快大事化小，小事化了。"

确实如此。白泽对他们身份的揭露，使得手记里的不少内容得以准确解读。智信等人在牛宝死后的对话，不仅印证了这些人的身份，也反映出了他们的心态。他们虽然是一个团伙，但是心未必绞在一起。毕竟都是些江湖骗子，籍贯不同，年龄又存在差距，为了求财，保不准哪个起了私心。

"他们当中的某一个或几个因为利欲熏心而袭击了牛宝吧。"

我断言。

白泽没有直接回应我。他稍稍考虑了片刻，出于严谨，让陶方玉重新回顾了一下大雄宝殿的结构。

大雄宝殿的地面是天然的石头，稍加处理，由工匠们铺上了层地砖，地砖并没有被撬动过的痕迹；四壁几乎是贴着崖壁修建，周围没有多余可供隐藏的空间；墙壁内侧存在未经破坏的壁画，壁画上成片的污渍也证明没有人为改造、粉饰过；四壁也没有加厚的情形；殿顶的结构更加复杂，所以不需要费尽心思去逐寸检查，只要大致看一下就可以确定殿顶没有任何问题。

我紧接着补充说："没错。能出入大雄宝殿的只有正门以及两扇窗户。但是，殿门与那两扇窗户均被从内侧反锁。大雄宝殿作为密室是确凿无疑的。"

白泽紧闭双目沉思了一会儿，然后徐徐说道："既然建筑无法动手脚，那我们来看看这些人在当时所处的位置。首先，牛宝是身处大殿之内的。最先来到殿门外的是普明和普弘。他们在敲门无果，明确门窗由内侧反锁之后，才由普弘找来了智信和徐少章。此时的四个人都明确门窗是反锁着的，并由普明撞开了殿门。门闩断作两截。对于剩余四个人进入大殿的具体时间并没有严格的说明，但是根据手记中的说法，应该是普仁与普圆同时进入大殿。过了不久，普玄紧随而至。最后，普正跟了进去，并关上了殿门。至此，所有人都聚集在了一起。"

陶方玉一边翻阅着《修罗鬼志》，一边回应道："从手记上看，所有人都是从大殿正门进去的。再有，两扇门之间的缝隙可以忽略，无法从外侧对门闩动手脚。这表明牛宝是独处于殿内时发生了意外。可是手记中写的'黑暗处，一个混沌的东西从异界步入大殿，从虚无至有形，由远及近，徐徐变大，缓缓地逼近过来……'又好像在暗示他杀。"

白泽回应道："我也记得这句话。不过，文字的表述太模糊了。乍看之下是他杀，又好像是其他什么神秘力量所为。基于现实情况，这里应该是遮掩牛宝遇害的真相，也可能是作者故意释放出来的迷雾，就像'志怪一'中所写的刘福安看见成百上千只眼睛那样。对于提到的门闩，虽然我不清楚它的硬度如何，但是要挂好左右插式的门闩，似乎也不是什么难事。"

"你是说可以从外面挂上门闩？"我问。

白泽点点头。他捏住折扇的中央，放平，想象着这就是门闩。

"快说怎么做到？"

"你记得'志怪五'开篇的内容吗？"

"好像是在说乌鸦。"我翻到那一页。

"我想说的是劈柴。"

"劈柴？"

"一个简单的小把戏。"白泽已经陆续揭露了"志怪一"及"志怪四"中的骗术。此刻，他带着满不在乎的口吻说道，"从劈好的柴中挑选出一根长度适中、有一定韧性的木条就可以了。事先将门闩折断成两截，然后挂在门上。同时将那根木条插进门闩框内。只要韧度合适，能将门打开一条供人侧身通过的缝隙，即大功告成。"

"这么简单？但撞开门之后不是会多出一根木条吗？"我心想，这也太简单了些。

"假如我是凶手，除了会将门闩折断成两截，还会适当地多制造些碎片和碎块。遗憾的是，这些细节在手记与调查到的信息中都没有提及。"

"原来如此。那门外的所有人都可能是凶手了。"陶方玉一副恍然大悟的样子。

白泽继续说道："《修罗鬼志》在记录上并不完整，存在时间上的断档。比如，牛宝遇害至普明、普弘来敲殿门这之间有多久；普弘离开普明去找智信和徐少章，再折回来用了多长时间；普仁和普圆从看到众人进入大殿到他们自己进入耗时多久；在普仁和普圆进入大殿后，普玄又过了多久才进去；普正又是在普玄之后多久进入大雄宝殿的。这些全是空白。"

"这也就无法确定嫌疑人了。"我说道。

"如果所有人都是从外部进入大殿的，那嫌疑人的范围确实很大。但是，我们也不能排除另一种可能。"

"什么可能？"

"门闩完好无损，没有人做过手脚。在这种情况下，凶手可以提前隐藏在大殿内侧。当殿外的人撞开门之后，凶手再趁乱出现在其他人身后，佯装是刚进入大殿的样子。"

"啊！"我先是吃了一惊，之后立刻明白过来。

白泽放下手中的折扇，拿起茶杯轻啜了一口，说道："在这种情况下，我们排除最先步入大殿的人，值得怀疑的对象就只有单独进入大殿的普玄和普正了。"

"怀疑的范围一下子就缩小了很多。不过，普圆和普仁有没有可能一同作案呢？"我问。

"当然有可能，但是他们的嫌疑要比普玄和普正小很多。如果他们是凶手，那出现的时间未免太早了些。在我设想的第二种情况下，真凶在最后出现才是最安全的。而且，普仁和普圆两个人在一起的目标也比较大。我们要找的真凶可没有这么粗心大意，其作案也绝不是靠侥幸心理。"

我微微点着头，总结道："看来，修罗鬼扮演者和大雄宝殿密室案凶手的嫌疑同时集中在了普玄和普正身上。"

白泽突然话锋一转，说："刚才所谈的两种情况都是基于手记而做的推测。是否果真如此，目前还不能下定论。毕竟后面还有八人接连遇害，我们需要结合后面的案子来做统一的分析推理，做到前后印证。"

这是当然的。虽然我们仍缺少一些线索，不过今天的收获已经相当丰厚了。我内心已经兴奋到了无法形容的地步。

白泽也长长地舒了口气，做了这么久的脑力运动，也差不多要休息一会儿。

"小胖子呢？"白泽这才意识到小家伙不见了。

陶方玉指着后花园，说道："它自己在外面玩呢。"

这个小胖子一点也闲不住，趁着我们推理案件的工夫偷偷跑到后院里追蝴蝶。以它的小身子骨，追一会儿就累得气喘吁吁，要趴在地上歇好大一会儿才能再站起来。站起来了继续追，追累了再歇。反反复复，乐此不疲。

第十章

冶丝而棼

陶方玉忙活了半天，重新泡了一壶龙井。

再看看白泽，老老实实地在椅子上坐着。我还以为他是彻底放松了心神，不承想他突然挺起身板，在半空中左左右右嗅了一遍。

"你们闻到了没有？"说着，白泽起身朝后花园的方向走了几步。

我和陶方玉面面相觑，一时间都不明白这是什么意思。

"好香。"白泽说道。

"茶香？花香？"我问他。

"不对，不对。你们好好闻一闻，可能是桂花香。"

我还以为白泽在说什么奇怪的事情。桂花在南京是比较常见的。花开之时，芳香可以在清风的吹拂下飘散很远。正因为如此，民间也将桂花唤作七里香、九里香、千里香。

"好像还有一丝芋苗的香味。"

我当即明白过来，这位白老爷肯定是在说桂花糖芋苗。想吃，他还不直接把话挑明。

桂花糖芋苗是南京传统的街头小食，用蒸熟的新鲜芋苗，还有特制的桂花酱熬制。桂花酱的原料中又少不了新鲜的桂花，这当然就使得入味的食物散发出桂花的芳香。

"清石哥，你是不是想吃桂花糖芋苗了？"

"你们闻不到，难道还听不到吗？"白泽伸手指向院外。

我在屋子里只听见茶水煮沸的咕噜声。

"你们再仔细听听。"

香味还能靠耳朵听出来？

我和陶方玉走到白泽的身旁，试着分辨各种声音。隐隐约约中，有那么一个粗犷的声音。由远及近，愈发清晰起来。分明是有小贩在走街串巷，正叫卖着桂花糖芋苗。

我看了一眼白泽，又上上下下打量了一番。

"你是只妖怪吗？"

白泽咧嘴露出两排大牙，傻笑却不答话。

陶方玉从厨房拿了个瓷锅，跑到街巷上买了一大份桂花糖芋苗。

可能是刚出锅不久的缘故，透过瓷锅仍能感受到一丝温热。虽说桂花糖芋苗是本地的特色小食，但各家调制出的口味还是千差万别。单从色相而言，这一碗散发着热气的枣红色相当诱人。浆汁中绽开的朵朵桂花更是撩动着清香，令人无法拒绝。用小匙轻轻取一口浆汁，浓稠不失绵软，爽口却不甜腻。最重要的，芋芳酥烂软糯，火候掌握得恰到好处。

我看了一眼白泽，那副吃相真有点弟弟当年的样子。

小弟五六岁的时候，每每吃桂花糖芋苗都是一副大阵仗。他会牢牢黏在大人身边，两只小手紧紧攥着上下颠倒的筷子，眼巴巴地盯着小食，想抢第一口，生怕少一口。口水止不住流出来，用手背随心地一抹，连同那常年的大鼻涕，甩出半张脸的青渍。

现在自然不同了，我和陶方玉都不觉得有什么稀奇，只吃了一碗。白泽倒是吃起来没完没了。看他的架势，午饭是用不着吃了。

"朝饮木兰之坠露兮，夕餐秋菊之落英。"白泽端着个小碗，不忘风雅一番，"虽然赶不上那般意境，但是趣味还在。"

吃个桂花糖芋苗至于这么酸吗？惹得我浑身鸡皮疙瘩。我怀疑白泽第一次吃豆腐的时候，十有八九也吟诵过《诗经》。

"清石哥，这是有多好吃啊？"陶方玉不解白泽的口味。

"花馔可不仅仅是吃那么简单。我咽下去的是这两个字所涵盖的韵味。"说着，白泽又将一勺芋苗送进嘴里。

哎哟！真是酸死个人喽！

"花馔"这个词平时用得不多，估计不少人也是第一次听说。用四时花卉做成的菜肴、糕点就统称为花馔。中国的花馔也有近千年的历史。远的不说，自明清时期，南京人就开始用桂花泡茶、酿酒。后来，用桂花作为食材的菜肴、糕点也不断问世。记得前几天我们吃了南京赫赫有名的盐水鸭。盐水鸭虽然没有用桂花做食材，但因为中秋节前后的鸭子最肥美，此时的盐水鸭也美其名曰桂花鸭。

"桂花除了做食材，还有诸多有趣的寓意。"白泽又吃完了一碗，终于闲出一张嘴继续说话了，"白居易有'桂折一枝先许我，杨穿三叶尽惊人'；王勃则有'桂客攀荣，松宾改律'……"

话没说完，就又忙着给自己盛了一碗。

白泽说的我也略略知晓一些。唐宋诗词中有不少以"桂"组成的词，用来比喻登科及第与登科及第者。此外，农历八月称为桂月，秋露称为桂露，等等。

自打陶方玉把桂花糖芋苗端进院门，哮天犬就开始屁颠屁颠地缠在我们周围。它伸着舌头，摇着尾巴，可怜分分地看着我们三个人品尝美味。吃一碗少一碗，小胖子也愈发着急。朝着我们叫了一声，似乎在彰显它的存在。

　　"你也想吃吗？"白泽看了一眼小胖子。

　　它立刻点点头。

　　"你看你都这么胖了。"白泽看了一眼手中的碗，又看了一眼小家伙，左右为难，"这可是最后一碗了。"

　　小家伙兴奋起来，瞪着双眼企盼着，还不住地摇起尾巴。

　　"我就勉为其难，让我先胖死好了。"说着，白泽两三口就把最后一碗吞进了肚子。

　　小家伙立时瘫软在地上，呜呜叫个不停，一副生无可恋的模样。

　　说实话，它的体重确实有些超标了。

　　我看也差不多了，便想将他们拉回刚才的话题，说道："白老爷，您吃好了没？"

　　"吃好了。"

　　"开不开心？"我又问。

　　"开心。"

　　"高不高兴？"

　　"高兴。"

　　"那我们是不是可以继续研究案子了？"

　　白泽哈哈大笑，连连称是。

　　三个人饮了一轮小茶之后，再次进入正题。

　　苦厄寺里的杀戮是从半夜开始的。整个行凶过程可谓一气呵成，毫不拖泥带水。

白泽用手指摩挲着茶杯，思忖了片刻，说："考虑到案件里的人物和线索都比较多，也为了便于说明和理解，我认为可以先将凶手制造无人生还的诡计大致划分成九种，然后尝试着嵌套，在每一种情况下分析、查找嫌疑人。

我愕然道："九种？有这么多？"

白泽随即切入主题，说道："第一种暂且称为最后的死者。凶手极有可能是最后死掉的那个人，或者是接近最后死掉的那一个。之所以会变成无人生还案，可以细分成三个方面的原因。首先，凶手自杀。自杀可能是因为凶手本就抱着必死的决心，所以在目的达成之后自行了断；也可能是凶手在行凶之后求生无门，绝望而死；再就是为了隐藏某些特殊意图而自杀，造成他杀的假象。第二个原因是在行凶过程中被他人袭击，造成了致命伤，最终毙命。第三个原因就是发生各种意外导致了凶手死亡。"

从手记中看，最后死掉的人应该是徐少章，而在他之前遇害的则是智信。手记中在记述智信遇害之后便戛然而止，对徐少章的谋害过程未加一言。从老仵作那里已经得到证实，智信是胸口被刺入金刚杵而死的，最后还被削去了头颅。徐少章则是胸前被刺七刀。如果仅仅从这两个人分析，最后一个遇害者无论如何也不可能是智信。一个人如何将金刚杵刺入自己的胸口，还要前后贯穿，并最终砍掉自己的脑袋？这简直就是天方夜谭。

我不解地问白泽："从医学方面而论，徐少章要在自己的胸口刺上七刀也有些匪夷所思。无论两个人谁是真凶，既然是仅存的一个人最终选择了自杀，又何必把自杀设计得如此复杂呢？"

"依据目前的情况而言，我也只能稍加推测。徐少章杀人可能是察觉到了智信等人的不轨企图，于是他先下手为强了。智信举屠刀则可能是杀人灭口，之后一个人携资逃匿。"白泽解释道。

"你认为徐少章就是本案的真凶？"

白泽轻轻地摇了摇头，意味深长地说："从他们当中选的话，我更倾向于智信是凶手。智信之所以从一开始就戴着修罗鬼的面具，可能是以防万一。如果他的杀戮不成功，可以找机会摘掉面具，自己再扮演成受害者的角色。可最终，仅剩下了智信和徐少章两个人。二者殊死相搏，都给对方造成了致命伤。徐少章常年征战沙场，其身上的杀戮之气未消，在搏斗中砍下了智信的头颅。而徐少章也因为伤势过重，在回到法堂之后倒毙。"

我随即提出质疑："可是，智信的手里握着杀害其他人的凶器。而且，也是这件凶器割去了智信的头颅及耳朵。我倒是认为在第一种诡计模式下，徐少章更具有行凶的嫌疑。徐少章察觉了这群和尚想要谋害他，于是他先开杀戒。然而，他在与智信搏斗过程中身受重伤，知道自己也活不到天明。为了避免自己的祖庭蒙羞，在太平时期还被人扣上屠夫、恶魔的帽子，于是他把从寺里发现的修罗鬼面具扣到了智信的头上，又把凶器塞进了智信的手里。"

在一旁侍茶的陶方玉也补充道："这样一来，就将案件的重点转移到了修罗鬼上，淡化他自己是凶手的问题。我记得修罗鬼在成功杀害了普明和普弘之后，手记写了这样一句话：'至此，只剩下智信了。'这是手记作者露出的最明显的马脚。最后，再从'志怪五'的内容上看，除了牛宝最先毙命外，凶手记录了所有僧人的遇害过程，却单单跳过了徐少章。这就有点此地无银三百两的意味。"

"可是……"白泽话锋一转，反驳道，"你们的推理也存在漏洞。在行凶过程中，修罗鬼分明对苦厄寺及几个僧人都分外熟悉。手记中还提到普明和普弘习惯性挂上门闩。还提到他们的僧房在布局上与前两间一致。这说明修罗鬼极有可能是几个僧人中的一个。所以，那句'只剩下智信了'，其实表达的是要杀掉的和尚中只剩下了智信。凶手在智信的胸口刺入金刚杵之后，智信就毙命了。然后，凶手才将目标转向了徐少章。"

我听完白泽的回答，委实有些泄气，辩称："这应该是作者的障眼法吧。"

白泽也渐渐发觉此处存在不少矛盾，继续说道："智信等人在方丈室中密谈的时候，智信特意确认了一下北院的大门是否锁好。他得到了肯定的答案。密谈结束后，其余六个人都各自回房休息了。凶手在后半夜行凶时，直接推开了北院的门进入。此处该如何解释呢？我认为凶手应该是七个僧人中的一个。"

结合有可能扮演修罗鬼的人选，还有大雄宝殿密室案中最后进入大殿的人选，凶手难道是普正和普玄中的一个？可问题是，根据手记中的描述，普正在遇害顺序上排第二位，普玄则排在第四位。他们的死亡排序与白泽提出的第一种诡计模式不符。

我看出了问题，进而提出另一种假设："清石，大雄宝殿密室案和无人生还案会不会是两个独立的案子呢？"

白泽思忖了片刻，回答道："不是没有这种可能，但我们即便将两个案子拆开来分析，在第一种诡计下，还是没有完全符合条件的嫌疑人。"

陶方玉听到白泽否定的结论，随即追问第二种。

"第二种诡计就是有人诈死。"

这一种很好理解。我不免第一个就想到牛宝。假如牛宝就是凶手，那他为什么要戴着修罗鬼的面具？他是从什么地方翻出来的？

还有那把被认定为修罗鬼系列案中的凶器。我们已经分析过徐少章、牛宝与修罗鬼系列案不存在关联。所以，面具和凶器不可能是他们带去的。唯一的解释就是，这两件东西是属于苦厄寺的。如果是从寺院里翻出来的，那智信等人对重要物证的保管未免也太粗心了。

"牛宝的尸体被抬到了库房。那里面保存了很多寺院的用品，包括佛像、竹香、灯油、炉具等等。说不定面具和凶器就是在库房里找到的。但是，对于牛宝是否是凶手这一问题上，面具和凶器都不是重点。"白泽瞅着间隙喝了口茶，润了润喉咙，说道，"重点在于牛宝的死要比所有人都早上两至三个时辰。"

我理解白泽的意思，牛宝的死亡时间是个无法回避的问题。我也考虑过牛宝通过某种方式变更了自己的死亡时间，可又立刻被自己说服。第一，如果牛宝要提前自己的死亡时间，那他必然需要借助很多工具。他在死后要如何处理这些工具呢？两位仵作应该不会连这点小伎俩都看不破吧。第二，在大殿中，牛宝的死是由徐少章确认过的，也由普明复核过。作为对立的双方，他们没有必要说谎。

如此一来，牛宝彻底地被排除嫌疑了。

"在大雄宝殿密室案之后，普正是第一个遇害的。按照手记中提供的信息，普正虽然年龄最小、体质最弱，但却是最有犯罪动机的一个人。"白泽说。

我也有同感，回应道："普正似乎一直都在遭受几位师兄的欺凌。除了因为普正笨手笨脚，还因为他弄坏了佛像和菩萨像，差点让众人在那位喜怒无常的郭巡抚面前惨遭重罚。"

我记得普正从佛台上跌落造成了骨折，但并未得到几位师兄的细心照料。长此以往，势必会使普正对其他人心生睚眦之怨。在牛宝遇害之后，普仁又将愤怒的矛头对准了他。普仁不仅在大殿里当面怒斥并扇了普正耳光，在北院又以极其暴戾的方式虐待他。这一切都可能会火上浇油。再回溯之前的内容，普正在诛杀修罗鬼事件中扮演了那只逃亡的白发修罗鬼，在大雄宝殿中最后一个出现，在这里又有充分的动机……

"可是……"

我的身子一凛。白泽这是要做什么，自己提出的推论，自己又要推翻？

"可是，普正的死因是背部中了十一刀，其中的两刀还刺中心肺。这种伤势，就算不会立时毙命，也会丧失行动能力。如果说普正的伤是与最后一个死者搏斗时造成的，那也有很大的疑问。根据仵作对现场痕迹的调查，还有手记的记述，只有智信和徐少章存在过与凶手搏斗的迹象。普正与智信搏斗的可能性不存在。如果普正先中刀，智信如何砍掉自己的脑袋？试想一下，如果智信先遇害，普正背后的刀伤是如何形成的？作为医科生，你也应该比我更清楚吧？"

我当然清楚，心肺部位中刀的话会迅速丧失行动能力。

"假设普正与徐少章发生过搏斗，那么两个人的死亡现场未免相隔得太远。普正是死在了北院的解忧所，即茅坑里，而徐少章则在寺院南侧的法堂内。一个是背部中了十一刀，一个是胸前中了七刀。"白泽点到为止，没有继续说下去。

确实如此。一旦考虑两人的死因及倒毙位置，得出的结论不免令人气馁。

同样地，普仁作案的可能性也微乎其微。他的额头上插着一柄长斧，而且斧柄是在头部上方的位置。

"普玄与普圆也应该没有嫌疑。从血流量及喷溅痕迹来判断，他们两个人的死亡现场与普仁的基本一致。两个人都是在睡梦中被割喉而死的。"我说道。

陶方玉在一旁考虑了半天，缓缓插嘴说道："有没有可能是普明和普弘中的一个人犯下了无人生还案？"他停顿了一下，继续道，"如果将一根长绳的两端系在一起，做成绳圈，然后在上面固定住凶器。之后，将绳圈的一端套在智信的手上，另一端掌握在僧房中的凶手手里。凶手在房间内刺伤自己，在断气之前拉动绳子将凶器传递到智信的手里，最后剪断其中的一端，收回长绳。又或者，凶手只是想假扮遇害者，但是没想到自己没掌握好分寸，最终自己也一命呜呼。"

我听着感觉很离谱。

白泽也笑了笑，回应说："第一，如何保证凶器不会卡在某个有棱角的地方？第二，普明和普弘的伤口差不多集中在胸口附近的位置，几乎处处要害。第三，凶手在房间里如何把长绳处理掉？就算衙役们不明白长绳的用处，总会觉得可疑而记录在案吧。第四，此类血腥复杂的案件，如果仅一个人幸存，若是没有强有力的背景，就算你不是凶手，官府也会将你屈打成招办成死案。"

如此一来，所有人又都没有作案的可能性了。

我将目光移向白泽，静候他说出下一种诡计。

"第三种诡计是孤岛外的凶手。"

我和陶方玉点头表示明白。不过，白泽的说明令我们的思路更加清晰了一些。

孤岛外的凶手，指的就是字面上的意思。说得夸张些，凶手是个"神"一般存在的人。不需要出现在案发现场，因为已经提前布置好了各种陷阱、机关。

举例来说，有人患病了需要吃药，那就在病患的药中掺进一粒外形相似的毒药，可具体死亡时间不确定；有人嗜好吸烟，就在一包香烟中随机抽出一根，在烟嘴上涂上剧毒，等等；让幕后的真正主谋置身事外，并远离案发现场。这类诡计严重依赖遇害者的个人习惯、生活方式，还有职业、性别等因素。除去这些内容，还需要有足够强大的运气才能完成。

"我感觉第三种诡计很有挖掘的空间……"我一边思考，一边脱口而出。

"第三种可以直接排除掉。苦厄寺里的九个人都是他杀，而且都涉及铁器，异常血腥。再有，衙役们专门搜查过，没有密室、密道。虽然没提什么杀人机关，可如果有的话，老仵作早就告诉我们了。"

好吧，我刚才只是出现了幻觉……

"刚才说的前三种诡计都是针对完整、标准的孤岛模式，即名副其实的与世隔绝。接下来说说几种伪孤岛模式。"

我好奇地问道："伪孤岛模式？是指有通道之类的吗？"

白泽点点头，解释说："伪孤岛模式的诡计大致分成三类：第一类是凶手为了逃生而设计出的诡计；第二类是案件内或者案件外的人存在心理盲区，误以为案发现场是与世隔绝的状态；第三类是虚构案件要素以达到特殊目的。接下来说的几种诡计都脱不开这三大类。"

区分得好细致啊！我暗暗佩服，真不知道他是怎么想出这些奇奇怪怪的东西的。

"第四种诡计是替身。"

这一点也非常好理解。

"这一点再次细分下去，包括了双胞胎替身，多胞胎替身，一人饰演多个角色，多人扮演一个角色，提前准备一具与凶手相像的完整尸体，或者无头尸体、尸块等等。但无论怎么变化，都是与替换身份相关。这类诡计的设计有双重意义。第一重意义是在案发过程中有利于掩护凶手的真实身份；第二重意义则是在成功行凶之后使凶手顺利脱身。"

白泽斜靠在椅子上，似乎处于很放松的状态。他一边说，一边还在逗哮天犬。不过，哮天犬似乎还在生气，不愿意搭理他。小家伙趴在地上，仅用四条小短腿蹬着地面，像划船一般将自己肉嘟嘟的身体原地转动了一百八十度，只将屁股冲向白泽。

白泽觉得好笑，但也没有继续捉弄小家伙。

"可是苦厄寺中的尸体都被逐一辨认过，并且是通过几轮不同的人来确认。官府最终也明确了九个受害人的身份，没有任何问题。"陶方玉提出异议。

"没错，所以这种替身的诡计我们也可以排除掉。"白泽的回答很干脆。

"第五种呢？"我问。

白泽拾起茶案上的折扇，边踱步边思考，边思考边解说。

"第五种诡计就是案发场所并非严格的'与世隔绝'。"

其实，白泽概括出来的诡计从字面上都很好理解。重点在于他所举的例子可以令我们快速扩展思维。

"第一，始终存在供凶手出入的特殊通道，或者此类通道的形成需要配合特殊的职业与能力，例如经常攀爬悬崖的郎中、猎户等。

"第二，在某些特别条件下'与世隔绝'的状态会短暂消失，例如落潮时的孤岛上会出现一座通往外界的石桥。

"第三，案件前半段处于隔绝状态而后半段则不是，此类与前一种相似。

"第四，根本就不存在隔绝的状态，仅仅是一种假象或者心理误导。

"我们在前面已经明确苦厄寺是彻底的与世隔绝状态，所以上述四种可能性也可以被排除掉了。"

"既然你提到存在非完全隔绝的可能性，那凶手是否可以从空中逃离？"陶方玉的思维相当发散。

"从空中逃离？"白泽扭过脸，一副莫名其妙的表情。

陶方玉慢慢解释说："中国自古就不乏各类能工巧匠。例如，春秋战国时代的鲁班创造出木鹊，墨子也制造过木鸢，这两种机械都可以通过自身的传动装置在空中长时间翱翔。智信这几个人中或许就有一个技艺超群者，按照纸鸢的样子制作出一个大型的木鸢，然后趁着夜色逃走。这也刚好呼应手记中修罗鬼诡异消失的描写。就算不提几千年前的事例，我听一些留学的朋友说，西方人也时常制作各种工具尝试飞行。"

我听了都想笑，但想着还是给胞弟留点颜面。

白泽认认真真地回答："确实有一些欧美人在尝试各种方式的飞行。不过，从我们手上的案子来看，有三点可以否定你的设想。第一，还是人数的问题。第二，即便有人制造出可以飞行的木鸢，可在一个狂风暴雨、雷电交加的夜晚飞行，基本就是奔着遭雷劈去的。第三，最重要的一点，整个案件的形成属于非预谋性。这一点我们也在前面讨论过。不可能存在一个未卜先知的人，没有谁会想到苦厄寺会变成一个穷庐孤岛。即使临时制造飞行的工具，时间上也未必来得及。就算时间充裕，苦厄寺中有没有足够多的材料也不确定。这林林总总归纳起来，依旧面临着案件的诸多偶然性、突然性、不确定性。"

陶方玉听了有些沮丧。

我虽然也有些沮丧，但是看着一条一条的可能性在排除，心中又似乎燃起一线希望。毕竟，将所有的不可能都排除之后，剩下的就是真相。

紧接着，白泽又列举了两种诡计。

第六种诡计是共谋，即除了某个特定人物之外的所有人或者大部分人都是同谋。其目的是伪造一个无人生还案，借此来折磨某一个或几个特定的对象，并通过各种暗示来促使特定对象自杀。不过，这种诡计在苦厄寺的案件中并不适用。

第七种诡计是被遗忘的人。这是指凶手因其特殊的身份、职业等因素被忽略了，而且在人数上一般都处理得非常模糊。比如，欧美的戏剧在舞台外会有指导、编剧之类的人物；在一系列的采访中会存在某个小记者；酒店门口被人无视的开门侍者；王公贵族下马车时跪在地上作为人肉踏脚凳的卑微奴仆。此外，这个诡计还可以衍生出一个在暗中"偷窥着的人"。

"偷窥着的人？"我好奇道。

"在密室、暗道里秘密行动的人。不过，这第七种也要被我们扔掉了。"

说着说着，就只剩下最后两种诡计。随着分析的深入，虽然数量在减少，但破解谜案的可能性却不断上升。我能感觉到自己的血液在加速流动，内心明显兴奋起来。

"第八种诡计叫透明人，算是从上一种细分出来的诡计。"

陶方玉也对白泽的提法感觉新奇，问道："人怎么可能是透明的？"

白泽绕到我和陶方玉的对面，将双臂伏在椅背上，解释说："这里的透明并非我们平常所理解的完全看不见，而是案件中的所有人都假装看不见或者索性无视。"

"这怎么可能呢？"我也不是很理解他的意思。

"凶手作为透明人的成因也比较多，比如恐惧、厌恶、宗教、惩罚，又或者是人的视力等。我举个例子吧。由于中国长期处于封建社会，存在严格的等级制度，逐渐形成了各种尊卑礼制。仆从对于主子除了恭敬，还存在一些畏惧的心理。如果某个主子经常对下人施以毒打，则下人可能长期保持一种唯唯诺诺的状态，不敢正视自己的主子，还要始终弓着身子。这就形成了透明人的初步条件。再有，因为一群人都厌恶某个特定的人，所以他们约定任何人都不得与被厌恶者发生一切形式的交流、互动。这也是透明人。"

我思考了片刻，好像理解了透明人的含意，说道："在苦厄寺中应该不存在这样一个透明人。首先，还是人数问题。其次，就算智信等七个人可以无视某个人，但徐少章和牛宝是突然而至的外来者，他们不可能稀里糊涂地无视某个人。除非是这本手记的作者故意没写相应的内容。"

白泽接过我的话，补充说："你说得没错。这种彻底的无视应该有一定的原因，最可能的就是发生在一群孩子之中，或者一群彼此非常熟识的成人之中。如果要让不相干的成年人参与到如此莫名其妙的行为里，几无可能。"

"这么说来，刚才的五种伪孤岛模式也都不是凶手使用的诡计。"我的沮丧恐怕都已经写在了脸上。

"确实不是。现在细想一下，刚才的五种诡计有一个致命的问题，就是一旦案件结束，当无关人进入案发现场后，极易发现凶手以及密道。所以这五种诡计适合写成小说，然后将谜团抛给读者。换作真实的案件，那凶手就必须在案件结束后，在外人介入前找机会逃走。只有这样，才能展现出一件看似完美的无人生还案。反观我们手中的案件，凶手就算活着也没有丝毫的机会在众目睽睽之下逃走。"

如此一来，现在就剩下最后一种可能性了。

真相，真相近在咫尺了！我和陶方玉有些按捺不住，内心的波澜好似千回百转，终于要柳暗花明一般。

"第九种诡计是后孤岛模式。刚才我们提到的前三种是严格的与世隔绝，后五种是存在瑕疵的案发环境。后孤岛模式则是指无人生还案的形成是在隔绝状态被打破之后。"

陶方玉也似乎开了窍，细细回忆道："在案件里进入过案发现场、观察过所有遇害者的死状、参与调查了整个案件的过程，并可以堂而皇之书写死者死因的人……"

"仵作。"白泽用折扇敲了下椅背，替陶方玉说出了答案。

"对，对，对，就是仵作。仵作可以根据自己观察到的现象、痕迹，再结合验尸后的结论，合理想象案件发生的全过程……"说到此处，我才意识到自己太兴奋了。

"可是……"

仅仅是眨眼的工夫，白泽再次给我泼了一盆冷水。

"可是苦厄寺的案件并不适用后孤岛模式。我们在一开始就确定凶手身在苦厄寺中，如果这本《修罗鬼志》是仵作写的，那前后的矛盾就显而易见。而且，无论是许仵作还是他的师父，都没有必要隐瞒自己写这本手记的事情。再有，记录案件细节的那些册子中有不少验尸的细节是两位仵作自己整理、书写的，其笔迹和《修罗鬼志》中的完全不同。"

白泽这是闲得蛋疼吗？他自己一连提出九种诡计，又差不多被他自己全盘否定。

白泽也有些泄气，说："对于我刚才列举的九种模式，我也没有事先做更多细致的分析，完全是在当下做一做尝试。我也没料到这案子果真是无路可寻。"

说完，白泽一屁股瘫坐到椅子上。

我沮丧地说："是不是手记的作者歪曲了绝大部分事实？"

白泽立时反驳："如果你这么认为，那我们绕来绕去又回到了起点。难道还要从头开始解释吗？"

我微微撇了撇嘴，将思路再次拉回正轨，说："也许《修罗鬼志》中的前四个故事在无人生还案之前就已经写好了，而最后一篇则是在凶手杀死所有人之后的当夜赶工写完的。"

白泽立刻反驳道："我不认为存在这种可能性。第一，前四个志怪的篇幅都比较短，而第五个的字数最多，记述的结构并隐藏凶手的线索也最复杂。有什么人可以在短时间内就写好呢？第二，'志怪五'相比'志怪一'和'志怪二'，其中出现的用字、文法等错误均少了很多。第三，凶手如何大幅提前自己的死亡时间？"

我紧紧地皱着双眉，一脸的沮丧与焦虑。

"清石，说不定真的有修罗鬼这类东西。毕竟这个世界上还有很多我们无法解释的事物和现象。"

白泽虽然情绪也有些低落，但显然还是比我乐观的："如果真有修罗鬼，我还真的想见一见。"

"要不然就是智信真的可以把自己脑袋砍下来，然后摆放到炉台上，最后再站得远远的。"陶方玉这算是开玩笑吧。

"你这就是泼皮无赖了。"白泽评价道。

各种平常看似不可能实现的情况都一一尝试、对照，可依然无法破解修罗鬼的出现、消失，以及行凶的谜团。我和陶方玉的脸上满是失落与沮丧。

"你们也用不着悲观。毕竟我们掌握的线索仅仅是这本《修罗鬼志》，再加上五十年前整理的线索。也许有些至关重要的线索并未收录。"白泽宽慰道。

我一边低眉凝视着桌案上的资料，依旧不肯罢休，面带愁容继续喃喃自语："九个人……绝对严苛的孤岛……无人生还……全部为他杀的状态……没有人是凶手……又有人写了这本手记……修罗鬼究竟是谁？"

"修罗鬼只是个符号，自始至终都没有让我们一睹真容。"白泽说。

"清石，我依旧赞同你的观点，即凶手为了隐藏自己，在写这本《修罗鬼志》时刻意不采用自己的视角，也尽可能不提及与自身相关的细节，更不表达主观想法。正因为如此，凶手才会肆无忌惮地写出还原度极高的案件与事件。我在想，是不是我们在分析前面某个环节时误入了歧途，致使偏离了正确的轨道。又或者我之前的既定想法误导了你呢？"

"应该不至于如此吧。"白泽陡然一怔，思索了片刻，说道，"退一步讲，假如真的存在误导，那凶手是从什么时候开始误导我们的，其设置的陷阱又究竟是什么呢？"

"对，陷阱，就是陷阱。这里一定有什么让我们自然而然掉入的陷阱，而我们又浑然不知。"我的双眸瞬间亮了起来。

白泽没有立即回应，而是盯着桌面上的一堆资料努力回想每一个细节。

陷阱？是否存在？是什么样的陷阱？有几处？在哪个或者哪些环节？

白泽斜靠在椅子上，双眼直勾勾盯着趴在地上生闷气的小胖子。不知道他是有意还是无意，冷不丁地打了个响指。小胖子立时竖起了耳朵，站起来看向白泽。它的忘性倒是不错，居然欢天喜地地蹦到了白泽跟前。

从白泽的眼神可以看出，他一直处于思考的状态，并没有对小胖子投入过多的关注。白泽伸出两根手指，一指后花园的水井，小胖子似乎立时明白了他的用意，一溜烟就跑到水井旁边。之后，它又转过身望着白泽。手指一勾，小胖子又得令般跑到他脚下。白泽一指一勾，小胖子一去一返。这就是传说中的"招之即来，挥之即去"吧。

隐约中，我好像体会到一种"吃里爬外"的背叛。小胖子，你今天的午饭和晚饭铁定是清水煮白菜了，而且还不加盐！

"后面……中间……前面……中间……"白泽喃喃自语了半晌。

我没有制止他怪异的举动。

突然，似乎有一道闪电击中了他脑海里最关键的死结。白泽猛然拍案，惊得我和陶方玉差点仰面摔过去。

"子廷，子麟，我们全错了，全错了。我们从一开始就错了，而且是大错特错，一直都被凶手牵着鼻子走呢！"白泽的面颊上开始洋溢出兴奋之色。

看见白泽的脸色呈现明显的喜悦，我也瞬间来了精神："什么？什么？全错了？为什么一开始就错了？难道要全部推倒重来吗？你究竟是说什么？"

"只缘身在此山中。"白泽引用苏轼《题西林壁》中的末句，"我们从最开始就掉进了凶手布置好的陷阱，所以无论如何推理、演进，始终都是在没有出口的迷宫中无休止地胡走乱撞，直至我们自己放弃或者累死。"

　　"是我们的线索存在误导吗？"我睁大了双眸，探身询问。

　　"线索凿凿可据，可正因此，才使我们从一开始就直接陷入了迷宫。"

　　我搔了搔头，仍旧有些不明就里："你究竟在说什么？已经知道凶手是谁了？"

　　"我已经真真切切地看到了那只修罗鬼。它再也藏不下去了。"说着，白泽将茶杯中已经凉掉的茶水一饮而尽，并带着无比兴奋的神情言道，"让我们来撕下修罗鬼的画皮吧！"

"无人生还"的九种诡计全部被否定，是否都在您的意料之中？

　　白泽所说的"我们从一开始就错了，而且是大错特错"，指的又是什么？

　　志怪探案三人组已经排除了诸多可能性，凶手也呼之欲出。如果您余兴未消，现在就可以重新梳理一下手中的线索，探寻近在咫尺的真相。

第十一章
画皮之下

白泽显然开始兴奋起来，他站在书房的北门边，不停地用折扇比画。

"我们已经确认过《修罗鬼志》的作者就是凶手。再精确一点，作者是刘福安噬魂案、马氏母子断头案、苦厄寺无人生还案的凶手，并且还参与了智信等人诛杀修罗鬼的事件。在这一点上你们还有异议吗？"

"没有。"我和陶方玉齐声作答。

"既然《修罗鬼志》的作者就是凶手，那么凶手还需要满足两个极其重要的条件。第一个是视角；第二个便是时间。"

我和陶方玉默不作声。

"在刘福安的案件中，修罗鬼一直于黑夜里紧密相随，对刘福安奔命时的恐惧历历在目。所以在文字记述上可以凭借合理的推测，以刘福安的视角叙说几乎全部的过程。唯一需要特别指出来的，就是凶手没有记录刘福安被抬回家后的内容，可能是凶手丝毫不在乎，更可能是他根本不知道后续所发生的情况。"

这我倒是明白的。马氏母子断头案和诛杀修罗鬼事件也是同理。在这一案一事中，凶手没有使用任何一个在场人物的视角，而是以旁观者的角度客观描述了发生的一切。但是，凶手对马氏母子遇害后发生的事情没有记录，对于草丛中的富商及和尚也只字未提。之前，我们也对这几篇志怪做了评价，即虎头蛇尾。

白泽停顿了片刻，看到我和陶方玉没有疑惑，便继续说："最后一件无人生还案中，作者依旧以旁观者的角度记录了全部过程，并难能可贵地写出一两句自己的想法。在该案中，修罗鬼的视角遍布整座寺院，涉及的情景包括斋堂中普仁与普圆的对话、法堂中智信与徐少章的对话、大雄宝殿内八个人的对峙、夜半北院的方丈室内众僧的谈话，等等。凶手之所以可以轻松转换各种场所，并且描写得异常细致，是因为他始终都身处其所记录的场景，参与进了所有事件的发展之中。"

"视角问题经你这么一分析，没想到居然如此重要。不过，这是否会使推理变得更加复杂呢？"一次次的无功而返，我的顾虑也并非毫无道理。

"当然不会。"白泽用折扇敲了一下自己的左手，继续说，"第二个需要满足的条件就是时间。这当然就是指凶手需要有充足的时间来写完这本《修罗鬼志》。牛宝的死亡时间最早，比其他八个人要早上两至三个时辰。其他八个人的死亡时间基本都一致，如果没有这本手记就无法确定遇害的先后顺序。再有，'志怪五'中的字体与前四篇一致，用的也是比较工整的楷体字，没有体现丝毫的急迫感。"

"那凶手究竟是谁？"我探着身子，连忙催促着。

白泽似乎因为看穿了所有的诡计和谜团，整个人显得异常轻松。他摇了摇手中的折扇，慢悠悠地答道："别急，别急。这第十种无人生还的诡计确实有些意思，如果我直接揭出谜底，你们还未必能接受得了。不如我结合中国本土的历史、民俗给你们出个差不多的简单谜题，也好让你们可以适应最终的真相。"

我站起身凑到他面前，恳求道："白大老爷，你就别再卖关子了，痛痛快快地说出来吧。苦厄寺的案子都已经让我招架不住了，你居然还要出同一类型的谜题，那我依然是解不开啊！"

"放轻松些。两个谜题相比较，我的更简单，也更接地气。只要你们能看透我的谜题，那对于修罗鬼的那点伎俩就非常容易理解了。"

"好吧，好吧，谜面不要太长，尽量简单明了。"我对于揭示谜底已经急不可耐。

"给我半分钟，让我稍微组织下故事的背景和逻辑。"

说着，白泽在书房里来来回回地踱步。在数分钟的沉默之后，白泽微笑着对我和陶方玉说："你们仔细听好。"

光绪年间，一个贩马的商人带着自己的伙计风尘仆仆去北方边境买马。他们从草原的牧民手里购得二十四上等的骏马，准备卖到江浙地区。归途路过山西，恰巧那一年三晋之地饱受旱灾，加上多年战乱，民不聊生。有点底子的人家尽可能变卖家产苟活；一无所有的农户大多举家逃荒。贩马的商人路过一户农家，发了善心，主动提议购买三匹小马，但只愿意付平常马匹一半的价钱。卖马的人家无奈，只好答应了这笔生意。商人命令仆从将新买的马匹系在自己马车的车辕上，然后继续赶路。不得不说，中原地区圈养的马匹与草原上放养的无法相提并论。主仆二人赶着马匹走了个把月，终于到了江苏地界。

一日，他们路过人烟稀少的山林地区，不巧天降大雷雨。主仆两个人只好躲进一间破旧的土地庙暂避。没多久，又来了一个人。这个人也是因为恰逢暴雨，前路后途均泥泞不堪，没有办法赶路才躲进去的。

同在屋檐下，双方各自做了简单的介绍。这一介绍过后，双方的陌生感顿时消失了大半。原来，他们在生意上存在着千丝万缕的关系，而且还有数位共同熟识的友人。一边是贩马的商人及仆从；另一边是专做中间撮合生意的牙商①。他们堆起篝火，拿出酒和干粮，边取暖充饥，边谈起时下的易货行情。

雨水持续不断，他们三个人的前后路被彻底阻隔。这座土地庙，俨然成了一座世外的孤岛。两坛烈酒下肚，三个人酩酊大醉，然后沉沉地睡了过去。

夜半三更，土地庙外暴雨滂沱，庙内则鼾声此起彼伏。诡异的一幕就此上演。在篝火的映照下，墙壁上有黑影开始憧憧地滋生、晃动起来。一阵阵沉闷的响声过后，庙内的血腥气息不断弥漫开来，与空气中的湿气搅拌在一起，令人作呕。

翌日，雨停了。泥泞的道路在阳光照射下逐渐恢复了交通。有一队过路的商人发现了土地庙内发生的惨剧。庙内，三个人都是先被勒颈致死，然后被石块砸碎了脑壳。经确认，三名死者分别是贩马的商人及其仆从，还有那位躲雨的牙商。

我和陶方玉都是一脸的茫然。

"我说完了，轮到你们两个解谜了。"

"什么？这就完了？前面讲了那么多，结果谋杀的环节就这么三言两语？"我抗议道。

白泽笑了笑，解释说："故事都是需要交代背景并烘托气氛的。我的这个谜题不用想得太复杂，谋杀的细节问题可以忽略。"

"清石哥，你的谜题和苦厄寺的无人生还案一模一样？"陶方玉略有些怀疑。

"准确而言是大同小异。固定的人物，隔绝的空间，最后也是无人生还。"

即便三个要素毫厘不差，我也是没有头绪。

陶方玉抓耳挠腮地思考了半天，同样是一无所获。

"不要考虑凶手是用什么质地的绳子，何等形状的石头，也不要考虑绳子在脖子上绕了多少圈，石头朝脑袋砸了多少下，这些都是细枝末节、无关痛痒的内容。你们只需要考虑凶手是如何混进这'三个人'中的。"

如何混进"三个人"里的？我着实理不出头绪。本来就只有三个人物，双方最初都不相识，完全没有机会混进去。

"清石哥，按照你给的设定，他杀是没错，但是不可能有人混得进去吧？"

"稍微想想看，我这个谜底绝对比修罗鬼的隐匿方法要好理解。"

"那你就不能给点提示吗？"我问。

"好吧！谜底是四个字的词语，提示的关键词有这么三个，'贩马''江浙''牙商'。"白泽绕到茶案前，拿起杯子轻啜了一口，接着说道，"我已经是把正确答案都直接告诉你们了。"

四个字？贩马？江浙？牙商？我反复咀嚼这几个提示，看一看绞尽脑汁的陶方玉，瞧一瞧悠然自得的白清石。片刻之后，大脑中似乎灵光一闪，略略迟疑地说："难道……难道你的谜底是'扬州瘦马②'？"

白泽随即打了个清脆的响指。

"怎么可能，'扬州瘦马'指的可是人，而不是牲口。难道故事里的牙商还分不出人和牲口吗？"我虽然答对了，可依旧觉得这个谜底不可理喻。

"牙商这个行当最早出现在汉代，起先的名称叫驵侩，主要是在边境撮合汉匈两邦的马匹贸易。后来经过五代、唐宋，到了明清也一直保有这么一种职业。"白泽没有直接回答我的质疑，而是以一副教书先生的姿态开始细致地讲解，"唐朝'安史之乱'中的安禄山、史思明也都是牙商出身。到了明清两朝，牙商就不仅仅是做牲畜的撮合交易了，在各种异邦的货物交易中也都会出现他们的身影。尤其要重点提到的是，这些牙商也逐渐渗透到买卖少男少女的人口交易中。"

我听到这里，顿时恍然大悟。

一幅朦胧的江南画卷徐徐明晰起来。

"扬州瘦马"是个带有侮辱性质的词语，主要指买卖贫家幼女的人肉交易。明清时期，扬州地区的工商业日益发达，为了迎合富贾及权贵的变态心理，形成了"养瘦马"这种畸形行业。所谓的"瘦马"，指被牙商、牙婆买来的容貌姣好的幼女。所谓"养"，即调教、调习，通过琴棋书画、针线女红、房中秘术等方式增加她们的身价。从亲生父母手里买来时不过三四两、十余两，而"养肥"之后便是一千两起步，上上等的"瘦马"更是可以沽到五千两以上，称其为暴利一点也不过分。所以，专门做牲畜贸易的中间商们纷纷转做"瘦马"生意。

一句"长夜欢娱日出眠，扬州自古无清昼"③，就足以道出所有的繁华与奢靡。可是，在数朝数代的扬州城里，又湮没了多少青涩的生命？

对于经常做人肉买卖的牙商而言，那些用来交易的少男少女跟猪、马、牛、羊等牲畜没有丝毫区别。可以卖给大户人家做艳婢，也可以作为特殊的礼品贿赂权贵，再不行还可以卖到烟花柳巷供人玩弄。时间一长，牲畜就成了那些被贩卖者的统称，人的名字对牙商而言总是多余的。

"借用词语的字面含义，不就和'指鹿为马'一样了吗？"陶方玉也在慢慢适应白泽的谜底。

"没错，完全一样。这就是一个纸面游戏而已。子廷，子麟，你们不要怪我啰唆。我不过是在用一个明清两朝真实存在的社会事实告诉你们，这种诡计一般都适用于某些特定身份或者特定职业的人。不过，只要使用得法，就绝对可以潜形匿影到字里行间，让你无从辨别。"

是啊，确实无从辨别。正因为江浙等地区有"养瘦马"的社会现象，所以在白泽的故事中，商人、仆从、牙商从头至尾都是将人当作马匹对待，而案件中的真凶就是从山西买的那三匹"小马"。这三匹"小马"其实是人！正是这三匹"小马"成功混进了"三个人的队伍"！前前后后一共有六个人！我回过头来才发现，在草原上买来的马其实是个思维陷阱，那些都是真正意义上的马。

我扭头看了一眼哮天犬。眼前不就是个很好的例子吗。我在院子里絮絮叨叨地指责小胖子你应该这样，小胖子你应该那样。对于院子外的陌生人而言，大抵也会认为小胖子就是个孩子。

"刚才的故事只是临时编的，细细推敲可能有漏洞，但是只要你们理解了这个'诡计'，那就不用再深究了。如果我再换成吃两脚羊、杀白鹅、卖猪猡的谜题，你们也能识破了吧？"

已经不用再费口舌了，两脚羊、白鹅、猪猡所指的也通通是人。我和陶方玉自信已经识破了第十种无人生还的诡计。

白泽用折扇敲了一下茶案，说道："好了，我们现在可以回到修罗鬼的案子上来了。无人生还的第十种诡计，就是指凶手以物的形式而存在。当然，你们可以开玩笑叫作'扬州瘦马'，也可以戏称之为指鹿为马。子廷，子麟，你们猜猜苦厄寺中的真凶是谁？"

"凶手就是那条在斋堂门前慵懒发呆的大黄狗。"我的语气异常肯定。

白泽也回以言简意赅的否定："不对。"

"不对？不是那条大黄狗吗？"

"当然不是。如果是那条大黄狗的话，后来的衙役和仵作怎么可能也把人看成狗呢？况且，老仵作亲口说过大黄狗是死了的。"

"那就是乌鸦了。故事的开头就有乌鸦。"陶方玉说出了自己的答案，但信心却明显不足。

白泽用折扇指着我和陶方玉，教训道："你们这两个神棍胡乱瞎猜，都没经过大脑的认真考虑。其实，刚才'扬州瘦马'的故事与苦厄寺的无人生还案相比，还是逊色了不少。苦厄寺的凶手以物的形式存在，以物的形式欺骗了所有人，并最终也以物的形式成功逃脱。反观'扬州瘦马'的故事，凶手虽然也是以物的形式存在，但其形式只能被一小撮特殊身份的人所知晓、认同。当与世隔绝的状态解除后，如果凶手不能赶在外部人员进入前逃走，则诡计非常容易被戳穿。说白了，'扬州瘦马'的故事更适合纸面上的游戏。"

"你别卖关子了，快告诉我们凶手究竟是谁？"

白泽似乎很享受这样的时刻，用一种诡秘的口吻回答："凶手就是大雄宝殿正中央的那位无上尊多罗菩萨。"

"什么？"我听到真相的那一刻，颅腔霎时轰鸣阵阵，差点一跃三尺。

"没错。凶手就是大雄宝殿正中央的那位无上尊多罗菩萨。"白泽再次重复了一遍答案。

"这……这……这……"对于意料之外的答案，陶方玉也一时语塞。

"只有他才可以把散落一地的线索全部串联起来。"

说完，白泽便起身和小胖子玩耍起来。他现在的心情应该是格外舒畅的。自己迈出一步，小胖子得空钻一下；再迈出一步，小胖子又钻一下。这意趣盎然的画面似乎与我的烦恼形成极大的反差。

"你是说这位无上尊多罗菩萨在杀害了智信、徐少章等九个人之后，还顺利地骗过所有的衙役，成功逃离了苦厄寺？"我的语气中夹杂着无尽的匪夷所思。

"没错。这就是全部的真相。我提到第十种诡计是以物的形式存在，这里的物可以是动物，也可以是器物，更可以是其他任何一件东西。而且，再进一步补充，凶手在案发前就隐身于苦厄寺，并在案发之后且诸多外人进入搜查时，也一直'隐身'于苦厄寺，直至所有人都离开。"

我豪饮了一杯茶水，稍稍平复了一下激动的心情。然后，一口气向白泽抛出数个问题："人数的问题如何解释？之前的第二条限定条件呢？智信等人为什么要隐瞒这个人的存在？来来往往的香客难道不会发觉大殿上的菩萨有异样吗？徐少章也没看出来吗？"

白泽已经破解了所有谜题，也知道我和陶方玉憋了一肚子的疑问。

"苦厄寺的人数从一开始就是个陷阱，而且是这本《修罗鬼志》中最大的陷阱。"白泽用折扇一指茶案正中央的手记说道，"不过，我们搜集到的所有信息却没有丝毫的错误。智信等人最早去僧纲司和僧会司登记的时候，确实应该只有七个僧人。后来诸多香客，还有刘福安和刘轩父子、李氏父子、诸多修葺苦厄寺的工匠，及徐少章和牛宝主仆二人在寺里确实只见到了那七个和尚。这些全都没错。"

既然没错，那多出来的一个人究竟是怎么回事？这么多人总不会都合起伙来撒谎吧！我在内心默默地叨咕着。我能感觉到自己脸上火辣辣的，似乎被人扇了两记耳光。

"我也记得第二条限定条件，即人物的确定。我说的是人物，而不是人数。所以，这一条并没有与现在突然多出来一个人的情况相冲突。由于修罗鬼有两只，富商有两位，没去参与诛杀修罗鬼法事的和尚有两位，殃及的香客有两位，仵作有两位，徐少章另外的仆从有两位，还有刘氏父子、李氏父子等等，全都是数字二。我们始终都将修罗鬼与七个和尚或者其他某对人物相叠，而没有将修罗鬼当作一个独立存在的个体考虑。一旦将修罗鬼置于所有人之外，那案件就迎刃而解了。"

我和陶方玉带着一副哑巴吃黄连的表情，聆听着白泽的解答。

"接下来我们还要更细致地分析记述角度与时间的问题。所谓的记述角度，就是这本手记的作者总是借别人的嘴来表达'正确'的信息。这里的'正确'是口述者认为正确的，而非手记作者所认同的。最为明显的一处，智信与徐少章在法堂中交流时，智信说苦厄寺只有七个僧人。"

"我明白过来了。智信说只有七个人，其实是讲给徐少章和牛宝听的。智信的心里应该清楚，当时的寺院里一共有八个人。"陶方玉渐渐明白了手记中隐含的信息。

白泽依旧和小胖子搭伴做着游戏，头都不抬一下，自顾自地说道："时间问题指的是，整个修罗鬼系列案件以及相关事件发生的时间。我们需要认真理一理所有事情发生的先后顺序，再结合已有的线索进行推理。"

事件与案件的时间我自己也试着梳理过。

1864年太平天国运动被平定，百废待兴，人口逐步回流。清政府也开始考虑重振江浙地区的经济。

1866年春天，智信等七个人来到南京。他们去了僧纲司和僧会司，登记并明确了自己的身份。之后，他们一行人便住进残破的苦厄寺，开始劝募善资活动。不过，收效甚微。

1866年秋天，智信等人初步修缮了一下寺院，还定制了一系列佛像及各种礼佛器皿、用具等。可是，苦厄寺依旧门可罗雀。当年冬天，苦厄寺就开始长达近一年的闭关静修。

自1866年冬起，直至1867年10月的这段时间有些可疑。

修罗鬼行凶的第一个案件就发生1867年10月。之后，11月发生了第二起；12月发生了第三起。

到了1868年，在2月份和5月份又各发生了一起血案。当年的8月和10月又各发生一起血案。在8月的马氏母子断头案之后，关于修罗鬼的传闻在南京城及周边地区闹得沸沸扬扬，各路大师都出来驱鬼杀魔。

翌年2月，智信等人成功诛杀了一只修罗鬼。从此，苦厄寺名声大震，香客也络绎不绝，达官贵人更是纷至沓来。南京城也进入了为期半年的太平盛世。而在当年3月的一天夜里，普正打扫大雄宝殿时，不小心弄坏了阿弥陀佛像和旁边的菩萨像。第二天，郭巡抚来烧香拜佛。智信通过给塑像披金色斗篷的方式顺利蒙混过关。

1869年8月的一天，徐少章和牛宝不请自来。继而，后半夜发生了无人生还案。

相比重新梳理脉络，我更关心凶手的问题，说："智信等人与修罗鬼系列血案有着直接关系，这个你已经说过了。你提到的多出来的那个人呢？他究竟是谁？"

"难道你没察觉出可疑之处吗？"白泽并未理会我的问题，而是按照自己的思维路线叙述着。

"难道是智信等人在1866年冬到1867年10月这个时间段里做了什么不可告人的事情？"

"早前来苦厄寺礼佛的郭巡抚你还有印象吗？"白泽问道。

"据说这位巡抚大人的脾气异常古怪，说变就变，有时候整个人简直就可以说是暴戾。"

"他来苦厄寺的时候是来拜什么佛的？"

"阿弥陀佛。"我回答。

"没错吗？"

我没有丝毫的犹豫，答道："当然没错。普正弄坏了佛像，智信用了点小聪明才得以保住了平安。"

他看了看陶方玉，陶方玉也肯定地点点头。

"可是，徐少章来了之后，为什么说是来参拜无上尊多罗菩萨的呢？并说是郭巡抚介绍给他的。在步入大雄宝殿之后，徐少章也是一副终于得见菩萨真容的样子。你们不觉得奇怪吗？我记得徐少章的原话应该是，'果然与郭巡抚描述的一致'，这句话明显另有含义。"

陶方玉立刻翻找手记中的记录。

"难道郭巡抚当初介绍给徐少章的是……无上尊多罗菩萨？"我支支吾吾地问道。

"正解。"

"可是菩萨像是在郭巡抚走了之后，才重新设计并塑造出来的啊！"我依然没有跟上白泽的思路。

"徐少章最初再三恳求智信，让他进大殿礼佛。智信无奈之下便让普明去布置一番，并且说了一句'像上次郭巡抚来时那样'。上次郭巡抚来的时候是什么样呢？阿弥陀佛的造型是深入人心的，像郭巡抚这种级别的官员不会一点常识都没有。况且，就算不是阿弥陀佛，其他佛的造型与菩萨的造型也同样具有很明显的差别，不可能郭巡抚和徐少章两个人都看错吧？"

白泽说的这一点我是认同的，佛像、菩萨像、罗汉像都有着各自的特点，即便是普通百姓也能迅速地做出区分。

小胖子可能是玩累了，伸着四肢仰面躺在地上，喘着粗气，鼓鼓囊囊的肚皮一起一伏。白泽正好趁机详细解答下面的案情。

"再有，为什么苦厄寺在郭巡抚礼佛完毕之后，立刻更改了塑像的图样？因为郭巡抚在大殿中拜的正是无上尊多罗菩萨。大雄宝殿中的主尊怎么可以说改就改，万一郭巡抚不日再次登门，岂不是会闹出事端？所以智信他们将错就错，掺杂着修改数量并追加其他货物的由头，将阿弥陀佛变更成了无上尊多罗菩萨。"

我再次将问题拉回到凶手身上，问道："既然苦厄寺里存在一个多出来的人，那这个人是什么时候多出来的？为什么要一直隐瞒？"

"这不就是我们之前推理过的内容吗。智信这些人是一群借着佛门净地干些鸡鸣狗盗之事的江湖骗子。他们趁着天下初定，江浙地区又百废待兴，于是假扮僧人不断进行劝募活动，以期望过上不劳而获的悠闲日子。这些人一开始应该只有七个人，只不过事与愿违，他们的僧侣生活并没有想象中顺利。于是突然出现了那将近一年的空白时期。这段空白时期就是一系列恐怖血腥案件的开始。"

"这段空白时期发生了什么？"陶方玉问。

"完整的细节我无法逐一还原。不过根据整个案件断裂的信息来推断，智信等人在这段时间里弄来了修罗鬼。"

"我不明白你这句话的意思。"我疑惑道。

"诱拐、绑架、购买，或者以其他方式弄来了有身体缺陷的未成年人。我之所以推断是未成年人，是因为根据手记中描述，赤面白发修罗鬼在行走上没有任何问题。既然要方便控制，那智信等人就一定要挑选具有一定身体条件，可以训练成魔鬼，又很容易对他们产生依附心理的人。所以，未成年人必然是首选。"

"大殿中央的那尊菩萨可是……可是……"陶方玉支支吾吾。

"具有四条臂膀。"白泽倒是无所谓的样子。

我不经意地打了个寒战。

"这一点也恰好可以在刘福安的案件中得到佐证。你们还记得刘福安在闭目前说的几个词吗？"

我和陶方玉都记得很清楚。刘轩证实，他的父亲在弥留之际说了修罗鬼、眼睛、好多眼睛、爬虫、蜈蚣、白毛。

白泽转身看着后院里的花花草草，缓缓讲道："修罗鬼这个词是凶手告诉他的，眼睛指的是江对岸的羊，而爬虫和蜈蚣指的就是凶手的外形。刘福安在那夜看到的是一个蓄着白色长毛，六肢着地，伏在地面并不断向他逼近的爬虫、蜈蚣。"

我的记忆大门徐徐敞开。除了刘福安的故事，在"志怪二"与"志怪四"中也提到过修罗鬼像只虫子的描述。此外，在修罗鬼杀害普仁时也隐约露出了马脚。"修罗鬼垂下高举而起的手臂，迅速拔出别在腰间的宽口斧头，用双手握紧了斧柄，伸直了臂膀，将斧头的刃口悬在普仁额头上方一寸的位置。几个动作一气呵成。"之前我就感觉什么地方有古怪，却一时又表达不明白。

"怎么会有这么……可怕的人！"我的后背已经汗涔涔的。

白泽一边走向茶案，一边解释说："据我所知，江湖骗子和杂耍卖艺的都会用到一些身体存在缺陷的人，或拐骗，或掳掠，或购买正常孩童，再事以'采生折割'④。我还曾听闻在粤东的某些地方，有不少花街柳巷专门购进有缺陷的男女，经培养之后提供给有特殊嗜好的恩客。这种事情就连欧洲也不算新鲜。我在法兰西就听闻过一个叫 Blanche Dumas 的高级妓女。这个女人有三条腿、两个生殖器，专门接待一些性趣怪异的客人。还有在印度诸多未开化的地区，民众将天生残疾、身体怪异的人当作下凡的神灵顶礼膜拜。"

"可是……可是人……还有塑像……"陶方玉没有顺利地组织起语言。

作为医科生毕业，我当然目睹过玻璃罐中的各种畸形儿与怪胎，可突如其来的猎奇内容还是令我有些不适。

"我知道子麟想说什么。"白泽饮了一口茶，继续举例说，"北京有一个练把式的地方叫作天桥。变戏法、耍中幡、硬气功、爬高竿、飞刀、吞剑……应有尽有。最特别的，我还见过有人假扮成锈迹斑斑的铜像表演滑稽戏。这种表演在国外就更多了。据说在16世纪的意大利，利奥十世⑤有一次走访佛罗伦萨。当地的教会和贵族为了迎合教皇，特意用金漆将一个买来的小男孩装扮成黄金塑像的模样，并令其唱诵赞美教皇的圣歌。可悲的是，这个小男孩后来因为铅中毒而死掉了。"

白泽知道那些北京的稀奇古怪事，我倒是不奇怪。可这意大利佛罗伦萨的事情，他又是从哪里听来的？

"智信他们为什么非要用有缺陷的人？他们自己实施这个计划不行吗？"陶方玉问。

"以目前的线索我无法了解智信等人的确切想法，但是可以合理推测一下。他们可能是为了以防万一。毕竟他们七个人都是正常人，无法保证哪一天不会露馅。特别是诛杀修罗鬼那场戏，万一被人识破是他们七个人自导自演，并被揭了老底，岂不是要掉脑袋？莫不如找两只修罗鬼，然后加上智信等五个人演戏，剩下的两个和尚远离事发地，做好不在场的证明。"

"既然他们找的都是所谓的非正常人，为什么还要让其中一个戴上长毛白发的面具？"陶方玉追问道。

这一点我也想到了，听了白泽的回答，果然所见略同。戴面具的这个人虽然是四条臂膀，但是相貌一定没有什么问题。所以，他才可以涂上金漆，并辅以各种简单的道具，坐在大殿上充当临时的塑像。正因为相貌没有缺陷，为了避免被人认出来，才给他戴上恐怖的面具。而另一只修罗鬼，则恰恰相反，只要起到令人恐怖的效果就足够了。

"清石哥，他们为什么非要用这种方式来谋财呢？"

"我之前给你们讲过中国佛教的发展及现状。乱世再加上末法，妖魔便如泉涌般滋生、肆虐。再说了，清朝末年的广东、福建不也有很多中国人将同胞当作猪猡贩卖到美国西部做奴隶吗。"白泽一语道破。

他说得没错。很多人和事我们无法用正常人的思维去理解，但我们却不能否认他们与它们的存在。

陶方玉似乎浑身上下都不自在，扭了扭身子，继续问："清石哥，可无论怎么说，那也是个人啊。一个黄灿灿的人坐在大雄宝殿里，就算寺院是坐东朝西，就算灯光再昏暗，也应该能看出来与其他塑像不一样的。"

"还有，如果是一个人的话，其大小也和身边的塑像不一致。寺院门口的四大天王像超过两个人的身高。大殿里的十八尊罗汉像也都不是平常人可以相比的。"我补充道。

估计小胖子是歇够了，又跑来找白泽。白泽一把将它放在怀里，轻轻地揉抚着。

"苦厄寺里湿气比较重。难道你们忘了这个细节？在郭巡抚去过之后，也就是同治八年修改新的菩萨图样那次，苦厄寺可是从刘轩那里购进过一次金漆的。"白泽眼皮都不用抬，所有细节都已印在了他的脑子里，"塑像的大小、尺寸都是记录在册的。你们自己不是也做了笔记吗。"

陶方玉连忙翻阅着自己的笔记本。

"六尺高。这难道不是太大了些吗？"

我看了一眼他记录的内容，又看了一眼陶方玉。开玩笑吗？明明画的就是一张波澜壮阔的大海，哪里来的文字？

"六尺也不过是比一个身材魁梧的欧美人高上一两个头而已。

我们在刘轩那里见到过很多完整的塑像，都配有莲花座，背后还有佛光板。除去莲花座的高度，再减掉高出菩萨头部背光的高度，已经差不多是一个近乎成年人的坐姿身高了。在此基础上戴上头冠，披上黄色的披风，配合四肢伸展的造型，以及昏暗的光线，高高的佛台，足够以假乱真。再者，平时谁会想到有人假扮塑像呢？况且还是藏在一堆塑像之中。"

白泽说得也不无道理。

回想一下，那位协助衙役检查苦厄寺是否存在密道的工匠，他在检查大雄宝殿内外时，仅扫了一眼便以性命担保，没有任何改造过的痕迹。任谁也不会注意到那些金灿灿塑像。

"再有，很多人可能不知道，在安徽、福建、广东等很多地方还有将圆寂的高僧尸身制成'肉身佛'供人膜拜的习俗。这些'肉身佛'经过了防腐处理，并被通体涂上树胶、金漆，再辅以衣冠、法器等。其大小与正常人没有丝毫差异。"白泽补充道。

"可是苦厄寺里的凶手如何逃走呢？通过官府搭设的简单木桥逃出生天倒也容易，但一个金灿灿的大活人总不会被所有人都视而不见吧？"陶方玉问。

白泽一指《修罗鬼志》，说道："'志怪五'的开篇。普仁因为干活致使手上沾满了金漆洗不掉，这时普圆拿出了早已准备好的酒来为他清洗。我猜想，凶手最终也是通过厨房里的酒清除了身上的金漆，然后易装逃遁的。"

我长长地叹了口气，说道："你刚才所推理的内容都合情合理。可是，凶手在'志怪五'中一直都是以塑像的形式存在的吗？"

"当然不是。根据场景的不同，凶手也一直在变换位置和角色。现在仔细回想起来，其实有好几处都在描写我们的这位无上尊多罗菩萨。比如，'志怪五'的开篇有一段描写斋堂门口劈柴的情景。"

陶方玉翻看着《修罗鬼志》答道："写的是普圆劈柴时驱赶乌鸦的情景。"

"不对。劈柴的不是普圆，而是凶手。"白泽否认。

"什么？"陶方玉一脸的疑惑。

"普圆在驱赶乌鸦之后是'转身返回'了斋堂。"白泽在中间的动词上加重了一些语气，"这说明他一开始是在斋堂里，因为忍受不了乌鸦的叫声才从斋堂出来驱赶它们。所以，普圆的行为是'转身返回'。此外，你可以读一读普仁与普圆的对话。普圆说自己一直都在和面、做面条，还有择菜、洗菜的工作，已经忙了一整天。再有，普仁刚想要教训一顿普正，但是他瞥了一眼门口之后，是满脸嫌恶地抓起地上的一颗土豆就扔了出去。普仁还骂了一句，原话是'你个畜生，看什么看。信不信挖了你眼珠子'。这里不奇怪吗？"

"普仁骂的应该是那条大黄狗吧。"我猜测道。

"可后文还说大黄是蔫蔫的，这里明显矛盾。而且，普仁骂的后半句更像是在对人发怒。当普仁看到徐少章和牛宝来到寺院，由于两人没有立刻离开的意思，他让某个人去库房待着。普仁是让谁去库房待着？还有，后半夜在北院，普仁用一根小手指粗细的藤条施暴的情景也是一个线索。"

我解释说："普仁是在虐待普正。他把牛宝的死全怪在了普正的身上。"

"这段描写你有没有注意到，被施暴者不结巴了？"

陶方玉看着手记，说道："确实不结巴了。这也可能是普正在遭受毒打时所特有的语言障碍消除的现象啊。"

"可'志怪五'曾提到，普正唯一可以顺利说出的句子是'师兄，我错了'。你看看施暴时他们都说了什么。再有，仵作的验尸报告上说，普正除了背后中了十一刀，就再也没有别的伤痕了。夏天，所有人都穿着薄衣。普仁一个壮硕的汉子，用小手指粗细的藤条施暴，被害者身上却一点伤痕都没有。这算是疑点吧！"

原来如此。

白泽提到的上面几点都是手记里的小细节。除此之外，我们在走访中也积累到相应的线索。在南院库房有四尊两人来高的佛像、菩萨像。根据苦厄寺的订单，这四尊中有三尊是在1869年3月被普正弄坏的，分别是阿弥陀佛像、观世音菩萨像、大势至菩萨像。后来，重新定制的三尊菩萨像出现软化的问题，尤其是中间的无上尊多罗菩萨像，四个臂膀已经软趴趴地下垂了。苦厄寺临时闭寺，要等刘轩提供新的塑像。可是，徐少章突然造访，并且不断恳求去大殿参拜菩萨。这里隐含的信息是大殿里的无上尊多罗菩萨完全不能用了，而且已经转移进了库房。这也方便了修罗鬼可以迅速冒名顶替。

"如果他们可以快速地冒充菩萨像，那佛台上的莲花座和背光怎么处理？"陶方玉问。

"在郭巡抚的那次就已经有所准备了吧。"

"那郭巡抚来的那次呢？"陶方玉问。

"那一次时间很充足，足够凑齐简单的道具了。"

"哎呀！"陶方玉拍了一下自己的脑壳。

"最终，智信答应了徐少章的恳求。如此算下来，大雄宝殿中央有三尊菩萨像，库房中有四尊塑像。为什么无缘无故会多出一尊大号的无上尊多罗菩萨像？还有，老仵作说在衙役们走后，苦厄寺就在当夜毁于一场大火，大雄宝殿、僧房、斋堂、法堂都被付之一炬，到处是残垣断壁。大殿内的所有菩萨像、罗汉像也都被坍塌的房梁、瓦片给砸烂。"

"没错。老仵作是这么说的。"我确认道。

"这场火未免大得离谱了些。我更倾向于凶手是要毁掉所有的塑像，以避免暴露自己。我想，仅凭凶手一个人的力量还无法将南院库房中的塑像搬上数米高的佛台。而最简单的方式就是毁掉全部塑像。可又不能做得过于明显。所以，便放火烧掉了整座寺院。"

说完，白泽伸手拿过茶壶，斟满一杯，仰脖灌了下去。

"哇！"陶方玉满是佩服之色，"清石哥，这么说来，大雄宝殿的密室案也是这个凶手犯下的了？"

"没错，只能是他。在这本手记里记录的罪案中，只有他才能将所有线索串联起来，只有他才能解释所有的谜团。"

"清石，那我就不明白，凶手为什么一定要杀死牛宝呢？"

白泽将睡熟在自己怀里的小胖子轻轻抱起来，放到了另一张椅子上。

"我认为误杀的可能性更大一些。因为智信培养的是一个能听得懂他的话，在其掌控范围内还有一定辨别能力的杀手，而非纯粹的白痴。否则，智信等人设计的庞大计划，岂不是会轻易崩盘，一个个在菜市口被砍掉脑袋？再加上凶手能顺利逃离苦厄寺，并写出这本令人迷惑不已的手记，其头脑绝对不在普通人之下。所以，凶手在库房中听到徐少章的背景后，应该不会贸然给大家，主要是给自己带来不必要的麻烦。凶手最开始也只是想击晕牛宝，制止牛宝的行为。牛宝的死因就证明了这一点。牛宝除了后脑上的击打伤，再无其他致命伤。只不过凶手情急之下没有掌握好力度，失手将其打死了。"

我点了点头，已经明白了他的解答。白泽之前也提到苦厄寺的案子存在诸多的偶然性、突然性。这么说来，其实大雄宝殿的密室案作为肇因也并非蓄意而为。

"如果当时凶手任牛宝做什么偷鸡摸狗的事情，都不加以理会，那就不会演变成后来的血腥屠杀了。从凶手的行为来看，他应该还是倾向于保护寺院的财产，也相当于愿意成为智信这个团伙中的一分子。"陶方玉说。

白泽持有相反的观点，轻轻摆了摆手："牛宝是徐少章的仆人，作为沙场猛将的仆从，在兵荒马乱的年代也少不了抢掠财富。牛宝就算不是什么大富大贵，锦衣玉食的生活也应该不在话下。他用自己的身份和地位完全可以洗脱罪名。修罗鬼自始至终都待在大殿里，智信等人更会怀疑是他偷走了银票。一旦认定是他，免不了一顿毒打。而交不出被偷走的银票，他就可能被活活折磨至死。两种情况一对比，我更倾向于凶手是为了保护自己才去袭击牛宝的。"

"明白了，确实应该从更深一点的角度来考虑这个问题。另外，我很好奇是什么事情触发了他杀死所有人的行为呢？"陶方玉似乎还有无数个问题要抛出来。

白泽拿起一块糕点，细细辨别着上面的干果，缓缓说："原因也是比较复杂的。凶手的过去我们不得而知，但是在进入苦厄寺之后，一定遭受了很多非人的对待。智信等人是要将手里的未成年人培养成可以在黑暗的山林中自由穿梭，又可以杀人不眨眼的鬼魅、怪物。这背后一定会有大量的教唆、毒打，以及非正常的训练。这一切从两只修罗鬼行凶的血腥、麻利就可以看出来。"

"我也确信这一点。他们行凶时候异常干脆、冷静，明显是经过某些训练的。不过，屠杀所有人仅仅是因为早前遭受的虐待吗？"

我追问道。

"当然不止。你要知道，智信几个人一共培养了两只修罗鬼。另一只修罗鬼最后一次出现是在智信诛鬼的那天夜里。我之所这么判断，因为在无人生还案中再也没有另一只修罗鬼的踪影。我怀疑这个扮演者已经被智信等人给杀害了。在这一点上我有充足的理由。第一，这只修罗鬼在当夜刺伤了智信，如果是演戏还好说，可一旦是失手误伤则势必令智信异常恼怒；第二，苦厄寺对外宣称只有七个僧人，不可能留下任何与修罗鬼系列案相关的证据；第三，这只修罗鬼的任务已经圆满完成了，在诛鬼的戏中已经'死'了。所以，为了避免留下隐患，在现实中也必须除掉。"

"也就是说，苦厄寺案件中的凶手知道了另一扮演者被智信几个人给杀害了？"

陶方玉如是问，但我却不认为凶手知道这一点。设身处地地考虑，如果我们是智信一伙人，会把杀害修罗鬼扮演者或者使其意外亡故的事情告诉凶手吗？以后不配合演戏还是小事，万一他趁着众人不注意，提起刀杀人就不好收拾了，说不定还会使整个计划崩盘。不过，另一个扮演者的消失，也一定会令凶手疑神疑鬼。

白泽进一步提出了行凶的四个催化剂。

第一个是凶手在库房听到智信与徐少章的对话。智信说苦厄寺里只有七个人，再多算一个，也只能把那条大黄狗算进去。凶手听到这番话会是什么心情？自己居然连条狗都不如。

第二个是普仁与普圆的对话。在斋堂里，普圆说给塑像涂的金漆有毒，短时间接触还好，时间一长就可能有生命危险。之后呢？这些僧人还是给修罗鬼涂上了金漆，让他装扮成菩萨的模样坐在了大雄宝殿上。

第三个则是再次遭到了普仁的毒打。

第四个催化剂是凶手为了制止牛宝行窃而误杀了他，结果却引得众僧要对他杀人灭口，避免以后带来更多的麻烦。回顾七个人在方丈室里的谈话。这七个人已经知道凶手是谁了。当普仁刚要说出凶手时，就被一旁的普弘打断。普弘也提到大家心知肚明。智信也有一句说了一半就没有再说下去的话，"早知道这样就干脆一了百了地……"他是要了结什么呢？

所有的因素累加在一次，使凶手体内的杀戮欲望无限膨胀。

我长长地出了一口气，定了定神，说道："这个凶手还真是诡谲莫测。我们似乎知道了一切，但对于他姓甚名谁，相貌身长却一无所知。他依旧是个不存在的人。"

"凶手从未透露过自己的往昔，智信等人也不会轻易提起他。再者说，名字不过是一个代号而已。无论他叫什么名字，有着什么样的相貌，如今都已经过去了五十年，物是人非。你也奈何不了人家。说不定凶手早就不在人世了。"白泽淡淡地答道。

"我也仅仅是好奇而已，想见识一下庐山真面目。其实，他也是个无辜的受害者。他如果仍然在世，不知道是否已经弃恶从善。"我也很同情这个凶手。

"应该已经放下屠刀了吧。"白泽回答。

"你的回答也是主观推测吧。"我此刻的心情已经平复了不少，"你刚才说苦厄寺的人数是最大的陷阱，那还有没有其他的陷阱呢？"

"当然还有。智信的无头尸还握着凶器，这就是一个陷阱中的陷阱。凶手就是要故意扰乱办案者的思维，将案件变得更加恢诡谲怪。再说一个不是陷阱的陷阱——城市名称。城市名称的问题又与时间问题紧密交织。"白泽回答。

"城市名称？"我和陶方玉都不明其意。

白泽走到我的书桌前，用毛笔在一张纸上写了什么。然后他将纸翻转，又写了几个字，重新坐到我和陶方玉的对面，将纸放置于茶案。上面只有两个字——南京。

"就是六朝古都。它也是整个修罗鬼系列案的组成内容。至于六朝古都涉及哪些朝代，还有金陵、建康、升州等这些名称的文化底蕴，我就不说了。我们直接从元末开始谈起。在元朝末年，现在的南京被称为集庆，也可以称之为集庆路。后来，朱元璋起兵攻克了集庆路，并更名为应天府。1368 年，朱元璋在应天府称帝，将应天府定为国都。此时，应天府也叫作南京。需要一提的是，由于朱元璋有北迁的意愿，曾选择八朝古都开封为北京，但是后来又予以撤销。这里面可能有些绕弯子。如果有什么需要我特别说明的，可以随时打断我。"

"还好。"我示意白泽继续说下去。

"朱棣谋得帝位之后，改顺天府为北京。此时的南京依然存在，只不过是作为整个帝国的留都。这就是明朝的两京制度[6]。1645 年，清军占领了南京，之后便废除了其国都的地位，改应天府为江宁府。南京这个词从此时开始就被清朝给抹掉了。"

身为本地人，我和陶方玉对南京的历史也是知晓一二的。

白泽踱了几步，转过身继续讲解道："在国语中，'京'这个字是有着特殊含义的，具有国都的意义。清朝在关内的政治中心是北京，而在关外还有一个盛京，作为留都。此时，绝不可能在江南又多出一个京城。到了 1853 年，太平军攻克江宁，将此地定为国都，并改江宁为天京。同治三年，清军攻破天京，平定了'太平天国运动'。

清政府对天京依旧使用了之前的建制，名称也随之恢复——江宁。到了1912年1月1日，民国又在此定都，改江宁府为南京府。"

"民国的事情我还是有点印象的。后来民国政府在同年三月迁往北京。"陶方玉插话道。

"确实如此。而我要说的重点是，在清朝统治下的二百六十七年间，我们脚下的南京在清廷的官方说法里一直都是江宁。你可以在诗词歌赋中提到金陵、建康这类名称，但南京却比较敏感。南京是前朝的国都，考虑到清朝长达一百四十余年、极其残酷的'文字狱'，稍不留意就会被扣上'反清复明'的罪名，还可能株连九族，甚至是掘坟、戮尸。例如著名的《南山集》案、'清风不识字'案。"

白泽看着我和陶方玉，用折扇敲了一下手掌，总结道："所以，进入到清朝的后半叶，除了在一些官方文献、历史笔记中可以了解一二之外，清朝政府的日常工作文件以及民间的口语交流中都不会出现'南京'这两个字。"

我理解白泽的意思。清朝政府不使用"南京"一词是官方行为；而底层百姓不使用则是源于"文字狱"的高压，以及延续了两百多年的语言习惯。

"举一个有力的证据，《南京条约》最初并无具体的名称，其代称之一是《江宁条约》[⑦]。我在此处不得不多说一两句，由于南京在明朝开始频繁与世界各国的接触，因此南京的英文名称至今都是'Nanking'，未曾发生变化，故《南京条约》的英文名称除了'Treaty of Perpetual Peace and Friendship between China and Great Britain'，又称之为'Treaty of Nanking'。然而，在清政府的官方说法中，该条约却称之为《中英和约》《江宁条约》，或者'万年和约'。后来之所以改称为《南京条约》，原因有二：第一，地名已经正式更改，并且与英文的音译相符；第二，民国成立之后的短短几年里，由于在新闻、广播、交通、口语交流中广泛使用，使得百姓在日常生活中很快就习惯了南京这个名称，并以地名区分清朝签订的不平等条约。以此反证，既然民国后的几年时间就可以接纳一个新的城市名称，那么在同治年间，即明朝灭亡两百年后的清朝，还会有人在日常交流中使用前朝的旧称吗？"

我和陶方玉静静地聆听着。

只听得白泽掷地有声："所以，'志怪三'中出现的那个百衲僧极有可能就不是智信，而是我们一直在寻找的凶手——赤面白发修罗鬼，亦即这本《修罗鬼志》的作者。"

"啊？"我顿时吃了一惊。虽然知道白泽的谈话经常涉及天南海北，但是没料想今天的话题也有如此大的跳跃性。

陶方玉也是愣了半天，在脑海中认真消化着白泽的一字一句。

我打破了沉默，对白泽说道："怎么可能！他手里还拿着智信才有的'九象星月'呢！"

白泽伸手拿走《修罗鬼志》，翻了几页，然后递到我的眼下，指了指书页上的一处，说道："看见没有？这个樵夫说了南京！这个'志怪三'就是作者构建出来的第二个大陷阱，这个大陷阱中又包含着数个小陷阱。"

我圆睁着双目盯着书页上的两个黑字，又抬起头看了看白泽，恍然大悟。之前对于南京、北京的一番话还误以为是在卖弄学识，没想到一击命中至关重要的线索。

不过，在冷静了片刻之后，我还是提出了疑点。

"清石，你说得还不够严谨。即便有'文字狱'，即便历时一百多年，说不定清朝时就是有人说'南京'两个字。"确实有点抬杠的味道在里面。

"没错，确实不够严谨。在吃鸭血粉丝汤的时候，我有提到清代的袁枚写过一本美食谱，叫《随园食单》。里面写鳝丝羹时，提到'南京厨者辄制鳝为炭，殊不可解'。在写杨花菜时，提到'南京三月有杨花菜，柔脆与波菜相似，名甚雅'。在写大头菜时，又说'大头菜出南京承恩寺，愈陈愈佳'。"白泽似乎是在主动招认，"袁枚是乾隆时期的诗人，散文家。他写的《随园食单》融入了菜肴的历史发展，所以出现'南京'两个字并不稀奇。要知道，书里还频繁出现了金陵。况且，这本书的出版时间是在乾隆五十七年，'文字狱'的高峰已经过去。相比之下，即便是同治年间的一个樵夫，作为社会底层的百姓，他在太平天国运动刚被平定之初，会说出又敢说出'南京'的概率有多大？"

白泽说完，便将茶案上的那张纸翻转了过来。上面赫然写着两个字——江宁。他解释到这般程度，我也就彻底信服了。况且，他之前说的也是"极有可能"四个字。难道说，他还有其他证据？

"'九象星月'呢？"陶方玉依然追问。

"智信都死了，那串佛珠换个主人也没什么可惊讶的。你应该记得刘福安有一串桃木制成的佛珠吧。"

陶方玉点点头，答道："记得，上面有九颗珠子。在'志怪一'中提到刘福安的佛珠散落进了草丛。"

"但是'志怪五'中又提到修罗鬼的脚踝上也有这么一串佛珠，上面也微雕着佛教经典。是不是有些熟悉呢？"

"这么说……"

"还有其他线索。"白泽指着我眼前的《修罗鬼志》说，"你向前面翻一页。甲寅年。"

这也是线索吗？我由于习惯了西历，看到这类天干地支的纪年历法就头疼不已，往往就直接跳了过去。每六十年一个甲子。稍微远了点说，1854年是一个甲寅年。但是，历史背景与手记内容不合。所以，只能是距离现在近一点的，即在民国成立之后的一个甲寅年——1914年。

　　"民国三年！这么说来，'志怪三'是在民国之后写成的了？"我吃惊道。

　　白泽又起身走到书桌前，用毛笔写着什么。

　　片刻之后，白泽坐下来继续说："再有，'志怪三'里的百衲僧去的是这里。"

　　白泽将另一张纸放在茶案上。

　　"清凉寺。"陶方玉逐字念了出来。

　　白泽笑了笑，他又将第二张纸放在第一张的旁边，说道："昨天我们去云山看见了一座凉亭，也看到了凉亭旁边的石碑，但是去的寺院却是这一座。"

　　"清凉寺。"陶方玉一念，才发现了其中的差异。

　　差了"一点"，真是差了十万八千里。

　　"除此这些，我还想再多说一处细节，即百衲僧在篇尾拾到一颗头部有凹陷的颅骨。我也仅仅是推测一二。我怀疑这个头骨就是属于另一个失踪的修罗鬼的。"

　　"对啊！证词中另一只修罗鬼的头部是……"陶方玉欲言又止。

　　"此处的情节可以再次印证，白发修罗鬼为什么要杀掉所有人。也许，他在诛鬼之后的不久就再也没见过另一个伙伴。对于一个长相奇丑，又给智信带来皮肉伤害的'畜生'，智信等人在利用完之后会怎么处理他呢？他本来就不存在，而且在诛鬼的那夜就被咒杀成了一摊血水。让他彻底从这个世界上消失是最合理不过的了。我想，那只白发修罗鬼一定也怀疑过。因为与生俱来的身体残疾，承受着不合理的白眼、歧视、虐待、奴役，始终像个畜生一样任人宰割。也许某一天，会被当作垃圾或者野狗那样随意丢弃在杳无人迹的荒郊。皮肉会被野兽啃食，腐肉会被鸦雀撕扯，身体臭不可闻，挤满了各种各样的蛆虫。"

在一番沉默之后，白泽补充道："当然，刚才所说的一切仅仅是我个人的推测。"

至此，关于这个修罗鬼的事情就差不多可以接近尾声了。遗憾的是，这个我们翻来覆去寻找的人也许终将成为一个谜。他没有留下任何关于自己身份的只言片语，就连姓甚名谁都无从知晓。也许在他看来，自己本就是一个不存在的人。

"好吧。我再做最后一次归纳。让我们看看他究竟使用了多少次画皮。"说着，白泽第三次跑到书桌前疾书。片刻之后，他把一张纸递给我和陶方玉。看着白泽的归纳，我依然能感受到一股诡异扑面袭来。

果真就是个潜形匿影的鬼魅啊！

作者＝凶手＝赤面白发修罗鬼＝第十个人＝无上尊多罗菩萨＝劈柴僧＝夜半被毒打者＝百衲僧

白泽淡淡地说道："《修罗鬼志》的作者就是凶手。参与手记中所有案件及事件的是赤面白发修罗鬼，而这个赤面白发修罗鬼就是制造了诸多血案的苦厄寺中的第十个人。这第十个人曾经以劈柴僧以及夜半被毒打者的身份出现过，最后以无上尊多罗菩萨塑像的形态成功脱逃。数十年后，他变成一位垂暮的百衲僧。"

"清石，你果然是聪慧过人。短短几天时间，坐在这间斗室里就破解了五十年前的悬案。"我的兴奋之情溢于言表。

"我也是碰巧而已，这里面也多亏你和子麟做了诸多细致的工作呢。"白泽谦虚道，"既然已经把所有的谜题都解开了，我们也不妨再回顾下智信这几个人。"

"这些人还有什么问题吗？"陶方玉问。

"当然有。其实我在一开始就发觉了，但是当时不想分散精力。现在倒是可以略微调侃一下他们了。"

"是什么有趣的事情？"我好奇地问。

"嗯，他们的名字很特别。你们可以翻一翻之前的材料。"

听罢，我就开始翻找那页记录着七个僧人姓名、法号、年龄以及籍贯的材料。

"找到了。"我逐一念出七个人的名字，"袁伯宏、常崇、叶仁竺、杨云山、句林荣、牛初九、武子贡。没什么特别啊。"

"仔细听好，这七个人的名字依次可以换作猿猴、长虫、野猪、山羊、山狗、野牛、蜈蚣。"

我稍稍琢磨了一下，随即领会了白泽所指。

"《封神演义》中的梅山七怪全来齐了。这算是巧合？还是天意？还有，徐少章字珞蝉，也有着罗刹的谐音。"白泽笑道。

谜题终于算是破解了，我与陶方玉也感觉到了前所未有的轻松。想到白泽之前提到，"无人生还"满足了五个苛刻的限定条件。现在看来，抛开刚刚说到的贩马案的特殊情形，还可以补充第六个限定条件——凶手的空间限定。那便是，自案件发生前，到惨案结束，封闭环境被突破，直至其他无关人等进入、离开，凶手一直都未离开过孤岛的环境。

白泽伸了伸懒腰，对我们说："我来这里都已经好几天了，也差不多该回去了。你们明天帮我买一张后天去北京的车票。"

"清石哥，你再多待几天，我带你去到处走走，还有很多的南京名菜呢。"

"不打紧，以后还有机会呢。我这次来南京也是被逼的，不然我还真的会住上一两个月。"白泽也毫不客气。

白泽对于我而言，是想来就来、想吃就吃的好友，不拘谨，不嫌弃，不麻烦。既然他要回去，那我明天就多备些南京的小吃、特产，这里当然包括北京其他几位挚友的份儿。

我在想，买了票要不要给胡适打个电话呢？大包小包的肯定不会少，让他出来接站好像也未尝不可。

正当我考虑的工夫，白泽与陶方玉已经就金陵菜的话题聊开了。

不知道会不会扫兴。一个肯定又不敢肯定的细节再次闪现在我的大脑里。

"清石，有一个关于修罗鬼的细节我还是想听听你的想法。"

"什么细节？你说。"

"从生物学上看，如果假扮修罗鬼的凶手可以灵活地使用四肢手臂，而且还能活到民国……那么……那么就是说，这个凶手很可能是……"我没有再说下去，而是紧盯着白泽。

白泽似乎也理解了后半句。他用手轻轻搓了搓双臂，微微颔首。

陶方玉则是一脸茫然，还以为我们在打哑谜。

咚、咚、咚——

一阵敲门声传来。

"陶医生。"开门进来的是吴妈。

"吴妈，我在呢。有什么事吗？"

"也没什么大事。就是外面来了一个老师父，看着挺可怜的，想着你不是有几件不想要的衣服嘛，问问你是不是果真不想留了。如果不要了我就送给门外的师父。"

"确实有几件不合身的衣服，就在我房间衣柜的最下面。您去拿吧。"

吴妈正要掩门走人，我又多说了一句："是行乞的吗？你可以再给些钱，助人的时候犯不着小气的。"

"不是行乞的。来人是个化缘的和尚。法号……法号叫什么……——……一念。对，一念。"

坐在屋内的我们听到来者是个和尚，脸色微微严肃下来。

"他长什么样？"我的内心隐隐不安，不想问，却又禁不住问了出来。

吴妈微微歪着头，缓缓描述道："很平常的样子，看着年龄比我大不少，慈眉善目的。不过，看着挺可怜的，背驼得很厉害。对了，额头上有一道长疤，脸色黑黄黑黄的。老师父身上穿着一件很宽松的僧衣，上面全是大大小小的补丁。"

"还有呢？"我面色渐渐阴郁，缓缓问道。

她细细想了想，答道："还有就是左手拖着一个铜钵，右手捻着一串长长的白色佛珠。佛珠看起来特别漂亮，我因为好奇还多嘴问了一句。那串佛珠有个名字，叫什么……叫什么来着……哦，对了，九象星月。"

我们三个人面面相觑。

一时间，屋内鸦雀无声。

① 牙商,即古代对撮合牲畜、货物等买卖的中间人的称呼。古时"牙"字通"互"字。历史上,牙商的别称还有驵侩、牙行、牙郎、牙婆、牙侩,等等。

② 可参见《陶庵梦忆》,作者张岱,明末清初文学家、史学家;亦可参见《陔馀丛考》,作者赵翼,清代文学家、史学家。

③ 出自清朝画家郑燮的《广陵曲》。

④ 参见《清稗类钞》。作者徐珂,光绪举人,文学家。

⑤ 利奥十世(PapaLeo X,1475-1521),文艺复兴时期最后一位教皇,是教皇谱系上第219位教皇。

⑥ 参见《明史·卷四十·地理一》。

⑦ 参见《南京条约》。原件现存于台北故宫博物院。

参考文献

[1] 于君方：《观音——菩萨中国化的演变》（*Kuan-yin: the Chinese t ransformation of Avalokitesivara*），商务印书馆，2012.

[2] 陈扬炯：《中国净土宗通史》，凤凰出版社，2008.

[3] 李利安、张子开、张总、李海波：《四大菩萨与民间信仰》，上海人民出版社，2011.

[4] 苏萍：《谣言与近代教案》，上海远东出版社，2001.

[5] [日] 镰田茂雄：《简明中国佛教史》，郑彭年译，上海译文出版社，1986.

出 品 人：许　永
责任编辑：许宗华
特邀编辑：计双羽　王菁菁　王佩佩
封面设计：郭　子
封面插画：猫小叶
印制总监：蒋　波
发行总监：田峰峥

投稿信箱：cmsdbj@163.com
发　　行：北京创美汇品图书有限公司
发行热线：010-59799930

创美工厂　　　　创美工厂
微信公众平台　　官方微博